BASTEI LÜBBE

ED McBAIN
im Bastei-Lübbe-Taschenbuchprogramm

Romane um das legendäre 87. Polizeirevier
13 595 Graffiti
13 616 Blutschwestern
13 650 Solange ihr zwei noch lebt
13 716 Lange nicht gesehen
13 773 Romanze

Romane um den Staranwalt Matthew Hope
13 668 Mary, Mary
13 735 ›Es war einmal ein kleines Mädchen …‹

Ed McBain

Mord-gespenster

Kriminalroman
aus dem
87. Polizeirevier

Ins Deutsche übertragen
von Ute Tanner
Neu bearbeitet
von Uwe Anton

BASTEI LÜBBE

BASTEI-LÜBBE-TASCHENBUCH
Band 13 825

Erste Auflage
November 1996

Deutsche Lizenzausgabe 1996
Bastei-Verlag Gustav H. Lübbe
GmbH & Co., Bergisch Gladbach

Originaltitel: Ghosts
Lektorat: Uwe Anton/
Iris Schmidt
Titelbild und Umschlag-
gestaltung: Horst Gerlach, Köln
Satz: KCS GmbH,
Buchholz/Hamburg
Druck und Verarbeitung:
Brodard & Taupin,
La Flèche, Frankreich
Printed in France

ISBN 3-404-13825-2

Für Ed Victor

Die hier geschilderte Stadt existiert nicht. Die Personen und Schauplätze sind frei erfunden. Die Darstellung der Polizeiarbeit allerdings basiert auf authentischen Ermittlungsmethoden.

1. Kapitel

Sie hätten selbst Gespenster sein können, die Kriminalbeamten, die in dichtem Schneetreiben um die Leiche der Frau auf dem Gehsteig herumstanden. Von den wirbelnden Flocken eingehüllt standen sie im zehn Zentimeter hoch liegenden Schnee und hoben sich wie körperlose Geister schwach von der grauen Fassade des Apartmenthauses hinter ihnen ab. Die beiden Beamten von der Mordkommission, die mit Detective Cotton Hawes auf dem Gehsteig standen, trugen schwarze Mäntel und graue Filzhüte. Hawes war barhäuptig. Sein rotes Haar und das Blut auf der Kleidung der Frau verliehen dem Schwarzweißbild ein paar rote Tupfer. Über der linken Schläfe hatte Hawes eine weiße Strähne, ein kleines Andenken an eine Einbruchsermittlung, bei der es zu Handgreiflichkeiten gekommen war. Sie unterschied sich nicht wesentlich von den Schneekristallen, die in seinem Haar schimmerten.

Die Männer von der Mordkommission hatten die Hände in den Manteltaschen vergraben. In vier Tagen war Weihnachten, und jetzt war es sieben Uhr abends. Monoghan und Monroe hatten noch keine Geschenke für ihre Frauen besorgt, das hatten sie heute – die Geschäfte waren bis neun geöffnet – gleich nach der Ablösung um Viertel vor acht besorgen wollen, als der Anruf vom 87. Bezirk dazwischengekommen war, und kein Mensch wußte, wie lange sie hier noch mit Hawes und seinem Kollegen Carella, der sich am Straßenrand mit dem Streifenbeamten unterhielt, der zuerst am Tatort gewesen war, würden herumstehen müssen.

»Sie ist offenbar gerade vom Einkaufen gekommen«, sagte Monoghan.

»Ja, das Zeug liegt überall auf dem Gehsteig herum«, bestätigte Monroe.

»Cornflakes«, sagte Monoghan.

»Sie bevorzugt das Frühstück der Champions«, zitierte Monroe einen bekannten Werbespruch.

»*Hat* es bevorzugt«, berichtigte Monoghan ihn.

»Ist mit dem Arsch auf Teetassen gefallen«, sagte Monroe.

»Hübsche Beine«, stellte Monoghan fest.

Die Frau auf dem Gehsteig, eine Weiße, mochte Anfang Dreißig sein. Sie trug einen Tuchmantel über weißer Bluse, schwarzem Rock und schwarzen Stiefeln. Unterhalb der linken Brust, wo das Messer eingedrungen war, hatte die Bluse einen langen Riß. Die gesamte linke Seite der Bluse war blutgetränkt. Der Rock war ihr bis über die Hüften hinaufgerutscht. Sie lag auf dem Rücken, Arme und Beine ausgestreckt, eine Faust geballt. Die braunen Einkaufstüten lagen neben ihr. Eine davon war zerrissen, der Inhalt über den Bürgersteig verstreut. Der Riemen ihrer schwarzen Schultertasche war bis zum Ellbogen herabgeglitten.

»Habt ihr euch die Handtasche schon vorgenommen?« fragte Monoghan.

»Ich warte noch auf die Kollegen vom Labor«, sagte Hawes.

»Bis die eintrudeln, kann der Kerl schon über alle Berge sein.«

»Unterwegs sind sie schon«, meinte Hawes.

»Habt ihr den Polizeiarzt verständigt?«

»Ich bin kein Anfänger«, sagte Hawes.

»Ach, er ist kein Anfänger«, sagte Monoghan zu seinem Partner.

»Er ist ein alter Hase«, sagte Monroe, zog sein Taschentuch und schnaubte sich die Nase. Bei ihm war eine Erkältung im Anzug. Daß er hier mit einem Klugscheißer vom 87. Revier im Schnee herumstehen mußte, hatte ihm gerade noch gefehlt. Aber in der Stadt, in der diese Männer arbeiteten, war es Vorschrift, daß die zentrale Mordkommission bei einem Mord hinzugezogen werden mußte. Die Ermittlungen führten später die Beamten, die den Anruf entgegengenommen hatten; sie hielten aber die Mordkommission über den Verlauf der Ermittlungen auf dem laufenden.

Detective Steve Carella kam von dem Funkstreifenwagen zurück. Er ging ganz langsam, anscheinend gedankenverloren, mit gesenktem Kopf. Er war groß und schlank, sein Gang war sportlich und federnd. Seine Augen, die er nun gegen das Schneegestöber zusammengekniffen hatte, standen etwas schräg und gaben ihm ein leicht asiatisches Aussehen, das den nachdenklichen Eindruck vertiefte. Wie Hawes war auch er barhäuptig und trug eine karierte Jacke über Wollhemd und Cordhose. Sie waren gerade von einem erfolglosen Einsatz in einem Lagerhaus zurückgekommen.

»Der Streifenpolizist kennt die Frau«, sagte er. »Sie wohnt hier im Haus. Er weiß nur nicht, wie sie heißt.«

»Ich habe Ihrem Partner gesagt, er sollte sich mal ihre Tasche ansehen«, meinte Monoghan.

»Nach den neuesten Vorschriften machen das die Kollegen von der Technik«, sagte Carella.

»Scheiß auf die neuesten Vorschriften. Wir frieren uns hier den Arsch ab, und Sie reiten auf den neuesten Vorschriften herum.«

»Wenn Sie mir offiziell die Genehmigung erteilen …«

»Dazu bin ich nicht berechtigt.«

»Na schön, dann warten wir auf die Technik. Inzwischen nehme ich mir schon mal den Wachmann vor. Kommen Sie mit?«

»Besser, als hier im Schnee rumzustehen«, murrte Monoghan.

»Ich nehm schon mal alles auf, Steve«, sagte Hawes.

»Die sollen Absperrungen aufstellen«, sagte Monoghan.

Er und Monroe folgten Carella ins Haus. Das moderne Gebilde aus Glas und Beton war im Zuge einer stadtweiten Sanierungsaktion errichtet worden und stand an der Stelle, wo früher am Rand des 87. Bezirks ein halbes Dutzend heruntergekommener Mietskasernen gestanden und die Polizeibeamten immer wieder in Atem gehalten hatte. Der Wachmann war ein Weißer von Anfang Sechzig. Er trug eine graue Uniform mit gelb-blauem Wappen auf dem linken Ärmel und wirkte verdruckst und verbiestert, als hätte er Angst, die Cops könnten ihm Vorwürfe machen.

»Ich bin Detective Carella vom 87. Revier«, sagte Carella. »Die anderen beiden Herren sind von der zentralen Mordkommission.«

Der Wachmann nickte und fuhr sich mit der Zunge über die Lippen.

»Wie heißen Sie?« fragte Carella.

»Jimmy Karlson.«

»Sie sind hier als Wachmann fest angestellt?«

»Ja. Eigentlich sind wir vier. Genaugenommen fünf, wenn man den Mann nach Mitternacht noch dazuzählt.«

»Wie sind Ihre Schichten verteilt?«

»Sechs Uhr morgens bis zwölf Uhr mittags, zwölf Uhr mittags bis abends um sechs, sechs bis Mitternacht, und Mitternacht bis sechs Uhr morgens. Vier Schichten. In der Schicht von Mitternacht bis früh um sechs haben wir noch einen Hundeführer, der auf dem Grundstück Streife geht.«

»Wann sind Sie heute zum Dienst gekommen?«

»Um sechs. Nein, ein bißchen später. Ich habe keine

Winterreifen drauf, und der Schneesturm hat mich aufgehalten.«

»Wissen Sie, daß draußen eine Tote liegt?« fragte Monoghan.

»Ja, Sir. Ein Passant hat sie gefunden und ist zu mir reingekommen, um zu telefonieren.«

»Wer war der Mann?« fragte Carella.

»Das weiß ich nicht. Daß da draußen 'ne Frau liegt, hat er gesagt, und gefragt hat er, ob er mal telefonieren darf. Durfte er natürlich. Ja, und dann war er auch schon weg. Er wollte da wohl nicht mit reingezogen werden.«

»Und was haben *Sie* unternommen?« fragte Monroe.

»Ich bin rausgegangen, um zu sehen, was da nun eigentlich los war.«

»Erkannten Sie die Frau?«

»Ja. Sie wohnt hier im Haus. Esposito. Apartment Sieben-null-eins.«

»Wie heißt sie mit Vornamen?« fragte Monoghan.

»Das weiß ich nicht.«

»Verheiratet? Ledig?« Die Frage kam von Monroe.

»Verheiratet. Der Mann muß jeden Augenblick heimkommen.«

»Haben Sie etwas von dem mitbekommen, was da draußen passiert ist?« schaltete sich Carella wieder ein.

»Nein. Wir sitzen hier rechts in einer Ecke, da kann man nicht sehen, was auf dem Gehsteig passiert.«

»Haben Sie Mrs. Esposito gesehen, als sie das Haus verließ?«

»Nein, sie ist bestimmt schon früh weggegangen. Sie ist berufstätig. Meist kommt sie heim, wenn ich gerade zum Dienst gekommen bin. So zehn Minuten oder Viertel nach sechs.«

»Siehst du, sie hat unterwegs noch eingekauft«, sagte Monoghan zu seinem Kollegen.

Der Streifenpolizist, mit dem Carella gerade gesprochen hatte, kam mit bedeppertem Gesicht von seinem Wagen zu ihnen herüber. Er zögerte einen Augenblick, dann öffnete er die Glastür zur Halle, trat ein paarmal kräftig auf, um den Schnee von den Schuhen zu bekommen, zögerte erneut, wie der Bote eines Königs, der befürchtete, man werde ihm wegen der schlechten Nachricht, die er zu überbringen hatte, den Kopf abschlagen. Dann rückte er endlich mit dem heraus, was er zu sagen hatte.

»Wir haben noch 'ne Leiche. Oben im Apartment Drei-null-vier.«

Die zweite Meldung war um genau zehn nach sieben im Revier angekommen. Die Zentrale hatte erst nicht so recht gewußt, woran sie war, und die Meldung in den Computer eingegeben. Die routinemäßige Abfrage weiterer Meldungen aus dieser Gegend in den letzten zwei Stunden hatte den Angestellten in der Funkzentrale zuerst verwirrt. Erst vor einer halben Stunde hatte er Wagen Adam Elf zu dem Haus Ecke Jackson und Eighth geschickt. Aber in dem ersten Anruf war von einer Weißen die Rede gewesen, die blutend auf dem Gehsteig vor dem Haus 781 Jackson lag. Jetzt meldete sich eine hysterische Frau aus dem Apartment Drei-null-vier, wo nach ihrer Aussage ein Mann erstochen worden war. Die Zentrale hatte Adam Elf angewiesen, dort einmal nach dem Rechten zu sehen. »Soll das 'n Witz sein?« hatte der Streifenpolizist gesagt. Dann war er zu den Kriminalbeamten herübergegangen, um seine Meldung loszuwerden.

Die Frau, die bei der Polizei angerufen hatte, wartete auf dem Gang im dritten Stock auf sie. Sie war eine Weiße von Anfang Zwanzig, schätzte Carella, hatte braune Augen und schwarzes Haar und sah seiner Frau so ähnlich, daß er einen Augenblick wie angewurzelt stehenblieb. Dann nahm er sich zusammen. Es konnte nicht Teddy sein. Teddy war daheim in Riverhead, bei Fanny und den Kindern. Auch Hawes fiel die Ähnlichkeit sofort auf. Er sah Carella rasch von der Seite an, dann konzentrierte er sich wieder auf die Frau, die vor der offenen Tür von Apartment 304 stand. Die Schulterpartien ihres Mantels waren naß von geschmolzenem Schnee. Sie wirkte völlig verstört. Die Cops kamen rasch näher, Carella und Hawes gingen voraus, Monoghan und Monroe folgten dichtauf. Noch eine Leiche, dachte Monroe erbittert. Das hat uns gerade noch gefehlt.

»Wo ist er?« fragte Carella.

»Im Schlafzimmer«, brachte die Frau mühsam heraus.

Von der Wohnungstür aus kam man in eine Diele mit Spiegel und einem kleinen Ablagetisch. Rechts sah man durch eine offene Tür in die Küche, links ging es ins Wohnzimmer. Es war modern, aber behaglich eingerichtet, an den Wänden hingen Bilder, auf der Hausbar standen eine Whiskykaraffe und zwei Gläser, alles wirkte sauber und ordentlich. Im Schlafzimmer konnte von Ordnung nicht die Rede sein. Die Beamten sahen auf den ersten Blick, daß sie hier in eine üble Sache hineingeraten waren.

Dort herrschte ein unbeschreibliches Durcheinander. Die Schubfächer des weißen Ankleidetisches waren herausgezogen, die Kleidungsstücke über den ganzen Raum verstreut. Männersachen und Frauensachen, Unterhosen und Büstenhalter, Damenwäsche und Schlafanzüge, Smokinghemden und Seidenblusen, Babydollnachthemden und Herrensocken, Rollkragenpullover und Bikinihöschen lagen einträchtig beieinander auf dem dicken weichen Teppich. Die Türen beider Schränke waren geöffnet, und die Kleidungsstücke waren von den Bügeln gerissen und auf den Boden, das Bett und die Stühle geworfen worden. Sportsakkos und Anzüge, Damenkleider und Röcke, hochhackige Schuhe, Wanderstiefel, Turnschuhe, Mäntel, Trenchcoats bildeten eine breite Spur. Sie führte zu dem Bett, auf dem mit dem Gesicht nach unten der Tote lag.

Er war ein Weißer, Anfang Fünfzig, trug blaue Freizeithosen, ein grünes T-Shirt, eine dunkelblaue Strickjacke, aber keine Schuhe. Die Hände waren ihm mit einem verbogenen Drahtkleiderbügel auf dem Rücken gefesselt. Das T-Shirt war in Streifen gerissen worden. Er hatte Stichwunden auf der Brust, am Hals, an Händen und Armen; ein Ohr baumelte lose am Kopf. In Carella stiegen, als er auf den Toten heruntersah, Trauer und Ekel auf, wie immer, wenn blinde Brutalität aus einem menschlichen Wesen einen blutig-leblosen Fleischklumpen gemacht hatte, Trauer um diese absolute Verschwendung. Er wandte sich an Hawes. »Ist der Arzt schon unten? Dann holen wir ihn am besten gleich her.«

»Und wir brauchen noch ein zweites Laborteam«, meinte Monoghan. »Sonst bringen wir die ganze Nacht hier zu.«

Vor den Fenstern, mit Blick auf den River Harb, stand ein weißer Schreibtisch mit einer Schreibmaschine, einem Stapel Manuskriptpapier und einem bis zum Rand gefüllten Aschenbecher. In die Maschine war ein Blatt eingespannt. Ohne Papier oder Maschine zu berühren, lehnte Carella sich vor und las:

»Von Anfang an spürte man deutlich etwas Fremdes im Haus. Ich war hergerufen worden, um der Behauptung nachzugehen, in diesen Räumen hätten sich Poltergeister eingenistet. Noch ehe ich drei Schritte in die Diele getan hatte, konnte für mich kein Zweifel daran bestehen, daß diese Behauptung zu Recht bestand. Die Luft summte von unsichtbaren Geistern. Wenn irgendwo Gespenster sind ...«

»Ein Abschiedsbrief?« fragte Monroe hinter ihm.

»Was denn sonst? Da haben wir einen Mann mit auf dem Rücken gefesselten Händen und sechsunddreißig Stichwunden in der Brust …«

»Woher wollen Sie wissen, daß es sechsunddreißig sind?« fragte Monoghan.

»Oder auch vierzig, da lasse ich mit mir handeln«, sagte Carella. »Aber daß das ein Selbstmord ist, sieht doch jedes Kind.«

»Kleiner Witzbold, der Kollege Carella.«

»Er verarscht uns.«

»Er ist ein sehr lustiger Cop.«

»Die vom 87. Revier sind überhaupt alle so witzig.«

»Soll ich Ihnen was sagen, Carella?«

»Sie können uns mal, Carella.«

Das Mädchen, das Carellas Frau so ähnlich sah, wartete draußen im Wohnzimmer. Den Mantel hatte sie noch an. Sie saß in einem der weißen Sessel und hatte die Hände über die Handtasche in ihrem Schoß gelegt. Jetzt kam Hawes mit dem Polizeiarzt zurück und führte ihn schweigend ins Schlafzimmer. Auch die Männer von der Spurensicherung waren eingetroffen und machten sich mit verbissener Miene an die Arbeit.

»Wann haben Sie ihn gefunden?« fragte Carella.

»Unmittelbar, bevor ich die Polizei angerufen habe.«

»Wo haben Sie telefoniert?«

»Hier.« Sie deutete auf das weiße Telefon, das auf der Hausbar neben der Karaffe und den beiden sauberen Gläsern stand.

»Haben Sie sonst irgend etwas in der Wohnung angefaßt?«

»Nein.«

»Also nur das Telefon.«

»Und die Türklinke natürlich. Beim Hereinkommen. Ich

schloß auf und rief nach Greg, und als niemand antwortete, ging ich ins Schlafzimmer, und … und da … da habe ich ihn gesehen.«

»Und haben die Polizei angerufen.«

»Ja. Und dann hab' ich draußen auf Sie gewartet. Ich wollte nicht hierbleiben, solange …«

Carella holte sein Notizbuch hervor und suchte angelegentlich nach einer leeren Seite. Er hatte das Gefühl, daß sie gleich anfangen würde zu weinen, und er wußte nicht, wie er sich verhalten sollte, wenn Frauen in Tränen ausbrachen.

»Zunächst einmal möchte ich seinen Namen wissen«, sagte er freundlich.

»Gregory Craig.« Sie sah Carella an, als erwartete sie irgendeine Reaktion, die aber ausblieb. Verwirrt wartete er darauf, daß sie noch etwas sagte. »Gregory Craig«, wiederholte sie.

»Würden Sie das bitte buchstabieren?«

Sie tat es.

»Und Sie heißen?«

»Hillary Scott.« Eine kleine Pause. »Wir waren nicht verheiratet.«

»Wo kommen Sie jetzt her, Miss Scott?«

»Von der Arbeit.«

»Kommen Sie gewöhnlich um diese Zeit nach Hause?«

»Ich war ein bißchen spät dran, wir mußten noch auf ein Ferngespräch von der Westküste warten.«

»Was für einen Beruf haben Sie?«

»Ich arbeite für die Parapsychologische Gesellschaft.« Sie hielt inne. »Ich bin Medium«, fuhr sie dann fort.

»Medium?«

»Ja.«

»Entschuldigen Sie, aber …«

»Ich habe übersinnliche Fähigkeiten«, erklärte sie.

Carella sah sie an. Eigentlich wirkte sie ganz normal in ihrem nassen Mantel und mit den hübschen dunklen Augen, in denen jetzt Tränen standen. Er schrieb »Medium« in sein Notizbuch und machte ein Fragezeichen dahinter. Als er wieder aufsah, hatte sie ein Taschentuch in der Hand und wischte sich die Augen.

»Wo hat Mr. Craig gearbeitet?« fragte er.

»Hier.«

»Hier?«

»Er ist Schriftsteller. Gregory Craig, der Schriftsteller.«

Der Name sagte Carella nichts. Unter das Wort »Medium« schrieb er: »Opfer ist Schriftsteller.« Wie hatte sie gesagt? Gregory Craig, *der* Schriftsteller.

»Was für Bücher hat er denn geschrieben?« erkundigte er sich vorsichtig.

»Vor allem *Tödliche Schatten*«, sagte sie und sah ihn wieder so seltsam erwartungsvoll an, als ob sie damit rechnete, daß spätestens jetzt bei ihm der Groschen fallen würde. Aber da mußte er sie enttäuschen.

»Und er hat hier in der Wohnung gearbeitet, ja?« vergewisserte er sich.

»Ja, dort am Schreibtisch im Schlafzimmer.«

»Den ganzen Tag?«

»Meist hat er gegen Mittag angefangen zu schreiben und gegen sechs aufgehört.«

»Und … äh … was hat er geschrieben, Miss Scott? Romane?«

»Haben Sie *Tödliche Schatten* nicht gelesen?«

»Nein, tut mir leid.«

»Allein von der Taschenbuchausgabe sind drei Millionen verkauft worden. Im Augenblick wird es gerade verfilmt.«

»Tut mir leid, ich habe es nicht gelesen.«

Sie sagte nichts, sah ihn einfach nur an. Er räusperte sich, warf einen Blick in sein Notizbuch, sah auf. »Haben Sie eine Vorstellung, wer als Täter in Frage kommen könnte?«

»Nein.«

»Hatte Mr. Craig Feinde?«

»Nicht, daß ich wüßte.«

»Hat er in den letzten Wochen Drohbriefe bekommen, ist er telefonisch bedroht worden?«

»Nein, nichts dergleichen.«

»Hatte er Schulden?«

»Nein.«

»Wie lange wohnen Sie schon in diesem Haus, Miss Scott?«

»Seit einem halben Jahr.«

»Hat es jemals Ärger mit den Nachbarn gegeben?«

»Nein, nie.«

»War die Tür abgeschlossen, als Sie heute abend heimkamen?«

»Ja, das weiß ich genau, es war zweimal herumgeschlossen.«

»Hatte außer Ihnen und Mr. Craig jemand einen Schlüssel zu dieser Wohnung?«

»Nein, wir waren die einzigen.«

»Danke, Miss Scott.« Carella klappte sein Notizbuch zu und lächelte ein wenig. »Ich muß unbedingt die *Tödlichen Schatten* lesen. Worum geht's denn da?«

»Um Gespenster«, sagte Hillary Scott.

Der leitende Sicherheitsbeamte des Wohnblocks Harborview, Randy Judd, wartete zusammen mit Karlson unten, als Carella in die Halle kam. Er war ein breitschultriger, kräftiger Ire um die Sechzig, der Carella unaufgefordert erzählte, er habe früher im 32. Revier Streifendienst gemacht, und hier in Harborview habe es seit dem Erstbezug vor einem Jahr noch nie Ärger gegeben. Nicht mal einen Einbruch.

»Die Sicherheitsvorkehrungen sind sehr streng bei uns«, erklärte er.

»Sehr streng«, echote Karlson. Er wirkte noch immer nervös, als sei er überzeugter denn je, daß die Cops irgendwie ihm die Schuld in die Schuhe schieben würden.

»Sie haben mir vorhin gesagt, Mr. Karlson, daß Sie heute um sechs zum Dienst gekommen sind«, sagte Carella.

»Kurz nach sechs.«

»Schön, kurz nach sechs. Haben Sie nach Ihrem Dienstantritt jemanden bei Mr. Craig angemeldet?«

»Nein, Sir.«

»Ist es üblich, Besucher anzumelden?«

»Ja, ohne Ausnahme«, bestätigte Judd.

»Alle Besucher werden angemeldet, auch Lieferanten«, ergänzte Karlson.

»Und was geschieht dann?«

»Wenn der Mieter einverstanden ist, kann der Besucher zu ihm hinauffahren.«

»Mit einem der Aufzüge dort drüben, ja?«

»Nur wenn's kein Lieferant ist. Der Lieferantenaufzug ist hinten.«

»Aber nach Mr. Craig hat niemand gefragt?«

»Nein.«

»Wer hatte die Schicht vor Ihnen?«

»Jerry Mandel.«

»Haben Sie seine Telefonnummer?« fragte Carella.

»Ja, aber die wird Ihnen nicht viel nützen«, meinte Judd.

»Warum nicht?«

»Er wollte an diesem Wochenende zum Skifahren«, sagte Karlson. »Die Skier hatte er schon auf dem Wagen. Gleich nach Dienstschluß ist er losgefahren.«

»Wann kommt er zurück?«

»Am Tag nach Weihnachten«, sagte Judd. »Er hatte noch Urlaub gut. Er ist ein begeisterter Skifahrer.«

»Wissen Sie, wohin er gefahren ist, haben Sie den Namen des Hotels?«

»Nein.«

»Geben Sie mir trotzdem die Nummer, nur für alle Fälle«, bat Carella.

»Gern. Ich hab' sie im Büro.«

Vom Büro aus rief Carella bei Mandel an. Er ließ es zwölfmal klingeln, dann legte er auf.

»Meldet sich niemand, was?« sagte Judd.

»Nein.«

»Hab' ich Ihnen ja gleich gesagt«, meinte Karlson. »Der ist auf und davon.«

»Gibt es außer dem Vordereingang noch einen anderen Zugang zum Haus?« wollte Carella wissen.

»Die Müllmänner fahren hinten vor«, sagte Judd. »Da ist ein großes Tor, das schließen wir auf, wenn der Müllwagen kommt.«

»Was für ein Schloß ist daran?«

»Ein schwerer Riegel, Marke Schlage.«

»Wer hat den Schlüssel?«

»Der Hausmeister.«

»Ist er jetzt hier?«

»Klar. Wollen Sie mit ihm sprechen?«

Der Hausmeister war schwarz und hieß Charles Whittier. Er war gerade beim Abendessen, als Judd mit Carella hereinkam. Im Nebenzimmer plärrte der Fernseher. Carella sah durch die offene Tür eine Schwarze in Morgenrock und Hausschuhen vor dem Bildschirm sitzen, einen Abendbrotteller im Schoß. Als sie merkte, daß Besuch gekommen war, stand sie auf und machte die Tür zu. Hinter der geschlossenen Tür lief der Fernseher weiter. Es gab einen Krimi. Carella haßte Krimis.

»Oben in Apartment Drei-null-vier ist ein Mord begangen worden, Mr. Whittier«, sagte er. »Die Meldung ging bei uns um sieben Uhr zehn ein. War heute im Laufe des Tages das hintere Tor offen?«

»Ja, Sir.«

»Wer hat es aufgemacht?«

»Ich hab's aufgemacht.«

»Wann?«

»Mittags um zwölf, als der Müllwagen kam.«

»Haben Sie jemanden ins Haus gelassen?«

»Nur die Müllmänner. Die Tonnen stehen im Haus, damit die Ratten nicht rankönnen. Hier gibt's nämlich Ratten in der Gegend.«

»Ratten gibt's überall«, sagte Judd, der Lokalpatriot.

»Die Müllfahrer kommen also ins Haus, um die Tonnen zu holen?«

»Na ja, sie brauchen das eigentlich nicht, aber sie wissen, daß sie zu Weihnachten was kriegen, da tun sie uns schon den Gefallen.«

»Wie viele Müllarbeiter sind es?« fragte Carella.

»Zwei«, antwortete Whittier.

»Waren Sie hier, als sie im Haus waren?«

»Ja, Sir.«

»Ist einer von ihnen im Haus geblieben?«

»Nein, Sir. Sie haben die Tonnen abgeholt, und ich hab' das Tor wieder abgeschlossen.«

»Haben Sie hinterher das Tor noch einmal aufgemacht?«

»Ja, Sir.«

»Wann?«

»Als es so stark zu schneien anfing. Ich wollte draußen ein bißchen räumen, damit sich nicht zuviel ansammelt.«

»Wo haben Sie geräumt?«

»Draußen an der Rampe, damit der Müllwagen morgen freie Bahn hat.«

»Haben Sie das Tor abgeschlossen, solange Sie draußen waren?«

»Nein, aber ich konnte es beim Schneeschippen sehen.«

»Haben Sie beobachtet, daß jemand hereingekommen ist?«

»Nein.«

»Haben Sie den Eingang die ganze Zeit im Auge behalten?«

»Nein, die ganze Zeit nicht, aber ab und zu habe ich hingesehen.«

»Wann war das?«

»Als ich mit dem Schneeschippen angefangen habe? Muß so gegen halb sechs gewesen sein.«

»Und nach Ihren Beobachtungen hat in dieser Zeit niemand das Haus betreten?«

»Nein, Sir, dann hätte ich sofort den Wachmann gerufen.«

»Vielen Dank, Mr. Whittier«, sagte Carella. »Tut mir leid, daß wir Sie beim Essen gestört haben.«

»Wir haben hier in Harborview sehr strenge Sicherheitsvorkehrungen«, wiederholte Judd im Hinausgehen.

Trotzdem konnte es geschehen, daß zwei Menschen ermordet wurden, dachte Carella. Aber er sagte es nicht laut.

2. Kapitel

Gregory Craigs Leiche wies neunzehn Schnitt- und Stichverletzungen auf. Carella hatte die getippte Liste des Buena Vista Hospitals vor sich, als Hawes am nächsten Morgen mit den Zeitungen kam.

VERZEICHNIS DER VERLETZUNGEN
VON GREGORY CRAIG:

1. Schnittwunde an Kehle, 4 cm lang.
2. Schnittwunde an Kehle direkt unter der ersten, 6 cm lang.
3. Stichwunde 4 cm rechts von Körpermitte direkt über Schlüsselbein.
4. Stichwunde 12 cm rechts von Körpermitte und 10 cm über Brustwarze.
5. Stichwunde über Mittellinie auf einer Höhe mit Brustwarzen.
6. Schnittwunde auf Brust, beginnend etwa 12,5 Zentimeter unter Kinn, nach links hinab führend, 5 cm lang.
7. Stichwunde 4 cm links von Körpermitte und über Schlüsselbein.
8. Stichwunde zwanzig cm links von Körpermitte und 7,5 unter Brustwarze.
9. Stichwunde (Eintritt und Austritt) auf halber Höhe zwischen Ellbogen und Achselhöhle, in Arminnenseite.
10. Schnittwunde, 2,5 cm lang, auf Außenseite linkes Handgelenk.
11. Schnittwunde, 3,5 cm lang, auf Innenseite rechtes Handgelenk.
12. Stichwunde in Rücken, 37 cm unter Genick und 14 cm links von Körpermitte.
13. Stichwunde in Rücken, 37 cm unter Genick und 7,5 cm links von Körpermitte.
14. Stichwunde in Rücken, 33 cm unter Genick und 8 cm links von Körpermitte.
15. Stichwunde in Rücken, 30 cm unter Genick und 20 cm links von Körpermitte.
16. Stichwunde in Rücken, 50 cm unter Genick und 8 cm links von Körpermitte.

17. Schnittwunde auf Innenseite des Ringfingers der rechten Hand.
18. Stichwunde (Eintritt und Austritt) auf Oberseite des Mittelfingers der rechten Hand.
19. Schnittwunde an rechter Schläfe über Ohr, 4 cm lang.

Das waren verdammt viele Schnitt- und Stichwunden. Ihre Zahl war zwar nicht ganz so groß, wie Carella am Tatort geschätzt hatte, aber fest stand wohl, daß es dem Mörder darum gegangen war, Craig mit absoluter Sicherheit vom Leben zum Tode zu befördern. Man sticht nicht neunzehn Mal auf jemanden ein, wenn man nicht völlig sicher gehen will.

Marian Esposito dagegen – sie hatten ihren vollständigen Namen aus dem Führerschein ersehen, der in ihrer Schultertasche gesteckt hatte – war durch nur einen Stich unterhalb der linken Brust ermordet worden, der das Herz getroffen hatte. Sie war offenbar sofort tot gewesen. Wenn ein Zusammenhang zwischen den beiden Verbrechen bestand – und das war eine logische Folgerung –, konnte man vermuten, daß sie dem Mörder bei seiner Flucht über den Weg gelaufen war. Noch ehe Hawes mit der Morgenzeitung kam, hatte Carella entschieden, sich bei den Ermittlungen auf Craig zu konzentrieren. Er gab der Akte die Nummer R-76532, auf die Akte Marian Esposito schrieb er »Begleitfall zu R-76532« und gab ihr die Nummer R-76533.

An diesem Freitag vormittag, dem 22. Dezember, war es im Dienstraum verhältnismäßig ruhig. Die Selbstmordrate würde sich erst am Heiligabend steigern, bis zum Silvesterabend leicht abflauen, um dann wieder steil anzusteigen. Miscolo, der Kollege aus dem Schreibbüro, hatte eher beiläufig darauf hingewiesen, daß Silvester Vollmond war, was die Selbstmordrate noch steigern würde. Vollmond und Feiertage, das war eine fatale Kombination. Vorerst hatten Laden- und Taschendiebstähle Hochkonjunktur, während Einbrüche, Straßenräubereien, Vergewaltigungen und Raubüberfälle zurückgegangen waren. Vielleicht streiften die Einbrecher, Straßenräuber und Sittlichkeitsverbrecher jetzt durch die Warenhäuser, um Weihnachtseinkäufe zu machen, und ließen sich dabei die Taschen ausräumen.

Der Dienstplan hing an der Wand neben dem Getränkeautomaten, wo er nach Meinung des Lieutenant nicht zu übersehen war. An den Feiertagen mußte bei der Polizei Dienst geschoben werden wie an jedem gewöhnlichen Tag, aber für Heiligabend und den ersten Feiertag standen auf dem Dienstplan meist die Namen jüdischer Cops, die mit ihren christlichen Kollegen getauscht hatten. In diesem Jahr lagen die Dinge etwas anders, denn Weihnachten und der erste Tag von Chanukka fielen auf den gleichen Tag. Zwar wurde so wieder einmal auf das eindrucksvollste der Beweis für die Solidarität der demokratischen Ideale und für die Tatsache angetreten, daß alle Menschen Brüder sind, aber für die Cops ergaben sich aus diesem Zusammentreffen erhebliche Probleme. Natürlich waren alle darauf aus, am Montag frei zu haben, und natürlich war das völlig unmöglich, weil dann die Unterwelt der Stadt total verrückt gespielt hätte.

Also mußte ein Kompromiß geschlossen werden. Kompromisse sind bei der Polizei mindestens so wichtig wie die Ehe. Henny Youngman holte aus seiner Witzkiste immer wieder die Geschichte von dem Mann hervor, der sich einen neuen Wagen, und von dessen Frau, die sich einen Nerzmantel wünscht. Sie schließen einen Kompromiß. Die Frau kauft den Nerzmantel und hängt ihn in der Garage auf einen Bügel. Steve Carella und Meyer Meyer warfen eine Münze. Carella gewann. Er würde am Heiligabend Dienst machen, Meyer am ersten Tag von Chanukka. So war es verabredet gewesen, ehe der zweifache Mord die Beamten vom 87. Bezirk aufgescheucht hatte. Carella wußte, daß der Fall eine harte Nuß war. Er sah sich schon am Weihnachtstag mit einer Pizza und einer Flasche Limonade im Dienstraum sitzen. Herrliche Aussichten.

In einer Ecke des Dienstraums, neben einem Fenster mit weißen Gitterstäben, die die Beamten vor Wurfgeschossen jener Bürger des Reviers schützten, die die Arbeit der Polizei nicht zu schätzen wußten – und die Verhaftete daran hinderten, einfach aus dem Fenster zu springen –, saß Detective Richard Genero und tippte seinen Bericht über einen Einbruch, der drei Wochen zurücklag. Genero war klein und brünett, hatte krauses schwarzes Haar und braune Augen. Seit einiger Zeit trug er beim Schreiben eine Stahlbrille, wahrscheinlich in der Hoffnung, die Sehhilfe würde sich günstig auf seine Rechtschreibung auswirken. Noch immer schrieb er gelegentlich »Tähter«, was zumindest bei der Polizei ein recht schwerwiegender Fehler ist. Neben ihm stand ein Transistorradio, aus dem die Klänge von »Stille Nacht, heilige Nacht« drangen. Carella ließ sich kommentarlos berieseln, aber wenn Lieutenant Byrnes jetzt hereinkam, würde Genero wohl noch vor Beginn des neuen Jahres wieder Streifendienst schieben müssen. Genero tippte im Takt zur Musik. Carella wartete gespannt auf die Frage, wie man »Patrouille« schrieb.

Nach der Wanduhr war es 10 Uhr 37. Kurz vor Sonnenaufgang hatte es aufgehört zu schneien, ein blitzblauer Himmel spannte sich über dem Häusermeer. Carella hatte heute keine besondere Lust zum Arbeiten. Er hatte den Zwillingen versprochen, mit ihnen zum Weihnachtsmann zu gehen, aber auch dieser gute Vorsatz war dem Mordfall zum Opfer gefallen. Hinter dem Fenster erklang das Geklimper von Kindern, eine passende Begleitung zu

»Jingle Bells«, das in Generos Radio mittlerweile »Stille Nacht« abgelöst hatte.

»Wo stecken denn alle?« fragte Hawes und kam durch das Tor im Holzgatter, das den Raum vom Gang draußen trennte. Er legte Carella die Zeitung auf den Tisch. »Hast du schon gesehen? Unser Mann war eine richtige Berühmtheit.« Er warf die Morgenzeitung auf Carellas Schreibtisch und ging dann zum Wasserspender. Die Zeitung war bei den Buchbesprechungen aufgeschlagen.

Aus dem Nachruf auf Gregory Craig erfuhr Carella, daß der Mann einen Bestseller mit dem Titel *Tödliche Schatten* verfaßt hatte, einen Bericht über eigene Erfahrungen mit Gespenstern in einem Haus in Massachusetts, das er vor drei Jahren den Sommer über gemietet hatte. Ein ganzes Jahr hatte das Buch die Sachbücher-Bestsellerliste angeführt. Vor einem halben Jahr war es als Taschenbuch erschienen – der Verkauf der Rechte hatte Craig einen Vorschuß von anderthalb Millionen Dollar eingebracht – und zur Zeit wurde es verfilmt, ausgerechnet in Wales. Den Gregory Craig spielte ein britischer Filmstar, die Gespenster, die ihm den Urlaub verdarben, waren einst sehr berühmte Altstars aus Hollywood, denen damit ein spätes Comeback ins Haus stand. Craig hatte, ehe ihm mit diesem Sachbuch der Durchbruch gelungen war, ein halbes Dutzend Romane geschrieben, die alle namentlich genannt waren. Zum Teil waren auch Kritiken aus den letzten zwölf Jahren zitiert. Zwischen seinem letzten Roman und der Gespenstergeschichte hatten fünf Jahre gelegen. Als einzige Hinterbliebene war Miss Abigail Craig, seine Tochter, erwähnt. Von dem Mord an Marian Esposito, Aktenzeichen R-76533, war in dem Nachruf nicht die Rede.

»Wie findest du das?« Hawes knüllte den Papierbecher zusammen, den er in der Hand hielt, zielte und verfehlte nur knapp Carellas Papierkorb.

»Zumindest haben uns die Herren von der Presse ein Stück Laufarbeit erspart«, sagte Carella und griff zum Telefonbuch.

Abigail Craig empfing die Kriminalbeamten um elf Uhr zwanzig in einem vorzüglich geschnittenen Kostüm mit Seidenbluse, braunen Stiefeln mit hohen Absätzen und goldenen Ohrringen. Sie hatten zuerst telefonisch angefragt, ob sie vorbeikommen dürften. Miss Craig hatte einen Augenblick gezögert; sie hatten dieses Zögern dem Kummer und der Verwirrung zugeschrieben, die der Tod eines nahen Familienangehörigen mit sich zu bringen pflegt. Als die Beamten ihr jetzt in einem Wohnzimmer gegenübersaßen, das von einem riesigen, üppig geschmückten Weihnachtsbaum beherrscht wurde, waren sie nicht mehr so sicher, ob von Kummer und Verwirrung bei ihr überhaupt die Rede sein konnte. Die Verabredung bei ihrem Friseur schien ihr sehr viel wichtiger zu sein als das Erteilen von Auskünften über ihren Vater. Dabei war ihre Frisur noch ganz in Ordnung, fand Hawes. Und nicht nur die Frisur.

Sie war in ihrer kühlen Blondheit und mit ihrem makellosen Teint so, wie sich der kleine Mann eine englische Lady zu Pferde vorstellen mag. In dem schmalen Gesicht mit den hohen Wangenknochen standen grüne Augen. Der großzügige Mund wirkte auch ohne Kriegsbemalung verlockend. Die Oberlippe war etwas zu kurz, um die ebenmäßigen weißen Zähne ganz zu bedecken. Hawes stand auf Frauen mit vorstehenden Zähnen. Er fand es sehr bedauerlich, daß sie nicht zur Weihnachtsbescherung gekommen waren, sondern um Fragen über einen Toten zu stellen, für den die frostige Schöne, die ihnen mit übereinandergeschlagenen Beinen in ihren hochhackigen Stiefeln gegenübersaß, nicht das geringste Interesse aufzubringen schien.

»Es tut mir leid, wenn ich Sie drängen muß«, sagte sie, »aber ich soll um zwölf dort sein, und wenn ich zu Antoine will, muß ich durch die ganze Stadt.«

»Und uns tut es leid, daß wir Sie so überfallen haben«, sagte Hawes und lächelte. Carella sah ihn an. Von einem Überfall konnte überhaupt keine Rede sein. Sie hatten sich vor einer halben Stunde telefonisch angemeldet und ihr Anliegen taktvoll angekündigt.

»Wann haben Sie Ihren Vater zum letztenmal lebend gesehen, Miss Craig?« fragte Carella.

»Vor einem Jahr.«

Das gab ihm nun doch einen Ruck. »Seitdem nicht mehr?«

»Nein.«

»Wie kommt das?«

»Wie das kommt?« Abigail hob eine Augenbraue. »Wie soll ich das verstehen?« Dem Akzent nach hatte sie eine teure Privatschule besucht, dem Tonfall nach empfand sie die Besucher als ausgesprochen lästig. Carella fühlte sich in Gegenwart von Frauen dieses Kalibers immer etwas unbehaglich, und sie gab sich keine besondere Mühe, ihm über seine Befangenheit hinwegzuhelfen. Er sah sie einen Augenblick an und überlegte, wie er vorgehen sollte. Dann entschied er sich für einen Frontalangriff.

»Ein bißchen ungewöhnlich finde ich das schon«, meinte er. »Als einzige Tochter …«

»Er hat noch eine Tochter«, unterbrach sie ihn.

»Noch eine? Ich dachte …«

»Mehr oder weniger«, sagte Abigail. »Dem Alter nach könnte es jedenfalls stimmen.«

»Darf ich fragen, wen Sie meinen?«

»Hillary.«

»Hillary Scott?«

»Ganz recht.«

»Ich verstehe.«

»Das bezweifle ich.« Abigail holte sich eine Zigarette aus der Emaildose auf dem Beistelltisch. »Ich will ganz offen sein.« Sie blies einen langen Rauchfaden zur Decke und stellte das goldene Feuerzeug auf den Tisch zurück. »Seit der Scheidung hatte sich das Verhältnis zwischen meinem Vater und mir stark abgekühlt. Und als er sich dann diese Spukperson ins Haus holte, war es endgültig aus. Aus und vorbei.«

»Mit der Spukperson meinen Sie …«

»Hillary.«

»Und wann hat er sich diese – äh – Spukperson ins Haus genommen, Miss Craig?«

»Kurz nach Erscheinen der *Tödlichen Schatten*. Da sind sie aus dem Unterholz gekrochen und haben ihm von allen Seiten ihre Gespenster angedient.«

»Und wann war das?«

»Die Hardcover-Ausgabe? Vor eineinhalb Jahren.«

»Sie beziehen sich auf *Tödliche Schatten*?«

»Das große Meisterwerk, mit dem mein Vater so richtig Geld macht«, sagte Abigail und drückte die Zigarette aus.

»Wenig später hat er demnach Hillary kennengelernt.«

»Wann er sie kennengelernt hat, weiß ich nicht. Daß die beiden miteinander lebten, habe ich erfahren, als er mich vor einem Jahr großartig zum Truthahnessen eingeladen hat, zu Thanksgiving. Keine Ahnung, wie lange sie da schon zusammen gewohnt haben. ›Hallo, Schatz‹«, sagte sie und ahmte ihn breit nach. »›Ich möchte dir Hillary Scott vorstellen, die Dame, mit der ich hier wohne.‹ *Dame*!« sagte sie, und ihre Augen blitzte. »Verdammte kleine zweiundzwanzigjährige Spuknutte!«

Carella kniff die Augen zusammen. Von der Straße und

vom Dienst her war er eine deutliche Sprache gewöhnt, aber in diesem festlich geschmückten Raum in einem Haus an der Hall Avenue schien ihm der Kraftausdruck einigermaßen fehl am Platz. Hawes hingegen sah Abigail fasziniert an. Er stand auf Frauen, die Kraftausdrücke benutzen – vorausgesetzt, sie hatten so reizend vorstehende Zähne wie Abigail Craig.

»Das war Ihre letzte Begegnung mit Ihrem Vater?« vergewisserte sich Carella.

»Ja, der Thanksgiving Day vor einem Jahr, als er mir diese Spukperson vorführte. Da war bei mir endgültig der Ofen aus. Schon die Scheidung war ja ein starkes Stück gewesen.«

»Wann war die Scheidung?«

»Vor sieben Jahren. Da war gerade *Knights and Knaves* herausgekommen. Sein bester Roman. Und sein letzter.« Sie griff sich die nächste Zigarette, blies einen Rauchfaden zu Hawes hinüber. »Die Kritiker verrissen das Buch, und er ließ seine Wut an Mutter aus. Natürlich. Das war für ihn das nächstliegende. Stephanie Craig, die Ärmste, war seiner Meinung nach schuld an dem, was die Kritiker über sein Buch zu sagen hatten. Dabei begriff er überhaupt nicht, daß es in Wirklichkeit ein hervorragender Roman war. Nein, wenn die Kritiker sagten, daß er nichts taugte, mußte das stimmen. Und da mußte eben Mutter herhalten. Er schob ihr die Schuld für die Lebensweise – einer seiner Lieblingsausdrücke – zu, die ihn dazu gebracht hatte, den allgemein niedergemachten Roman zu schreiben. Er wollte aussteigen.« Abigail hob die Schultern. »Er wollte sich endlich selbst verwirklichen, wie er sagte«. Sie zog wieder an der Zigarette. »Na schön, das hat er ja geschafft. Mit einem billigen Schmöker wie den *Tödlichen Schatten*.«

»Lebt Ihre Mutter noch?« fragte Hawes.

»Nein.«

»Wann ist sie gestorben?«

»Vor drei Jahren, im Sommer. Sie ist ertrunken. Es sei ein Unfall gewesen, hat der Gerichtsmediziner in Hampsteadt, Massachusetts, festgestellt.«

»In Massachusetts«, wiederholte Carella.

»Ja. Sie ist in der Bucht ertrunken. Der Unglücksort war zwei Meilen von dem berühmten Gespensterhaus meines Vaters entfernt.«

»Wie lange lag zu der Zeit die Scheidung zurück?«

»Vier Jahre.«

»Und sie verlebte den Sommer in derselben Stadt wie er?«

»Mutter hat es nie überwunden. Sie wollte in seiner Nähe sein.« Abigail schüttelte den Kopf.

»Sie sagten eben, Miss Craig, der Gerichtsmediziner ...«

»Ja.«

»Glauben Sie auch an einen Unfall?«

»Während ihres Studiums war Mutter in der Schwimmstaffel ihrer Universität, der Holman«, sagte Abigail knapp. »Sie hat drei Goldmedaillen gewonnen.«

Im Revier fand Carella den Bericht der Spurensicherung vor. Das Schloß von Craigs Wohnungstür ließ sich von innen wie von außen nur mit dem Schlüssel öffnen. Innen hatte kein Schlüssel gesteckt, der Türrahmen wies keinerlei Spuren von Einbruchswerkzeugen oder eines wie auch immer gearteten gewaltsamen Eindringens auf. Die Tür am Hintereingang, die vorbei an einer kleinen Nische für die Mülltonne in der Küche führte, hatte das gleiche Schloß. Auch sie war nicht gewaltsam geöffnet worden. Das Schloß an dem großen Tor vor dem Hintereingang des Wohnblocks war ebenfalls unversehrt. Gregory Craigs Mörder wohnte entweder selbst im Haus und war dem Wachmann bekannt, oder er war ein guter Bekannter von Craig, den er nach der Anmeldung durch den skibegeisterten Wachmann hatte heraufkommen lassen. In Harborview befanden sich sechzig Wohnungen. Carella machte sich eine Notiz. Sie mußten eine Einzelbefragung bei den Bewohnern durchführen, und er mußte bei Byrnes Verstärkung anfordern. Drei Tage vor Weihnachten waren die Aussichten, daß er zusätzliche Leute bekommen würde, mehr als düster.

Zwanzig Minuten nach zwölf rief er in Craigs Wohnung an. Er ließ das Telefon zwölfmal anschlagen, aber es meldete sich niemand. Dann suchte er sich die Nummer der Parapsychologischen Gesellschaft heraus und ließ sich dort Hillary Scott geben.

»Ich habe schon versucht, Sie zu erreichen«, sagte sie. »Hat man Ihnen nichts ausgerichtet? Ich habe mit einem Beamten gesprochen, der auch einen italienischen Namen hat, wie Sie.«

Carella sah zu Genero hinüber, der im Takt seiner Weihnachtslieder ein Sandwich kaute. »Tut mir leid«, sagte er. »Die Nachricht ist bei mir nicht angekommen. Worum handelt es sich?«

»Um die Obduktion. Ich habe gehört, man will eine Autopsie vornehmen.«

»Ja, eine Autopsie ist bei jedem Mordfall Vorschrift.«

»Auf keinen Fall«, sagte sie.

»Miss Scott, ich fürchte, darauf haben Sie keinen ...«

»Was passiert, wenn Gregs Geist hinübergeht?« fragte Hillary. »Wie soll er sich in der Geisterwelt zurechtfinden, wenn man ihn aufschneidet und seine Eingeweide herausnimmt?«

»Ich kann da gar nichts machen«, erklärte Carella. »Bei Mordfällen ist eine Obduktion zwingend vorgeschrieben.«

»Mit wem kann ich mich in Verbindung setzen, um sie zu verhindern?«

»Wahrscheinlich ist die Untersuchung schon im Gange,

Miss Scott. Wir müssen die Todesursache exakt bestimmen, das brauchen wir für unsere Arbeit, denn wenn der Fall zur Verhandlung kommt …«

»Man hört so oft von verstümmelten Geistern«, sagte Hillary.

»Tja, das tut mir leid. Aber weshalb ich anrufe, Miss Scott …«

»Viel zu oft«, sagte sie, als hätte er nichts gesagt.

Es gab eine längere Pause. Carella wartete. Es hatte keinen Sinn, die Diskussion fortzuführen. Und wenn Hillary Scott sich auf den Kopf stellte, die Obduktion mußte sein. Sie würden Gregory Craigs Körper aufschneiden, die wichtigsten Organe entnehmen, den Schädel aufklappen, damit sie das Gehirn untersuchen konnten. Wenn er später im Bestattungsinstitut aufgebahrt war, würde keiner der Trauernden merken, daß sie von dem, was einst ein Mensch war, nur die leere Hülle sahen. Das Schweigen dehnte sich. Jetzt hat sie es wohl begriffen, dachte Carella.

»Ich wollte Sie fragen, ob wir im Laufe des Tages einmal in der Wohnung vorbeikommen könnten«, sagte er.

»Wozu?«

»Es ist denkbar, daß Mr. Craig von einem Einbrecher überrascht worden ist. Wir möchten wissen, ob etwas fehlt, und dazu brauchen wir jemanden, der sich in der Wohnung auskennt.«

»Gregs Mörder war kein Einbrecher«, sagte Hillary. »Es war ein Gespenst.«

Alles klar, dachte Carella. Es war ein Gespenst, das Craig mit einem Drahtbügel die Hände hinter dem Rücken gefesselt und ihm neunzehn Stichwunden beigebracht hat, an Brust, Rücken, Armen, Hals, Händen und Kopf. Mit einem Gespenstermesser, das die Kollegen von der Spurensicherung in der Wohnung nicht gefunden haben. Und mit dem vermutlich auch Marian Esposito, Begleitfall R-76533, umgebracht worden ist.

»Ich habe gestern in der Wohnung eine sehr starke Aura gespürt«, sagte Hillary.

»Könnten wir uns in einer Stunde dort treffen?« fragte Carella.

»Ja, natürlich. Aber ein Einbrecher war es nicht.«

Wenn es denn schon kein Einbrecher gewesen war, so war es zumindest ein Zeitgenosse, der sich in Craigs Wohnung recht großzügig bedient hatte. Nach Hillarys Aussage hatte Craig im Scheinfach seiner Brieftasche etwa dreihundert Dollar gehabt, als sie gestern vormittag um zehn die Wohnung verlassen hatte. Sie wußte das, weil sie ihn gebeten hatte, ihr Geld fürs Taxi zu geben. Er hatte einen Stapel Fünfziger auseinandergefächert, um an die kleineren Scheine zu kommen. Das Geld war verschwunden. Craigs sieben Kreditkarten hingegen waren alle noch da. Aus seiner Schmuckkassette fehlten eine goldene Patek-Philippe-Armbanduhr mit goldenem Armband, ein Paar goldene, brillantbesetzte Schlumberger-Manschettenknöpfe, ein für den kleinen Finger gedachter goldener Ring mit einem Stein aus Lapislazuli und ein goldenes Gliederarmband. Welchen Wert der Schmuck hatte, konnte Hillary nicht genau sagen. Das Gliederarmband allerdings hatte sie ihm selbst letztes Jahr zu Weihnachten gekauft; es hatte 685 Dollar gekostet. Die Patek-Philippe-Uhr schätzte sie auf etwa 6500 Dollar. Über ihren eigenen Schmuck, den Gregory Craig ihr im Laufe ihrer eineinhalbjährigen Bekanntschaft geschenkt hatte, konnte sie dagegen genauere Angaben machen. Sie hatte ihn in einem Fach des Wäscheschranks in einer Schmuckschatulle aufbewahrt, die jetzt gähnend leer war. Auch auf dem Ankleidetisch hatten ein paar kostbare Stücke gelegen; sie waren ebenfalls verschwunden. Den Wert des Schmucks, den Craig ihr in den anderthalb Jahren geschenkt hatte, die sie zusammenlebten, kannte sie deshalb so genau, weil sie erst kürzlich eine Aufstellung für die Versicherung gemacht hatte. Darauf waren die gestohlenen Gegenstände aufgeführt:

Ein handgeschnitztes Wurzelarmband von Angela Cummings aus burmesischer Jade und achtzehnkarätigem Gold für 3.975 Dollar.

Eine Elsa Peretti-Schlangenhaarspange aus achtzehnkarätigem Gold für 510 Dollar.

Eine diamantenbesetzte Halskette aus achtzehnkarätigem Gold für 16.500 Dollar.

Ein birnenförmiger Diamantanhänger, in Platin eingefaßt, mit einer fünfundvierzig Zentimeter langen Kette aus achtzehnkarätigem Gold für 3.500 Dollar.

Ein mit Smaragden eingefaßter Diamant in einem Platinring für 34.500 Dollar.

Ein Paar achtzehnkarätige Goldohrringe mit Zuchtperlen für 595 Dollar.

Ein Paar in Platin eingefaßte Diamantohrringe für 1.500 Dollar.

Eine Gliederhalskette aus achtzehnkarätigem Gelb- und Weißgold für 2.950 Dollar.

Ein Armband aus achtzehnkarätigen Rot-, Gelb- und Weißgold für 1.250 Dollar.

Und zwei vierzehnkarätige Armreifen zu je 575 Dollar.

Außer den Juwelen, die aus der Schatulle gestohlen worden waren, vermißte sie aus der Schublade selbst eine ovale Handtasche von Elsa Peretti, überzogen mit vierundzwanzigkarätigem Gold und Magnolienholz für 2.500 Dollar, und eine diamantenbesetzte Armbanduhr von

Chopard aus achtzehnkarätigen Gold für 14.500 Dollar. Sie hatte die Uhr in der Originalverpackung aufbewahrt; die mit schwarzem Samt überzogene und weißem Satin ausgelegte Schachtel lag noch in der Schublade, aber die Uhr war weg.

»Von *seinem* Schmuck gibt es keine solche Aufstellung?« fragte Carella.

»Doch, für seinen auch, aber es mußten gesonderte Policen ausgestellt werden, weil wir nicht verheiratet waren. Ich kenne nur die Summe für meinen eigenen Schmuck.«

»Und auf wieviel belief die sich ungefähr?«

»Sie belief sich auf genau 83.430 Dollar.«

»Ein bißchen viel für den Wäscheschrank«, meinte Carella.

»Greg wollte sich demnächst einen Wandsafe anschaffen«, sagte Hillary. »Außerdem war alles gut versichert. Und die Sicherheitsvorkehrungen sind hier sehr gut. Wir wären sonst gar nicht eingezogen.«

»Fehlt sonst noch etwas?« wollte Hawes wissen.

»Trug er seinen Collegering?« fragte Hillary.

»Wir haben an der Leiche keinen Schmuck gefunden.«

»Dann hat der Mörder den auch mitgenommen.«

»Was für eine Universität?« fragte Carella.

»Die Holman. Auf der er seine ehemalige Frau kennengelernt hat.«

»Was für ein Ring?«

»Gold, mit einem Amethyst.«

»An welcher Hand trug er den Ring?«

»Am Ringfinger der rechten Hand.«

Carella dachte an die Liste, in der Gregory Craigs Wunden aufgeführt waren. Darin war auch eine Schnittwunde an der Innenseite des Ringfingers der rechten Hand erwähnt. Hatte der Mörder versucht, den Ring mit dem Messer von Craigs Finger zu lösen? War er bewaffnet in die Wohnung gekommen, oder hatte er ein Messer benutzt, das er dort gefunden hatte? Wenn er mit Einbruchsabsichten gekommen war, wie hatte er die angeblich so strengen Sicherheitsvorkehrungen unten in der Halle umgangen? Hätte Craig einen Fremden überhaupt in die Wohnung gelassen, jemand, der später Schmuck im Wert von 83.000 Dollar stehlen und ihn anschließend umbringen würde? Aber Hillary Scott behauptete ja, sein Mörder sei gar kein Einbrecher gewesen.

»Die Aura ist in diesem Zimmer am stärksten«, sagte sie, ging zum Schreibtisch und legte die Hände auf die Schreibtischplatte. »Hier war er.«

»Er?«

»Ein männlicher Geist«, sagte sie und ließ ihre Hände leicht über die Schreibtischfläche gleiten. »Jung. Schwarzes Haar und braune Augen.« Sie selbst hatte die Augen geschlossen, ihre Hände streiften behutsam über die glatte Oberfläche. »Er hat etwas gesucht. Nervös, rastlos. Ein unruhiger Geist.«

Carella sah Hawes an, Hawes sah Carella an. Daß jemand, der seiner Frau so ähnlich sah, derart tralala sein konnte, fand Carella höchst verwunderlich. Hawes fragte sich, wie sie im Bett war – würde sie vor lauter Aura in eine Trance fallen? Und dann kam er sich sofort schändlich vor, weil das verdammte Mädchen Teddy Carella so ähnlich sah. Er wandte sich von Carella ab, als befürchtete er, der habe seine Gedanken gelesen.

»Fehlt aus dem Schreibtisch etwas?« fragte er.

»Darf ich ihn aufmachen?« sagte Hillary Scott. »Sind Ihre Leute hier fertig?«

»Ja, das ist alles erledigt.«

In der untersten Schublade lagen Gummiringe, Büroklammern, Stifte und Reiter sowie eine Schachtel mit Lochverstärkern. Sie schloß die Schublade wieder und öffnete das Aktenfach rechts davon. Es enthielt einen Stapel Schnellhefter, auf denen Namen standen.

»Ist das Craigs Handschrift?« fragte Carella.

»Ja, aber bitte sprechen Sie jetzt nicht.«

»Was sind das für Namen?«

»Gespenster. Psst ...« Sie streifte mit der Hand über die Schnellhefter. »Hier hat er gesucht.«

»Dann müssen die Kollegen von der Spurensicherung seine Fingerabdrücke haben«, sagte Hawes.

»Geister hinterlassen keine Fingerabdrücke.«

Typischer Fall von Dachschaden, dachte Carella.

»Diese Namen ...«

»Es handelt sich um Gespenster«, wiederholte sie. »Um Fälle, deren Echtheit er überprüfen wollte. Seit den *Tödlichen Schatten* hatten ihm ständig Leute aus aller Welt schriftlich oder telefonisch ihre Gespenstergeschichten übermittelt.«

»Können Sie mir sagen, ob irgend etwas fehlt?«

»Nein, aber er war hier, das weiß ich.«

Sie schloß das Aktenfach. In dem Fach darüber lag nur ein Stapel gelbes Manuskriptpapier. »Hier war er auch. Er war auf der Suche.«

»Hatte Mr. Craig auch Wertsachen in seinem Schreibtisch?« fragte Carella.

»Seine Akten stellen einen beträchtlichen Wert dar«, erklärte Hillary und öffnete abrupt die Augen.

»Vielleicht hat er wirklich etwas gesucht«, meinte Hawes. »Das Zimmer war ja ganz durchwühlt.«

»Eben«, bestätigte Hillary.

»Und er hat ja auch etwas gefunden«, ergänzte Carella.

Hillary sah ihn an.

»Nämlich Schmuck im Wert von über 83 000 Dollar.«

»Nein, nein, er suchte etwas anderes, ich weiß nur nicht, was es war.« Sie fuhr mit den Händen in der Luft herum, als wollte sie etwas einfangen, was die Kriminalbeamten nicht sehen konnten.

»Können wir mal in die Küche gehen?« sagte Carella. »Ich möchte wissen, ob vielleicht ein Messer fehlt.«

An einer Magnetleiste über der Arbeitsfläche hingen sieben Messer verschiedener Größe, darunter auch ein zwanzig Zentimeter langes sogenanntes Chefmesser. Hillary erklärte, die Sammlung sei komplett. Dann machten sie die Schranktüren auf, und sie zählte die Bestecke und die Tranchier- und Küchenmesser. Doch auch hier fehlte nichts.

»Dann ist er mit dem Messer schon hergekommen«, vermutete Carella.

Hillary schloß wieder die Augen, spreizte die Hände und stemmte die Handflächen gegen die leere Luft. »Er hat etwas Bestimmtes gesucht«, sagte sie. »Etwas ganz Bestimmtes.«

Warren Espositos Wut entlud sich mit voller Wucht bei Cotton Hawes. Ganz unberechtigt war die Empörung des Mannes vielleicht nicht. Hawes hätte in jeder Großstadt auf der Welt mit einer ähnlich ungehaltenen Reaktion rechnen müssen, Moskau und Peking nicht ausgenommen. Tatsächlich werden die Ermittlungen im Falle eines prominenten Mordopfers von der Polizei mit mehr Nachdruck vorangetrieben als im Falle eines Wermutbruders oder einer abgewrackten Nutte. Nun war Marian Esposito weder eine Trinkerin noch eine Prostituierte gewesen, sondern hatte als Sekretärin einer Geschenkeversandfirma gearbeitet. Trotzdem hatte sie zweifellos weit weniger im Scheinwerferlicht gestanden als der Bestsellerautor Gregory Craig. Während Warren aufgeregt im Dienstraum hin und her tigerte, überlegte Hawes, ob sie sich intensiver um

Marian Esposito gekümmert hätten, wenn statt Gregory Craig sie neunzehn Stichwunden davongetragen und Gregory Craig nur mit einer einzigen Wunde auf der Straße gelegen hätte. Nein, entschied er, auch dann hätten sie die Prioritäten ebenso gesetzt. Craig war »wichtig«, Marian Esposito war nur eine Tote mehr in einer Stadt, die mehr Leichen produziert, als sie verkraften kann.

»Verdammt noch mal, was denken Sie sich dabei?« brüllte Esposito ihn an. Er war ein großer vierschrötiger Mann mit dichtem, schwarzem Haar und durchdringenden braunen Augen. An diesem Freitag nachmittag trug er Bluejeans, einen Rollkragenpullover und einen offenstehenden, flauschgefütterten Mantel, der beim Gehen wild um ihn herum flatterte. »Nicht ein einziger Cop hat sich bei mir sehen lassen. Sechs Telefongespräche habe ich führen müssen, um zu erfahren, wo man sie hingebracht hat. Ist das so üblich in dieser Stadt? Eine Frau wird vor ihrem eigenen Haus erstochen, und die Polizei fegt sie einfach unter den Teppich, tut, als wenn es sie überhaupt nie gegeben hat.«

»Es gibt noch einen Begleitfall ...«, setzte Hawes an.

»Ihren Begleitfall können Sie sich sonstwohin stecken«, tobte Esposito. »Ich will wissen, was Sie unternehmen, um den Mörder meiner Frau zu fangen.«

»Wir vermuten ...«

»So, Sie vermuten. Reizende Polizeimethoden sind das!«

»Unserer Meinung nach ...«

»Ach, eine Meinung haben Sie auch?«

»Mr. Esposito«, sagte Hawes so ruhig wie möglich, »wir glauben, daß Gregory Craigs Mörder Ihre Frau nur versehentlich getötet hat. Wir glauben, daß er möglicherweise ...«

»Versehentlich? Nennt man das neuerdings ein Versehen, wenn einer Frau ein Messer ins Herz gestochen wird? Ich will Ihnen mal was sagen …«

»Vielleicht habe ich mich unglücklich ausgedrückt.«

»Den Eindruck habe ich auch«, sagte Esposito grimmig. »Meine Frau ist tot. Jemand hat sie umgebracht. Sie haben keinen triftigen Grund zu der Annahme, daß es derselbe Kerl war, der den Bücherschmierer da im dritten Stock kaltgemacht hat. Aber der ist ja eine Berühmtheit, und deshalb konzentrieren Sie sich auf ihn. Der Typ, der Marian umgebracht hat, läuft inzwischen frei herum, und ich erfahre noch nicht mal, wo sie liegt, damit ich mich um die Beerdigung kümmern kann.«

»Sie ist in der Leichenhalle von Buena Vista«, sagte Hawes. »Die Obduktion ist abgeschlossen. Sie können …«

»Ja, ich *weiß*, wo sie ist. Jetzt. Nach sechs Telefongesprächen mit Polizisten, von denen keiner auch nur den blassesten Schimmer hatte. Wer geht bei Ihnen überhaupt ans Telefon? Vollidioten? Bei meinen ersten beiden Anrufen hatte keiner von meiner Frau auch nur gehört! Marian Esposito, Sir? Wer ist das, Sir? Wollen Sie ein Verbrechen melden, Sir? Man könnte glauben, ein verdammtes *Fahrrad* sei gestohlen worden, und kein Mord …«

»Die meisten Anrufe werden von der Telefonzentrale in der Innenstadt entgegengenommen. Ich verstehe Ihre Verärgerung, Mr. Esposito«, sagte Hawes. »Aber eine Telefonistin, die täglich Hunderte von Anrufen entgegennimmt, kann unmöglich die Einzelheiten …«

»Wer kennt sie dann, Ihre Einzelheiten?« fiel ihm Esposito ins Wort. »Sie vielleicht? Unten hat man mir gesagt, daß Sie den Fall bearbeiten. Also los, können Sie …«

»Zusammen mit einem Kollegen, ja«, bestätigte Hawes.

»Dann sagen Sie mir jetzt gefälligst, was Sie unternommen haben. Gibt es irgendwelche Hinweise, wissen Sie überhaupt, wo Sie anfangen sollen?«

»Wir fangen so an, wie wir jedesmal anfangen«, sagte Hawes. »So, wie Sie selbst anfangen würden, Mr. Esposito. Wir haben eine Leiche – in diesem Fall sogar zwei Leichen –, und wir wissen nicht, wer der Täter war. Das versuchen wir herauszubekommen. Das läuft nicht wie im Kino oder auf der Mattscheibe. Wir stellen keine Trickfragen, wir haben keine plötzlichen Eingebungen. Wir machen Kleinarbeit, wir gehen allen Einzelheiten nach, so unbedeutend sie auch aussehen mögen. Wir versuchen, das Warum zu ergründen. Nicht das Wer, Mr. Esposito, darauf kommt es uns hier nicht in erster Linie an. Kriminalromane spielen sich bei der Polizei nicht ab. Wir haben es mit Verbrechen zu tun und mit den Menschen, die diese Verbrechen begangen haben. Bei einem bewaffneten Raubüberfall kennen wir das Warum bereits, ehe wir den Hörer abnehmen. Bei einem Mord führt uns, wenn wir Glück haben, das Warum oft zum Wer. Zur Zeit haben wir dreihundert ungelöste Morde in den Akten. Wenn wir im nächsten Jahr ein halbes Dutzend davon aufklären, ist das schon eine Leistung. Im ungünstigsten Fall bleiben die Mörder auf freiem Fuß, und wir erwischen sie nie. Ein Mord ist eine einmalige Handlung, falls der Mörder nicht gerade ein Geistesgestörter ist oder tötet, um eine andere Straftat zu verschleiern. Der durchschnittliche Mörder tötet einmal und dann nie wieder. Entweder fangen wir ihn und setzen ihn hinter Schloß und Riegel, damit er nie wieder die Möglichkeit zu morden hat, oder er bricht seine Zelte ab und verschwindet auf Nimmerwiedersehen.«

Esposito sah ihn schweigend an.

»Tut mir leid«, sagte Hawes, »ich hatte nicht die Absicht, eine lange Rede zu schwingen. Wir wissen, wie wichtig es ist, den Mörder Ihrer Frau zu fassen, Mr. Esposito. Aber wir glauben eben, daß die eigentliche Tat in Apartment Drei-null-vier begangen wurde, und deshalb fangen wir dort an. Wenn wir Gregory Craigs Mörder erwischen, haben wir auch den Kerl, der Ihre Frau umgebracht hat. So sehen wir den Fall.«

»Und wenn Sie ihn falsch sehen?« fragte Esposito. Seine Wut war verraucht. Er stand da, die Hände in die Taschen seines Flauschmantels vergraben, und suchte in Hawes' Gesicht nach einem wenn auch noch so kleinen Trost.

»Wenn wir ihn falsch sehen, fangen wir noch einmal von vorne an«, sagte Hawes. Hoffentlich nicht, dachte er.

Jerry Mandel, der Skifan, rief an, als Carella und Hawes gerade heimgehen wollten. Sie hatten eine fruchtlose Unterredung mit Lieutenant Byrnes hinter sich, der ihnen ohne Umschweife erklärt hatte, zu Weihnachten könne er ihnen keine zusätzlichen Leute geben. Notfalls müßten sie sich die Mieter von Harborview allein vornehmen, auch wenn das bis zum Sankt-Nimmerleinstag dauerte, wann auch immer *der* sei. Außerdem teilte er ihnen mit, daß ihn der Anwalt eines gewissen Warren Esposito angerufen und behauptet hatte, der Mord an Gregory Craig werde bevorzugt behandelt, und sie sollten sich gefälligst verstärkt um den Fall Marian Esposito kümmern, sonst würde er einen Freund mobilisieren, der – wie der Zufall so spielt – bei der Staatsanwaltschaft sei. Byrnes wies seine Leute nachdrücklich darauf hin, daß auch in dieser schönen Stadt der Tod der große Gleichmacher sei und daß eine Leiche – unabhängig von Rasse, Religion, Geschlecht oder Beruf – genauso zu behandeln sei wie eine andere, eine Ermahnung, die Carella und Hawes mit den gebotenen Vorbehalten zur Kenntnis nahmen.

Inzwischen waren die Obduktionsbefunde im Fall Gregory Craig und Marian Esposito eingegangen, aber diese hochwissenschaftlichen medizinischen Abhandlungen sagten ihnen nicht viel mehr als das, was sie schon wußten – daß nämlich Gregory Craig an mehrfachen Stich- und Schnittverletzungen und Marian Esposito an einer einzigen Stichwunde gestorben war. Die Mediziner wurden nicht für Spekulationen bezahlt. In den Berichten war deshalb an keiner Stelle auch nur andeutungsweise davon die Rede, daß möglicherweise in beiden Fällen dieselbe Tatwaffe verwendet worden war. Etwas Neues erfuhren sie allerdings doch: Gregory Craig hatte vor seinem Tod getrunken. Die von ihm konsumierte Alkoholmenge hatte zu einem »Nachlassen der Vorsicht« geführt, und die Blutanalyse zeigte einen »deutlichen Rauschzustand«. Sie beschlossen, Hillary Scott – die Spukperson, wie sie auch bei ihnen inzwischen hieß – zu fragen, ob Craig bei der Arbeit zu trinken pflegte. Carella erinnerte sich an die beiden sauberen Gläser neben der Karaffe im Wohnzimmer. War es der Mörder gewesen, der sie nach dem Mord ausgespült hatte? Im Schlafzimmer hatten sie weder eine Whiskyflasche noch ein Glas gefunden.

Es war 18 Uhr 20, als Jerry Mandel anrief. Carella hatte gerade die .38er Chief Special aus dem Schreibtischfach genommen, um sie an seinem Gürtel zu befestigen, als das Telefon läutete. Er nahm den Hörer ab und schaute zur Uhr hoch. Er arbeitete seit acht Uhr morgens an diesem Fall, und heute konnte er nichts mehr unternehmen, wenn er nicht an die sechzig Türen von Harborview klopfen wollte, womit er erst morgen früh anfangen wollte.

»Siebenundachtzigstes Revier, Carella.«

»Ich hätte gerne den Beamten gesprochen, der die Morde im Harborview bearbeitet«, sagte eine Männerstimme.

»Am Apparat.«

»Hier Jerry Mandel. Ich habe hier im Radio gehört, daß Mr. Craig ermordet worden ist, und da habe ich im Harborview angerufen, um zu erfahren, was eigentlich los ist. Jimmy Karlson sagt, daß Sie versucht haben, mich zu erreichen. Deshalb wollte ich mich melden.«

»Nett, daß Sie anrufen, Mr. Mandel. Sie hatten gestern die Schicht von zwölf bis sechs?«

»Stimmt.«

»Hat in dieser Zeit jemand nach Mr. Craig gefragt?«

»Ja, ein gewisser Daniel Corbett.«

»Wann war das?«

»Gegen fünf, es hatte gerade angefangen zu schneien.«

»Haben Sie ihn bei Mr. Craig angemeldet?«

»Ja.«

»Und was hat Mr. Craig gesagt?«

»Er sagte: Schicken Sie ihn gleich herauf.«

»Und er ist hinaufgefahren?«

»Ja.«

»Das haben Sie selbst gesehen?«

»Ja, ich habe gesehen, wie er in den Aufzug stieg.«

»Das war gegen fünf, sagen Sie.«

»Ja, ungefähr um fünf.«

»Haben Sie ihn wieder herunterkommen sehen?«

»Nein.«

»Ihr Dienst war um sechs zu Ende.«

»Ich habe so um Viertel nach sechs Schluß gemacht, als Jimmy kam, um mich abzulösen. Jimmy Karlson.«

»Solange Sie noch im Dienst waren, ist dieser Daniel Corbett nicht heruntergekommen?«

»Genau.«

»Könnten Sie ihn beschreiben?«

»Ja, er war ziemlich jung, Ende Zwanzig oder Anfang Dreißig, würde ich sagen. Er hatte schwarze Haare und braune Augen.«

»Und was hatte er an?«

»Einen dunklen Mantel, braun oder schwarz, das weiß ich nicht mehr. Und dunkle Hosen. Ob er unter dem Mantel einen Anzug oder ein Sportsakko trug, konnte ich nicht sehen. Er hatte einen gelben Schal um den Hals, und er hatte eine Aktentasche bei sich.«

»Trug er einen Hut?«

»Nein, keinen Hut.«

»Handschuhe?«

»Das weiß ich nicht mehr.«

»Wissen Sie, wie sein Name geschrieben wird?«

»Ich habe ihn nicht gefragt. Er sagte, Daniel Corbett, und so habe ich ihn bei Mr. Craig angemeldet.«

»Und Mr. Craig hat gesagt: Schicken Sie ihn rauf.«

»Das waren seine genauen Worte.«

»Wo sind Sie jetzt, falls ich mich noch einmal mit Ihnen in Verbindung setzen muß?«

»Three Oaks Lodge, Mount Semanee.«

»Danke«, sagte Carella. »Sie haben uns sehr geholfen.«

»Ich hatte Mr. Craig sehr gern«, sagte Jerry Mandel und legte auf.

Carella legte ebenfalls auf und wandte sich an Hawes. »Sieht so aus, als ob die Sache jetzt in Schwung kommt, Cotton.«

Aber der Schwung hielt sich nicht lange. In den fünf Telefonbüchern der Stadt war kein Daniel Corbett verzeichnet. Sie versuchten, Hillary Scott in der Wohnung zu erreichen, waren aber nicht weiter überrascht, als sich dort niemand meldete. Nicht jeder verbringt gern die Nacht in einer Wohnung, in der ein Mord verübt worden ist. In Hillarys Büro meldete sich ein weibliches Wesen, das ihnen mitteilte, dort sei schon längst alles weg und sie sei nur die Putzfrau. In der Hoffnung, irgendwelche Verwandten der Spukperson aufzutreiben, gingen sie alle vierundsechzig Scotts im Telefonbuch durch, aber die Scotts, bei denen sie es versuchten, hatten noch nie etwas von Hillary gehört. Sie würden sich also doch bis morgen früh gedulden müssen.

3. Kapitel

Am Samstag morgen um halb neun rief Hillary Scott bei Carella zu Hause an, der noch im Bett lag. Er stützte sich auf einen Ellbogen und angelte sich den Hörer des Apparats, der auf seinem Nachttisch stand. »Hallo?« sagte er.

»Haben Sie versucht, mich zu erreichen?« fragte sie.

»Ja.«

»Ich habe es gespürt. Worum handelt es sich?«

»Woher haben Sie meine Telefonnummer?« fragte Carella.

»Aus dem Telefonbuch.«

Ein Glück, dachte Carella. Hätte sie auch noch seine Nummer gleichsam aus der Luft gegriffen, hätte er auf die sonderbarsten Gedanken kommen können. Es war sowieso ein merkwürdiges Gefühl, mit ihr zu sprechen und dabei daran zu denken, wie lächerlich ähnlich sie seiner Frau sah, die, das Kopfkissen fest an sich gepreßt, neben ihm lag und schlief. Teddy Carella war taubstumm; sie hatte das Telefon nicht läuten hören und hörte auch nicht, wie ihr Mann mit der Frau sprach, die ihr so ähnlich sah. Ob wohl auch Teddys Stimme – hätte sie sprechen können – der Stimme von Hillary Scott ähnlich gewesen wäre?

»Sie haben in der Wohnung angerufen, nicht wahr?« fragte sie.

»Ja.«

»Da bin ich jetzt. Ich wollte mir noch ein paar Sachen holen, und die Aura war um das Telefon herum am stärksten.«

»Hm. Ja. Können Sie mir sagen, wo Sie jetzt wohnen, falls ich …«

»Sie können mich bei meiner Schwester erreichen, Denise Scott. Die Nummer ist Gardner 4-7706. Schreiben Sie sie am besten auf, sie steht nicht im Buch.«

Er hatte sie bereits notiert. »Und die Adresse?«

»317 Laster Drive. Was wollten Sie mich fragen, Detective Carella?«

»Der Wachmann, Jerry Mandel, der in Harborview die Schicht von zwölf bis sechs hat, rief uns an. Er sagt, daß Mr. Craig an dem Tag, an dem er ermordet wurde, um fünf Uhr einen Besucher hatte. Einen gewissen Daniel Corbett. Sagt Ihnen der Name etwas?«

Es gab eine Pause.

»Miss Scott, sind Sie noch da?«

»Ja. Daniel Corbett hat Gregs *Tödliche Schatten* als Lektor betreut.«

»Nach der Beschreibung handelt es sich um einen jungen Mann mit schwarzen Haaren und braunen Augen.«

»Ja.«

»Miss Scott, als wir gestern in der Wohnung waren ...«

»Ich weiß, was Sie sagen wollen. Der Geist, den ich beschrieben habe ...«

»Ein junger Mann mit schwarzen Haaren und braunen Augen, so drückten Sie sich aus.« Carella zögerte. »Hatten Sie Grund zu der Annahme, daß ...«

»Die Aura war am Schreibtisch am stärksten.«

»Mal abgesehen von der Aura.«

»Ich bin nur davon ausgegangen«, erklärte sie fest.

»Aber Sie kennen Daniel Corbett.«

»Ja, ich kenne ihn.«

»Ist er wirklich ein junger Mann?«

»Er ist zweiunddreißig.«

»Und er hat schwarzes Haar und braune Augen?«

»Ja.«

»Wo kann ich ihn erreichen, Miss Scott?«

»Im Harlow House, das ist der Verlag. Ecke Jefferson und Lloyd.«

»Heute ist Samstag. Haben Sie zufällig seine Privatnummer?«

»Sicher steht sie in Gregs Notizbuch.«

»Sind Sie zur Zeit im Schlafzimmer?«

»Nein, im Wohnzimmer.«

»Könnten Sie bitte ins Schlafzimmer gehen und die Nummer nachschlagen?«

»Ja, natürlich. Aber es war nicht Daniels Ausstrahlung, die ich gestern gespürt habe. Auf keinen Fall.«

»Trotzdem ...«

»Einen Moment bitte.«

Er wartete. Teddy drehte sich um, räkelte sich, dann setzte sie sich auf und blinzelte verschlafen. Sie trug ein cremefarbenes Shorty, das Carella ihr zum Geburtstag geschenkt hatte. Sie streckte sich, lächelte und gab ihm einen Kuß auf die Wange. Dann stieg sie aus dem Bett und ging ins Badezimmer. Sie trug kein Höschen. Unter dem Shorty sahen zwei straffe, erfreulich gerundete Halbmonde hervor. Er sah ihr nach und vergaß vorübergehend, daß sie seine eigene Frau war.

»Hallo?« sagte Hillary.

»Ja, ich bin noch dran.«

Die Badezimmertür klappte zu, und er widmete sich wieder seinem Medium.

»Neben seinem Namen stehen zwei Nummern«, sagte Hillary. »Eine in Isola, eine in Gracelands. Dort hat er ein Wochenendhaus, soviel ich weiß.«

»Bitte geben Sie mir beide Nummern.« Er hörte im Badezimmer die Wasserspülung rauschen, dann wurde der Wasserhahn aufgedreht. Er notierte sich die Nummern. »Danke, Miss Scott«, sagte er, »ich melde mich wieder.«

»Es war nicht Daniel«, wiederholte sie und legte auf.

Teddy kam aus dem Badezimmer. Ihr Haar war vom Schlaf zerzaust, ihr Gesicht wirkte ohne Make-up blaß, aber die dunklen Augen waren klar und wach. Er beobachtete sie, als sie zum Bett ging, und dankte vielleicht zum tausendsten Mal dem Schicksal, das sie vor mehr Jahren, als er zurückdenken wollte, in sein Leben geführt hatte. Sie war kein junges Mädchen mehr, ihre Figur war nicht mehr so straff und geschmeidig wie die der zweiundzwanzigjährigen Hillary Scott, aber ihre Brüste waren noch fest, ihre Beine lang und schlank, und sie achtete sehr auf ihr Gewicht. Genüßlich streckte sie sich neben ihm aus, während er die erste Nummer wählte, die Hillary ihm gegeben hatte. Ihre Hand verschwand unter der Decke.

»Hallo?« sagte eine Männerstimme.

»Mr. Corbett?«

»Ja?« Sehr freundlich klang das nicht. Kein Wunder, dachte Carella, immerhin war es ja erst kurz vor neun, und noch dazu der Samstag vor dem langen Weihnachtswochenende. Unter der Decke ging Teddys Hand spazieren.

»Es tut mir leid, daß ich Sie so früh schon belästigen muß«, sagte Carella. »Mein Name ist Carella. Ich bin Detective im 87. Revier und ermittle im Mordfall Gregory Craig.«

»Ach so. Ja«, sagte Corbett.

»Ich wollte fragen, ob ich im Lauf des Vormittags bei Ihnen vorbeikommen kann. Ich möchte Ihnen einige Fragen stellen.«

»Ja, natürlich.«

Carella sah auf den Wecker, der auf dem Nachttisch stand. »Wäre Ihnen zehn Uhr recht?«

Teddy, die ihm die Worte von den Lippen abgelesen hatte, schüttelte den Kopf.

»Meinetwegen auch um elf«, verbesserte sich Carella. »Was Ihnen lieber ist.«

»Elf Uhr wäre bedeutend besser«, sagte Corbett.

»Würden Sie mir bitte Ihre Adresse geben?« Während Carella sie notierte, wurde Teddys Hand beharrlicher.

»Also dann bis elf«, sagte er. »Vielen Dank.« Er legte auf und wandte sich seiner Frau zu. »Ich muß erst noch Cotton anrufen.«

Sie verdrehte die Augen.

»Es dauert nur eine Minute.«

Sie ließ ihn so unvermittelt los, wie sie ihn ergriffen hatte, und legte sich seufzend zurück, die Hände hinter dem Kopf gefaltet. Die Decke war bis zu ihren Schenkeln hinabgerutscht, das Shorty entblößte achtlos das schwarze Haardreieck unter dem Saum.

»Morgen, Cotton«, sagte Carella. »Ich habe um elf Uhr eine Verabredung mit Daniel Corbett. Er wohnt im Quarter. Können wir uns dort treffen?«

»Wie hast du ihn denn gefunden?« fragte Hawes.

»Die Spukperson hat mich angerufen.«

»Einfach so?«

»Aura. Schreib dir die Adresse auf, ja?« sagte Carella und las sie ihm vor. »Elf Uhr.«

»Ich bin pünktlich«, sagte Hawes und legte auf.

Carella tat es ihm gleich und rollte sich zu Teddy hinüber. Sie hatte die Hände noch hinter dem Kopf gefaltet, und auf ihrem Gesicht stand ein Ausdruck von höchster Langeweile.

»So«, sagte er.

Sie setzte sich plötzlich auf. Ihre Hände bewegten sich. Er beobachtete ihre Finger, las die Buchstaben, die sie in der Luft formten, und begann zu grinsen.

»Was soll das heißen, du hast Kopfschmerzen?« sagte er.

Wieder bewegten sich die schmalen, schlanken Hände. *Ich bekomme immer Kopfschmerzen, wenn jemand zu lange am Telefon hängt*, sagte sie.

»Jetzt hänge ich nicht mehr am Telefon«, sagte Carella.

Sie zuckte vielsagend mit den Schultern.

»Was meinst du also?«

Ein weiteres Achselzucken.

»Du möchtest ein wenig herumalbern?« fragte er grinsend.

Sie kniff in der Nachahmung eines längst vergessenen Stummfilmstars die rauchigen Augen zusammen. Dann fuhr sie sich mit der Zunge über die Lippen. Sie senkte einen Halteriemen des Shorties von der Schulter und entblößte ihre Brust. Ihre Hände bewegten sich wieder. *Ich möchte* sehr viel *herumalbern, Dummkopf,* sagte sie, leckte sich wieder über die Lippen und warf sich ihm begehrlich in die Arme.

An diesem letzten Samstag vor Weihnachten wimmelte es im Quarter vor Menschen, die noch im letzten Augenblick Geschenke kaufen wollten oder auf der hoffnungslosen Jagd nach Raritäten und günstigen Angeboten waren. Früher einmal – es war noch gar nicht so viele Jahrzehnte her – war dieser Stadtteil als *Artist*'s Quarter bekannt gewesen, als Künstlerviertel, und man hatte hier tatsächlich noch erstklassige Gemälde oder Skulpturen auftreiben können, handgearbeiteten Silber- und Goldschmuck, Lederwaren, die den Vergleich mit Florenz nicht zu scheuen brauchten, herrliche Kunstbücher und Drucke, handgestickte Blusen und Kleider aus Mexiko, Holzschnitzereien und Jade, Töpferwaren und exotische Pflanzen, und das alles zu annehmbaren Preisen. Diese schöne Zeit war unwiederbringlich vorbei. Heutzutage war es unmöglich, sich hier eine Mansarde zu mieten und darin zu verhungern. Heute fand man Qualität hier auch nur noch zu exorbitanten Preisen. Der Name hatte sich vor all diesen Jahren verändert, und das einzigartige Flair der Gegend war mit ihm verschwunden. Jetzt war das Quarter nur noch eine Attraktion unter vielen in einer Stadt der Touristenfallen. Trotzdem blieben die Käufer nicht aus. Noch immer hatten sie die Hoffnung nicht aufgegeben, hier etwas zu finden, was in den vornehmen Geschäften der Hall Avenue nicht aufzutreiben war.

Wie überall in der Stadt waren die Laternenpfähle mit Weihnachtsschmuck und Tannenzweigen behängt. Für die Schaufensterscheiben hatte weiße Farbe als Eisblumenimitat herhalten müssen. Hinter dem Glas versuchten geschäftstüchtige Dekorateure mit Wattelandschaften Erinnerungen an weiße Weihnachten zu wecken.

Die Beleuchtung der hohen Weihnachtsbäume auf den wenigen noch verbliebenen Plätzen der Stadt glomm trübe in der Morgendämmerung. Der Himmel hatte sich wieder bezogen, und der in den Rinnsteigen zusammengeschobene Schnee hatte jetzt die Lieblingsfarbe der Stadt: grau. Die Gehsteige waren erst zum Teil geräumt und luden zu unfreiwilligen Rutschpartien ein. Aber die Kaufwütigen der letzten Stunde ließen sich nicht bremsen. Unbeirrbar steuerten sie ihre Ziele an wie Lachse, die flußaufwärts schwimmen, um sich im eisigen Wasser zu paaren.

Daniel Corbett bewohnte eins der wenigen alten Häuser, die aus einst hochherrschaftlichen Villen samt Stallungen entstanden waren. Ein schmiedeeisernes Gitter umgab den kleinen, schiefergepflasterten Hof. Die Haustür erreichte man über einen Durchgang, der zur Straße hin durch eine Fichtenhecke abgeschirmt war. Die Tür war orangefarben gestrichen und hatte einen schönen Messingklopfer. Wäre dieses Prachtstück von der Straße aus zugänglich gewesen, hätte es binnen zehn Minuten einen Liebhaber gefunden, überlegte Carella, aber auch so war es riskant, es in seiner aufreizend polierten Schönheit dort hängen zu lassen.

Carella betätigte den Klopfer. Einmal, zweimal. Hawes sah ihn an.

»Er weiß doch bestimmt, daß wir kommen, oder?«

Die Tür wurde geöffnet.

Daniel Corbett war ein junger, gutaussehender Mann mit glattem schwarzem Haar, braunen Augen und einer Adlernase direkt aus *Aufstieg und Fall des Römischen Reiches*, einem Mund aus *Die Rasierklinge* und einem Kinn aus *Der Fels von Brighton*. Darüber hinaus trug er eine rote Hausjacke mit schwarzem Samtkragen, die einen an *Große Erwartungen* von Dickens denken ließ. Er war ein durch und durch literarischer Mensch.

»Mr. Corbett?« fragte Carella.

»Ja?«

»Detectives Carella und Hawes.« Er zückte seine Dienstmarke.

»Ja. Bitte kommen Sie herein«, sagte Corbett.

Das Versprechen, das Corbett gemacht hatte, wurde vom Haus vollends erfüllt. Von der holzgetäfelten Diele aus betraten sie eine Bibliothek, in der die gesamte Produktion eines mittleren Verlagshauses der letzten zehn Jahre untergebracht zu sein schien. Bücher in Schutzumschlägen aller Farben des Spektrums fügten der prachtvollen Nußbaumtäfelung eine festliche Note hinzu. In luxuriöses Leder eingebundene Bücher erweckten einen angemessenen Hauch von Dauerhaftigkeit. Ein Feuer flackerte im Kamin, die Flammen tanzten mit gelben, roten und blauen Farben, die zweifellos von chemisch imprägniertem Holz erzeugt wurden. In einer Ecke stand ein Weihnachtsbaum mit zartem, handgeblasenem Glasschmuck aus Deutschland und bunter elektrischer Beleuchtung, made in Hongkong. Corbett ging zu einem roten Ledersessel, neben dem in einem Aschenbecher eine Pfeife vor sich hin schmauchte. Er tat einen Zug und sagte: »Nehmen Sie bitte Platz.«

Carella sah sich unwillkürlich nach Dr. Watson um, konnte ihn allerdings nirgends ausmachen. Er setzte sich auf einen der beiden Sessel, die gegenüber vom roten Ledersessel standen. Am liebsten hätte er nach dem Punsch geklingelt, sich die Schuhe aus- und die Samtpantoffeln angezogen, nach der Weihnachtsgans im Ofen gesehen, und sich auf den Zweiten Weihnachtstag gefreut, der in England ja begangen wurde. Hawes nahm neben ihm Platz, und Corbett setzte sich, wie es ihm als Hausherr auch zustand, in den roten Ledersessel und paffte an der Pfeife.

»So«, sagte er.

»So«, sagte Carella. »Ich will gleich zur Sache kommen, Mr. Corbett. Am Donnerstag nachmittag gegen fünf – etwa zwei Stunden, ehe Mr. Craigs Leiche gefunden wurde – erschien ein Mann namens Daniel Corbett in Harborview und ...«

»Was?« Corbett wäre um ein Haar die Pfeife aus der Hand gefallen.

»Ja, und meldete sich beim Wachmann in der Halle. Der Wachmann sagte Mr. Craig Bescheid, und dieser bat ihn, Corbett sofort hinaufzuschicken. Nach der Beschreibung handelte es sich bei Daniel Corbett ...«

»*Daniel* Corbett?«

»... um einen jungen Mann mit schwarzen Haaren und braunen Augen.«

»Unglaublich«, sagte Corbett.

»Hm«, machte Carella. »Wo waren Sie am Donnerstag nachmittag um fünf?«

»Im Büro«, sagte Corbett.

»Des Verlags Harlow House?«

»Des Verlags Harlow House.«

»Kann das jemand bezeugen?«

»Nur sämtliche Mitarbeiter. Wir hatten unsere Weihnachtsfeier.«

»Wann fing die Feier an, Mr. Corbett?« wollte Hawes wissen.

»Um drei.«

»Und wann war sie zu Ende?«

»Gegen halb acht.«

»Waren Sie die ganze Zeit dort?«

»Ja.«

»Saßen Sie mit einzelnen Mitarbeitern zusammen oder mit allen?«

»Es gibt genügend Leute, die meine Anwesenheit bestätigen können.«

»Was waren das für Leute?« fragte Carella. »Können Sie uns ihre Namen nennen?«

»Ja, also … eigentlich besonders mit *einer* Person.«

»Mit wem?«

»Mit einer der Lektorinnen aus unserem Jugendbuchprogramm. Sie heißt Priscilla Lambeth.«

»Waren Sie auch um fünf mit ihr zusammen?«

»Ja, es wird wohl fünf gewesen sein.«

»Wäre sie bereit, das zu bestätigen?«

»Das kann ich nicht so ohne weiteres sagen.«

»Warum nicht?«

»Na ja, sie ist verheiratet.«

»Und?«

»Vielleicht ist es ihr nicht so ganz recht, zuzugeben, daß sie sich in einer … etwas kompromittierenden Situation befand.«

»Wie kompromittierend war diese Situation?« fragte Hawes.

»Ich habe sie auf der Couch in ihrem Büro gevögelt«, sagte Corbett.

»Um fünf Uhr?« fragte Carella.

»Um fünf, und noch einmal um sechs.«

»Haben Sie ihre Privatnummer?«

»Sie wollen Pris doch nicht etwa *anrufen*?« sagte Corbett entsetzt.

»Wir können ihr auch einen Besuch abstatten.«

»Also wirklich, meine Herren ...«

»Mr. Corbett, einer Ihrer Autoren ist am Donnerstag ermordet worden, und ein Mann, auf den Ihre Beschreibung zutrifft und der Ihren Namen benutzte, war zwei Stunden, ehe die Leiche gefunden wurde, am Tatort. Die Lage ist ernst, Mr. Corbett. Wir wollen natürlich keine glückliche Ehe zerstören, aber falls Mrs. Lambeth nicht bestätigen kann, daß Sie um fünf mit *ihr* zusammen waren, statt mit einem Aufzug in Craigs Wohnung zu fahren ...«

»Ihre Nummer ist Higley 7–8021.«

»Dürfen wir gleich von hier aus telefonieren?«

»Ja, natürlich.« Corbett deutete auf den Apparat, der auf einem der Regelbretter in der Bücherwand stand. Carella wählte die Nummer, die Corbett ihm gegeben hatte, und wartete.

Corbett beobachtete ihn scharf. Er war ganz blaß geworden. Nach dem fünften Klingeln meldete sich eine Frau.

»Hallo?« sagte sie. Ihre Stimme war ganz leise, kaum vernehmbar, wie es sich für die Lektorin von Jugendbüchern gehörte.

»Mrs. Lambeth?« sagte Carella.

»Ja?«

»Hier spricht Detective Carella. Ich ermittle im Mordfall Gregory Craig und würde gerne kurz ungestört mit Ihnen sprechen. Sind Sie allein?«

»Ja.«

»Wir sind gerade bei Daniel Corbett ...«

»Oh ...«

»...einem Ihrer Kollegen ...«

»Oh.«

»...und er meint, Sie könnten uns sagen, wo er sich am Donnerstag nachmittag um fünf aufhielt.«

»Oh.«

»Trifft das zu?«

»Ich ... glaube schon«, sagte sie und zögerte dann. »Was sagt *er* denn dazu?«

»Uns interessiert im Augenblick mehr, was *Sie* dazu zu sagen haben, Mrs. Lambeth.«

»Ich schätze, er war in meinem Büro.«

»War er es nun, oder nicht?«

»Ja, ich schätze doch.«

»Um fünf Uhr?«

»Na ja ... es kann auch halb fünf gewesen sein, so genau weiß ich das nicht mehr.«

»Sie sind gegen halb fünf zusammen in Ihr Büro gegangen, ja?«

»Ja, so ungefähr um die Zeit.«

»Und wie lange blieben Sie dort?«

»Bis halb sieben. Hat *er* Ihnen das auch gesagt?«

»Ja, das hat er uns auch gesagt.«

»Wir hatten eine Redaktionsbesprechung in meinem Büro.«

»Hm. Ja«, sagte Carella.

»Ja, schön.« Sie klang plötzlich erleichtert. »War das alles?«

»Im Augenblick, ja.«

»Oh.« Sie zögerte. »Soll das heißen, daß Sie noch einmal anrufen werden?«

»Das könnte sein.«

»Dann wäre ich Ihnen dankbar, wenn Sie das nächstemal im Büro anrufen würden«, sagte sie. »Mein Mann hat es nicht gern, wenn zu Hause von geschäftlichen Dingen die Rede ist.«

Darauf gehe ich jede Wette ein, dachte Carella, sagte aber nichts.

»Die Nummer ist Carrier 2-8100, Apparat 42.«

»Danke«, sagte Carella.

»Bitte rufen Sie mich nicht noch einmal zu Hause an«, sagte sie und legte auf.

»Alles klar?« fragte Corbett.

»Ja.« Carella nickte. »Wer könnte sich Ihrer Meinung nach unter Ihrem Namen in Harborview Einlaß verschafft haben?«

»Ich habe keine Ahnung.«

»Ist allgemein bekannt, daß Sie Craigs Lektor waren?«

»In der Verlangsbranche schon.«

»Und außerhalb?«

»Da dürfte es wohl kaum jemand gewußt haben.«

»Stand vielleicht in irgendeiner Zeitschrift einmal etwas davon, daß Sie Craig verlegerisch betreut haben?«

»Ja, jetzt fällt es mir wieder ein. In *People* war kürzlich ein Artikel über Greg, in dem ich auch erwähnt wurde. Sie brachten ein Bild, auf dem wir zusammen abgebildet waren.«

»Dann ist es durchaus möglich, daß ein Branchenfremder ...«

»Ja, ich glaube schon.«

»Wie lange kennen Sie Priscilla Lambeth schon?« fragte Hawes unvermittelt.

»Noch nicht lange.«

»*Wie* lange?«

»Sie ist neu bei unserer Firma.«

»*Wie* neu?«

»Sie ist erst im Herbst zu Harlow House gekommen.«

»Und seither sind Sie mit ihr intim?«

»Was geht Sie das an?« fragte Corbett mit einem plötzlichen Anflug von Arroganz.

»Wir haben nur Ihre Aussage darüber, wo Sie am Donnerstag um fünf waren, Mr. Corbett. Wenn die Geschichte schon länger geht ...«

»Sie geht noch nicht lange.«

»Dann war wohl am Donnerstag die Premiere, was?« fragte Hawes.

»Das Gespräch fängt an, peinlich zu werden«, sagte Corbett.

»Finde ich auch«, sagte Hawes. »*War* es das erste Mal?«

»Nein.«

»Sie haben also schon vorher mit ihr geschlafen?«

»Ja.«

»Wie oft?«

»Angefangen hat es letzten Monat«, sagte Corbett und seufzte.

»Und wie oft waren Sie seither mit ihr zusammen?«

»Zwei- oder dreimal. Es ist keine ernste Sache, wenn Sie das meinen, es ist nicht so, daß Pris sich verpflichtet gefühlt hätte, mir ein Alibi zu verschaffen. Und ich brauche auch gar kein Alibi. Ich war am Donnerstag nicht in der Nähe von Gregs Wohnung, sondern habe in Priscillas Büro auf der Couch gelegen.«

»War das nicht ein bißchen riskant?«

»Bei einer Weihnachtsfeier? Ich bitte Sie, da ist gar nichts riskant.«

»Dann war das also nur eine beiläufige kleine Vergnügung?« fragt Hawes.

»Wenn Sie es so ausdrücken wollen.«

»Wie würden *Sie* es denn ausdrücken?«

»Ja, eine beiläufige Affäre.«

»Wie standen Sie zu Craig?« fragte Carella.

»Es war eine rein geschäftliche Beziehung.«

»Was heißt das?«

»Daß heißt, er schickte mir sein Buch, es gefiel mir, und

ich empfahl den Ankauf. Dann habe ich es mit ihm durchgearbeitet, und Harlow brachte es heraus.«

»Wann war das?«

»Vor anderthalb Jahren. Es hat unser Sommerprogramm angeführt.«

»Wann erhielten Sie das Buch?«

»Etwa zehn Monate vorher.«

»Durch einen Agenten?«

»Er hat keinen Agenten. Die Sendung war an einen Lektor gerichtet, der nicht mehr bei uns arbeitete. Natürlich habe ich den Namen sofort erkannt. Ich hatte auf dem College einige seiner Romane gelesen.«

»Aber dieses Buch war kein Roman.«

»Nein, es war ganz anders als das, was er bisher geschrieben hatte. Es gefiel mir auf Anhieb.«

»Wenn Sie sagen, daß Sie es mit ihm durcharbeiteten ...«

»Sehr viel brauchte ich gar nicht zu tun, es waren ein paar kleine Schnitzer auszumerzen, die blauen Augen auf Seite zwölf waren auf Seite 30 plötzlich grün, hier und da mußte ein bißchen gestrichen werden, aber alles in allem war das Manuskript in Ordnung. Ich wünschte, *alle* Bücher, die ich bearbeiten muß, wären so.«

»Und damit endete Ihre geschäftliche Verbindung?«

»Nein, er arbeitete an einem neuen Buch, als ... als er ermordet wurde. Wir hatten schon Briefe in der Angelegenheit gewechselt und telefonierten deswegen häufig. Er tat sich schwer damit.«

»Trafen Sie sich auch gelegentlich?«

»Ja, wir haben öfter miteinander gegessen.«

»Wann haben Sie ihn zum letztenmal gesehen?«

»Vor zwei Wochen, glaube ich.«

»Hat er ausdrücklich gesagt, daß er mit seinem neuen Buch Schwierigkeiten hatte?«

»Ja, deshalb saßen wir zusammen.«

»Was haben Sie ihm geraten?«

»Was kann ein Lektor einem Autor schon raten? Er hatte schon einmal eine schöpferische Pause gehabt, wie man so schön sagt, zwischen seinem letzten Roman und den *Tödlichen Schatten.* Ich habe ihm gesagt, daß er auch diesmal die Kurve kriegen würde.«

»Hat er Ihnen das abgenommen?«

»Ich glaube schon.«

»Mr. Corbett«, sagte Carella, »in Craigs Schreibmaschine war ein Blatt eingespannt, und ich hatte den Eindruck – wohlgemerkt, ich bin nicht aus der Branche, ich verstehe von diesen Dingen nichts –, daß es der *Anfang* eines Buches war. Der erste Abschnitt.«

»Nein, das kann ich mir nicht vorstellen«, sagte Corbett und schüttelte den Kopf.

»Ich erinnere mich nicht mehr genau, was darauf stand, aber es ging darum, daß er zum erstenmal ein Haus betrat und …«

»Deshalb braucht es noch nicht der Anfang eines Buches gewesen zu sein. Greg sammelte einschlägige Berichte über angeblich übernatürliche Vorfälle.«

»*Angeblich* übernatürliche Vorfälle?«

Corbett lächelte leicht verlegen. »Na ja, Sie wissen schon … Bei dem Text könnte es sich um den Anfang für ein *Kapitel* aus seinem neuen Buch gehandelt haben.«

»Wie lange arbeitete er schon daran?«

»Seit ungefähr einem Jahr.«

»Und wie viele Kapitel hatte er schon geschrieben?«

»Vier.«

»In einem Jahr?«

»Er tat sich, wie gesagt, schwer damit. Immer wieder schrieb er den Text um. Es sollte ihm einfach nicht so gelingen, wie er es sich vorgestellt hatte. Es ist ja auch wirklich nicht einfach, etwas Gleichwertiges wie die *Tödlichen Schatten* zu produzieren. Greg war im Sachbuch noch nicht so firm wie in der Gattung Roman. Er wußte nicht recht, ob er auf dem richtigen Weg war. Manchmal hielt er sogar die *Tödlichen Schatten* für einen Reinfall.«

»Hat er Ihnen das gesagt?«

»Das war nicht nötig. Der Mann war wahnsinnig unsicher.«

»Hat er davon gesprochen, daß er sonst irgendwelche Sorgen hatte?«

»Nein, nie.«

»Keine Drohbriefe oder beunruhigende Anrufe?«

»Nein.«

»Oder Anrufe von Spinnern?«

»Die muß jeder Schriftsteller ertragen.«

»Hat er so etwas mal angesprochen?«

»Nicht ausdrücklich. Aber ich weiß, daß er sich letzten Monat eine andere Telefonnummer hat zuteilen lassen. Die Anrufe dürften der Grund dafür gewesen sein.«

»Herzlichen Dank, Mr. Corbett«, sagte Carella. »Es ist möglich, daß wir uns noch einmal mit Ihnen in Verbindung setzen müssen, wir möchten Sie also bitten ...«

»...die Stadt nicht zu verlassen«, ergänzte Corbett lächelnd. »In meinem ersten Job in der Branche habe ich Kriminalromane redigiert.«

»Das wollte ich nicht sagen«, widersprach Carella.

»Was wollen Sie denn sagen?«

»Ich wollte sagen ...« Carella zögerte. »Das wollte ich doch sagen«, gestand er ein.

»Das wolltest du doch gar nicht sagen, oder?« fragte Hawes, als sie wieder draußen waren und zurück zum Wagen gingen.

»Doch, wollte ich.«

»Die *Stadt* nicht verlassen?«

»Es lief darauf hinaus.«

Es hatte wieder angefangen zu schneien. Als sie beim Wagen angelangt waren, schloß Carella die Beifahrertür auf und ging dann herum zur Fahrerseite. Hawes beugte sich hinüber und zog den Knopf der Türverriegelung hoch. Carella setzte sich ans Steuer, schob die Sonnenblende mit dem Schild DETECTIVE IM EINSATZ wieder hoch und startete den Wagen. Sie warteten, bis die Heizung ein bißchen Wärme verbreitete.

»Was meinst du?« fragte Hawes.

»Ich meine, daß wir uns noch etwas bei seinen Kollegen bei Harlow umhören sollten. Die Aussage dieser Priscilla Lambeth reicht mir in diesem Fall eigentlich nicht. Dir?«

»Nein. Andererseits ist sie verheiratet, und wenn sie zugibt, daß sie sich in ihrem eigenen Büro vernaschen läßt, ist es kaum wahrscheinlich, daß sie lügt, oder?«

»Außer, es ist mehr als die beiläufige Affäre, die es seinen Worten zufolge sein soll. Dann könnte sie lügen, um ihn zu schützen.«

»Vielleicht«, sagte Hawes. »Aber für mich klang die ganze Sache beiläufig, Steve.«

»Wieso?«

»Wenn sie nicht beiläufig ist, sagt man nicht, daß man jemanden *gevögelt* hat. Man sagt, man hat sich geliebt, war allein zusammen oder hat miteinander geschlafen. Aber man sagt nicht, daß man sie auf der Couch gevögelt hat. Das ist eine beiläufige Affäre. Glaub's mir, Steve.«

»Na schön, dann ist es eben nur eine Affäre.«

»Und noch etwas, Steve. Wenn er in die Wohnung hinaufgefahren ist, um Craig umzubringen, wird er sich wohl kaum bei dem Wachmann vorgestellt haben. Er hätte sich als Reporter von *Time* oder *Newsweek* oder *Saturday Review* ausgeben. Warum sollte er seinen richtigen Namen nennen?«

»Damit Craig ihn reinläßt.«

»Und damit der Wachmann sich später an ihn erinnert? Nein, das glaube ich nicht.«

»Vielleicht hatte er gar nicht die Absicht, Craig umzubringen. Vielleicht ist es zu einem Streit gekommen ...«

»Der Mörder hat das Messer mitgebracht«, wandte Hawes ein.

»Stimmt«, sagte Carella.

»Und?«

»Verdammt, ich hab nicht den geringsten Schimmer.« Carella wischte mit der behandschuhten Hand über die beschlagene Windschutzscheibe. Er dachte einen Augenblick nach. Die Scheibenwischer schoben die naß-klebrigen Schneeflocken beiseite. »Na schön«, sagte er dann. »Ich bin dafür, daß wir Jerry Mandel da oben am Mount Semanee anrufen und bitten, sofort zurückzukommen. Ich möchte ihn Daniel Corbett gegenüberstellen. Und da wir schon in der Nähe des Gerichtes sind, könnten wir versuchen, einen Haussuchungsbefehl für Corbetts Haus zu bekommen. Aus Craigs Wohnung ist Schmuck im Wert von über 83.000 Dollar gestohlen worden. So etwas schlägt man nicht gleich am nächsten Tag wieder los. Schon gar nicht, wenn man in einem Verlag arbeitet und nicht weiß, wie das mit den Hehlern funktioniert. Was meinst du?«

»Ich meine, ich habe einen Mordshunger«, sagte Hawes.

Sie nahmen bei einem Chinesen in der Cowper Street ein schnelles Mittagessen zu sich und fuhren dann zum Gericht in der High Street. Der Richter, dem sie den schriftlichen Antrag vorlegten, hatte Bedenken, ihn nur aufgrund eines Telefongesprächs mit einem Wachmann zu genehmigen, aber Carella erklärte, es bestehe hinreichender Grund zu der Annahme, daß zumindest jemand, der sich als Daniel Corbett ausgegeben hatte, zur Tatzeit am Schauplatz des Verbrechens gewesen war, und daß man keine

Zeit verlieren durfte, dem gestohlenen Schmuck auf die Spur zu kommen, ehe er in alle Winde verstreut war.

Sie redeten eine Viertelstunde hin und her. »Officer«, sagte der Richter schließlich, »ich kann keinen hinreichenden Grund für eine Hausdurchsuchung erkennen. Selbst wenn ich jetzt Ihren Antrag genehmige, würde die Gegenseite ihn später bei der Verhandlung doch anfechten. Antrag abgelehnt.«

Carella brummelte wütend vor sich hin, bis sie wieder auf der Straße standen. Immerhin sei es ein Vorteil der Demokratie, daß die Rechte des Bürgers so gewissenhaft geschützt würden, meinte Hawes. »Die der Gangster aber auch«, fauchte Carella, und damit war die Sache abgehakt.

Auch mit Jerry Mandel hatten sie kein Glück. Als sie in der Three Oaks Lodge in Mount Semanee anriefen, wurde ihnen gesagt, daß er schon sehr zeitig abgereist war in der Hoffnung, anderswo bessere Schneeverhältnisse zu finden. Schnee hätten sie auch in der Stadt genug, sagte Carella bissig. Fünfzehn Zentimeter lag er schon hoch, und weitere Schneefälle waren vorausgesagt.

»Können Sie uns nicht ein bißchen was davon herschicken?« fragte der Portier. »Wir könnten ihn hier gut gebrauchen.«

Carella legte auf.

4. Kapitel

Der erste Spinner meldete sich an diesem Nachmittag um halb drei, und Carella vermerkte befriedigt, daß es nicht nur die Herren *Schriftsteller* waren, die solche Anrufe ertragen mußten, sondern auch die *Polizei*. Der erste Spinner war weiblichen Geschlechts und stellte sich als Miss Betty Aldershot vor. Sie wohne im Haus 782 Jackson, direkt gegenüber vom Harborview-Gebäude. Am Donnerstag abend habe sie fünfundzwanzig Minuten vor sieben aus dem Fenster geschaut, berichtete sie, und einen Mann und eine Frau im Schnee miteinander kämpfen sehen. Carella wußte nicht, daß er es mit einer Spinnerin zu tun hatte; jedenfalls *noch* nicht. Er griff sich einen Stift und zog einen Notizblock heran.

»Ja, Miss Aldershot, ich höre«, sagte er. »Können Sie den Mann beschreiben?«

»Es war Superman«, sagte sie.

»Superman?«

»Ja. Er trug ein blaues Trikot und ein rotes Cape.«

»Aha«, sagte Carella.

»Er holte seinen großen roten Penis raus und hat ihn ihr reingesteckt.«

»Ich verstehe.«

»Ein *Superman*-Penis«, sagte sie.

»Ja. Hm. Vielen Dank, Miss Aldershot, aber ...«

»Und dann flog er davon.«

»Aha.«

»Über die Häuser. Sein Ding hing noch raus.«

»Ja. Hm. Nochmals vielen Dank, aber ...«

»Den kriegt ihr nie«, sagte sie und gackerte wie eine hysterische Henne. »Er flog schneller als eine Revolverkugel.« Dann legte sie auf.

»Wer war denn das?« fragte Meyer Meyer von seinem Schreibtisch her. Er trug neuerdings drinnen wie draußen eine karierte Mütze, die seinen kahlen Schädel schützte und ihm das Gefühl gab, Sherlock Holmes zu sein. Erst vor einer Woche noch hatten die Kollegen erregte Diskussionen darüber geführt, ob er sie wohl auch im Bett trug. Hal Willis hatte behauptet, Meyers Frau, Sarah, hätte eine Vorliebe dafür, von glatzköpfigen Männern mit Sherlock-Holmes-Mützen gebumst zu werden. Sherlock-Holmes-Mützen und schwarze Sockenhalter, hatte Bert Kling gesagt. Sonst nichts. Und einen großen Steifen, hatte Hawes gesagt. Sehr komisch, hatte Meyer gesagt.

»Das war Supermans Mutter«, sagte Carella.

»Wenigstens mal was anderes. Wie geht's ihr denn?«

»Glänzend. Ich versuche, Danny Gimp zu erreichen. Hat er jetzt eine andere Telefonnummer?«

»Nicht, daß ich wüßte«, sagte Meyer. »Hör mal, was machen wir denn nun wegen Montag?«

»Bis heute um Mitternacht habe ich den Fall geknackt«, erklärte Carella feierlich.

»Klar, du und Superman, ihr seid sowieso die Größten. Nein, mal im Ernst: Wenn du sowieso unterwegs bist, kannst du mir doch mein Chanukka gönnen.«

»Mal sehen, wie es um Mitternacht aussieht«, meinte Carella und versuchte es noch einmal erfolglos bei Danny Gimp. Mit Fats Donner ließ er sich nur ungern in Geschäfte ein, aber irgendwo in der Stadt kursierte heißer Schmuck im Wert von über dreiundachtzigtausend Dollar, und es müßte schon seltsam zugehen, wenn die Unterwelt davon noch keinen Wind bekommen hätte. Er wählte Donners Privatnummer und hörte zu, wie es am anderen Ende der Leitung klingelte.

»Donner«, sagte eine Stimme.

»Fats, hier ist Detective Carella.«

»Ja, wie geht's, wie steht's?« sagte Donner. »Was liegt an?« Er hatte eine ölige, salbungsvolle Stimme. Carella konnte sich den dicken, qualligen Kerl genau vorstellen. Fats Donner war Hal Willis' Lieblingsspitzel – aber nur, weil Willis genug Belastendes über ihn wußte, um ihn für die nächsten zwanzig Jahre hinter Gitter zu schicken. Fats Donner trieb es gern mit kleinen Mädchen, wodurch er sich ständig am Rand der Legalität bewegte. Carella sah die dicken Wurstfinger, die den Hörer hielten, stellte sich vor, wie dieselben Wurstfinger über die knospenden Brüste einer Dreizehnjährigen strichen. Der Mann widerte ihn an, aber ein Mord war noch widerlicher als Fats Donner.

»Am Donnerstag abend wurde bei einem Mord Schmuck im Wert von dreiundachtzigtausend Dollar gestohlen«, sagte Carella. »Haben Sie davon schon was läuten hören?«

Donner stieß einen leisen Pfiff aus. Vielleicht war es aber nur sein Atem. Er litt an Asthma. »Was für Sachen sollen es denn sein?«

»Ganz gemischt. Ich lese Ihnen gleich die Liste vor. Haben Sie schon was darüber gehört?«

»Bisher noch nicht«, sagte Donner. »Am Donnerstag abend war das?«

»Am einundzwanzigsten.«

»Heute haben wir Samstag. Vielleicht hat er das Zeug schon losgeschlagen.«

»Möglich.«

»Ich hör mich mal um«, versprach Donner. »Kostet Sie aber eine Kleinigkeit.«

»Über Preise reden Sie am besten mit Willis«, sagte Carella.

»Willis ist ein Geizkragen. Es ist Weihnachten, ich hab' meine Geschenke noch nicht alle beisammen. Ich bin ja auch nur ein Mensch. Sie verlangen von mir, daß ich draußen in der Kälte rumlaufe und die Leute ausquetsche, während ich eigentlich meinen Baum schmücken müßte.«

»Für Ihre kleinen Mädchen, was?« knurrte Carella. Es gab eine Pause.

»Na schön«, sagte Donner, »ich red' mit Willis über den Preis, aber 'n bißchen was müßte schon rauskommen, auch wenn ich euch nichts bringe. Weihnachten ist Weihnachten.«

»Sprechen Sie mit Willis drüber«, sagte Carella und las ihm die Liste der gestohlenen Gegenstände vor.

»Das ist ja 'ne ganze Menge Zeug«, sagte Donner. »Mal sehen, was sich machen läßt.« Er legte auf.

Carella versuchte es erneut bei Danny Gimp, aber dort meldete sich noch immer niemand. Er überlegte, ob er Gaucho Palacios anrufen sollte, aber eine so große Sache würde dem Cowboy wohl nicht an die Ohren kommen. Laut Wanduhr war es zehn vor drei. Was sollte er jetzt anfangen? Eine Gegenüberstellung mit Corbett konnte erst stattfinden, wenn Mandel nach Weihnachten von seinem Skitrip zurückkam. Einen Haussuchungsbefehl für Corbetts Räumlichkeiten hatte er nicht bekommen, und dem verschwundenen Schmuck konnte er erst nachgehen, wenn Donner sich wieder meldete. *Falls* er sich meldete. Er ging ins Schreibzimmer und bat Miscolo, die Liste der gestohlenen Schmuckstücke zu vervielfältigen und an die Leihhäuser verteilen zu lassen, obwohl er genau wußte, daß sie morgen und am Montag geschlossen waren. Und dann war es schon wieder Dienstag, und Mandel war zurück. Er setzte sich wieder an seinen Schreibtisch, wählte die Nummer der Three Oaks Lodge in Mount Semanee und ließ sich mit der Geschäftsleitung verbinden. Es schneite noch immer. Cotton Hawes stellte auf der anderen Seite des Raums gerade einen Zeitplan über die Morde vom Donnerstag auf. Carella wartete.

»Hallo?« sagte eine Frauenstimme.

»Hallo, hier spricht Detective Carella vom 87. Revier in Isola«, sagte er. »Ich habe vorhin mit einem Ihrer Mitarbeiter gesprochen, der mir sagte, Jerry Mandel sei heute sehr frühzeitig abgereist ...«

»Ja?«

»Ihr Kollege wußte nicht, wohin Mandel hatte fahren wollen. Ich frage mich nun ...«

»Ich habe auch keine Ahnung«, sagte die Frau.

»Mit wem spreche ich, bitte?«

»Ich bin die Geschäftsführerin, Mrs. Carmody.«

»Mrs. Carmody, hat es bei Ihnen in den letzten Tagen viel Schnee gegeben?«

»Nein, bei oben uns hier nicht. In der Stadt soll es ja schneien ...«

»Ja, das können Sie laut sagen.«

»Tja, vielleicht kriegen wir heute auch noch etwas ab. Das *hoffe* ich jedenfalls«, sagte sie.

»Wo ist denn das nächste einigermaßen schneesichere Gebiet?«

»Von Semanee aus, meinen Sie?«

»Ja. Wo findet Jerry Mandel denn nun den Schnee, den er sucht?«

»Da muß er schon nach Vermont fahren«, sagte Mrs. Carmody.

»Nach Vermont.«

»Ja. Mount Snow, Bromley, Stratton, Sugarbush und Stowe haben ausgezeichnete Wintersportbedingungen gemeldet. Wir warten hier verzweifelt auf Schnee, genau wie Massachusetts. Ich vermute, er ist nach Vermont gefahren.«

»Wohin in Vermont? Welches Gebiet liegt Semanee am nächsten?«

»Mount Snow.«

»Ist dort viel Betrieb? Wie viele Motels gibt es denn da?«

»Sie wollen mich wohl auf den Arm nehmen?« sagte Mrs. Carmody. »Wollen Sie etwa versuchen, ihn dort aufzuspüren?«

»Ja, das ist mir in den Sinn gekommen«, sagte Carella.

»Selbst wenn Sie sofort anfangen, die Motels in Mount Snow abzuklappern, schaffen Sie es bis zur Bescherung bestimmt nicht mehr«, sagte sie, und er war überzeugt, daß sie über ihre eigene witzige Bemerkung grinste.

»Wo bekomme ich eine vollständige Liste aller Quartiere, die dort zur Verfügung stehen?«

»Meinen Sie das im Ernst?«

»Allerdings, Ma'am. Es handelt sich um eine Mordermittlung.«

»Tja ... Sie könnten natürlich im Verkehrsverein von Mount Snow anrufen. Vielleicht können die Ihnen weiterhelfen.«

»Besten Dank«, sagte Carella und legte auf.

Hawes kam mit dem Zeitplan zu ihm herüber, den er inzwischen getippt hatte.

»So sieht es für für aus«, sagte er und gab Carella das Blatt:

ZEITPLAN – MORDE CRAIG UND ESPOSITO,
DONNERSTAG, 21. DEZEMBER

17.00 Uhr	Ein Mann, der sich als Daniel Corbett ausgibt, erscheint in Harborview, wird von Wachmann Mandel angemeldet und fährt mit dem Lift hinauf.
18.15 Uhr	Der Mann hat das Gebäude noch nicht verlassen, als Mandel von Karlson abgelöst wird.
18.40 Uhr	Unbekannte männliche Person meldet über Notruf: Blutendes Opfer einer Messerstecherei auf dem Gehsteig vor der Jackson Street 781.
18.43 Uhr	Streifenwagen Adam 11 fährt zum Tatort. Die Frau wird später als Marian Esposito identifiziert, weiblich, weiß, 32 Jahre alt.
19.10 Uhr	Hillary Scott meldet über Notruf Mord in der Jackson Street 781, Apartment 304.

19.14 Uhr	Die bereits im Fall Esposito ermittelnden Detectives gehen der Sache nach. Bei dem Opfer handelt es sich um Gregory Craig, weiß, männlich, 54 Jahre alt.

»Tja, das wär's wohl«, meinte Carella.

»Nicht gerade aufschlußreich«, sagte Hawes.

»Nein, aber es ist trotzdem gut, mal eine Übersicht zu haben.« Carella hob den Hörer ab, wählte die Nummer der Vermittlung und ließ sich mit der Auskunft von Vermont verbinden. Die Dame teilte ihm mit, daß er direkt wählen konnte, und er klärte sie garstig darüber auf, daß er Detective war, in einem Mordfall ermittelte und es zu schätzen wüßte, wenn sie das für ihn erledigen würde. »Oh, ich bitte um *Entschuldigung*«, sagte sie sarkastisch, verband ihn aber trotzdem. Die Auskunft in Vermont gab ihm die Nummer des Verkehrsbüros von Mount Snow geben, die er dann direkt wählte. Eine freundliche junge Dame teilte ihm mit, daß in der Kartei des Verkehrsvereins sechsundfünfzig Hotels, Motels, Gaststätten und Ferienhäuser standen, die sich alle im Umkreis von dreißig Kilometern um Mount Snow herum befanden. Allerdings, fügte sie hinzu, nahmen sie Unterkünfte mit weniger als vier Zimmern, von denen es auch etliche gab, gar nicht erst auf. Sie fragte, ob sie ihm die Liste vorlesen sollte.

Carella überlegte einen Moment lang. »Nein, lassen Sie es gut sein«, sagte er dann. »Trotzdem schönen Dank.« Er legte auf.

Der zweite Spinneranruf – den Anschein hatte es jedenfalls zunächst – kam zwanzig Minuten nach dem ersten. Er hob den Hörer ab und sagte: »Siebenundachtzigstes Revier, Carella.«

»Es hat etwas mit Wasser zu tun«, sagte eine Frauenstimme.

»Wie bitte?«

»Mit Wasser«, wiederholte die Stimme, und plötzlich erkannte er sie.

»Miss Scott?« fragte er.

»Ja. Der Mord hat etwas mit Wasser zu tun. Kann ich Sie heute nachmittag sprechen? Sie sind die Quelle.«

»Was soll das heißen?«

»Das weiß ich selbst noch nicht genau. Aber Sie sind die Quelle, und ich muß mit Ihnen reden.«

Ihm fiel ein, was Gregory Craigs Tochter ihnen gestern erzählt hatte. *Sie ist ertrunken. Es sei ein Unfall gewesen, hat der Leichenbeschauer festgestellt.* Wasser, dachte er und fragte sofort: »Wo kann ich Sie erreichen?«

»Bei meiner Schwester«, sagte sie.

»In einer halben Stunde bin ich da«, sagte er.

»Bis gleich«, erwiderte sie und legte auf.

Als sie aufmachte, trug sie einen kurzen Bademantel über dünnen Seidenstrümpfen oder einer Strumpfhose. Sie trug kein Make-up; ohne Lippenstift, Rouge und Eyeliner sah sie Teddy noch ähnlicher als zuvor.

»Tut mir leid«, sagte sie sofort. »Ich zog mich gerade an, als meine Schwester anrief. Kommen Sie herein.«

Die Wohnung lag im Bezirk Stewart City von Isola. Stewart City war weder eine Stadt noch ein Vorort, sondern einfach eine Ansammlung teurer Apartmenthäuser am wahren Südende der Stadt, die einen Blick auf den River Dix boten. Wer eine Adresse in Stewart City vorweisen konnte, war mit einem hohen Einkommen gesegnet, einem Landhaus auf Sands Spit und einen Mercedes-Benz in der Tiefgarage. Es war eine Adresse, die man mit berechtigtem Stolz nennen kann, was bei vielen Adressen der Stadt nicht mehr der Fall ist. Die Wohnung von Hillarys Schwester war, dem Stil von Stewart City entsprechend, teuer, aber nicht protzig eingerichtet, und Carella fühlte sich prompt äußerst unbehaglich darin. Der kühle, weiße Kunstweihnachtsbaum in einer Ecke des Wohnzimmers verstärkte dieses Unbehagen. Da war er doch lieber im 87. Revier, wo es nicht so fein, dafür aber gemütlicher zuging. Dort waren die Weihnachtsbäume echt, die Teppiche abgetreten und nicht weich wie gepflegter Rasen.

»Miss Scott, am Telefon haben Sie gesagt ...«

»Schneit es noch?« unterbrach sie ihn.

»Ja.«

»Ich bin um fünf zu einer Party in der Stadt verabredet. Fahren die Taxis noch?«

»Ein paar habe ich vorhin auf der Straße gesehen.«

»Kann ich Ihnen eine Drink anbieten?« fragte sie. »Wie spät ist es eigentlich?«

»Vier«, sagte er.

»Das ist nicht zu früh für einen Drink, oder?«

»Ich muß Ihnen leider einen Korb geben.«

»Richtig, Sie sind im Dienst«, sagte sie. »Aber Sie haben doch nichts dagegen, wenn ich mir einen genehmige?«

»Tun Sie sich keinen Zwang an.«

Sie ging zu einer großen Vitrine an der Wand gegenüber vom Baum, öffnete beide Türen und enthüllte eine Vielzahl von Flaschen darin. Sie goß sich einen großzügigen Schluck aus einer davon ein, holte aus einem Kübel zwei Eiswürfel und ließ sie ins Glas fallen. Dann drehte sie sich um und prostete ihm zu. »Frohe Weihnachten.«

»Frohe Weihnachten.«

»Setzen Sie sich doch bitte«, sagte sie. Ihr Lächeln war dem seiner Frau so ähnlich, daß er plötzlich ganz durcheinander war. Die Frau in dieser Wohnung hätte eigentlich in seinem House in Riverhead sein müssen. Er hätte ihr von dem harten Tag, den er hinter sich hatte, erzählen und

Mitleid für das schwere Los des Polizisten wecken sollen. Er hätte ihr einen Scotch mit Soda mixen und im Kamin ein Feuer für sie anzünden sollen. Statt dessen war er hier, um sich über Wasser zu unterhalten.

»Also«, sagte er. »Was ist mit dem Wasser?«

Sie sah ihn verblüfft an. »Danke«, sagte sie dann. »Ich trinke ihn lieber auf Eis.«

Er erwiderte den Blick gleichermaßen verblüfft. Sie hatte sich ihm gegenüber in einen Sessel gesetzt. Als sie die Beine übereinanderschlug, fiel der Bademantel auseinander. Sie deckte die Blöße sofort wieder zu.

»Wollen Sie wirklich nichts trinken?« fragte sie.

»Ganz bestimmt nicht.«

»Es kann noch eine Weile dauern, bis sie eintrudelt.«

»Entschuldigen Sie, aber wer ...«

»Meine Schwester. Sie hat vor einer halben Stunde angerufen.«

»Ihre Schwester?«

»Ja.«

»Was hat *sie* denn ...«

»Hillary«, sagte sie.

»Hillary?« sagte er und blinzelte. Hatte er nicht von Anfang an gesagt, daß diese Person in die Klapsmühle gehörte? »Miss Scott, es tut mir wirklich leid, aber ich verstehe beim besten Willen nicht ...«

»Meine Zwillingsschwester«, sagte sie

Er betrachtete sie. Sie lächelte ihm über den Rand ihres Glases hinweg zu. Er hatte das Gefühl, daß sie dieses Spielchen nicht zum erstenmal spielte und sich immer wieder diebisch freute, wenn jemand auf den Trick hereinfiel.

»Jetzt verstehe ich«, sagte er.

»Ich bin Denise«, sagte sie. »Wir sehen uns sehr ähnlich, finden Sie nicht?«

»Ja, das stimmt«, sagte er zurückhaltend. Gab es diese

Zwillingsschwester wirklich, oder machte Hillary sich auf Kosten des Steuerzahlers einen Spaß mit ihm? »Sie sagen, Sie haben mit ihr gesprochen ...«

»Ja, vor einer halben Stunde.«

»Wo war sie da?«

»Im Büro. Sie wollte gerade gehen. Aber bei diesem Schnee ...«

»Hören Sie«, sagte er, »sind Sie *wirklich* ...«

Sie nickte. »Ja, ich bin wirklich Denise Scott. Wer von uns beiden ist die Hübschere, was meinen Sie?«

»Das kann ich wirklich nicht sagen, Miss Scott.«

»Ich bin hübscher«, sagte sie, kicherte, erhob sich plötzlich und ging zur Hausbar. Er beobachtete sie, wie sie sich den nächsten Drink eingoß. »Wirklich nicht?« fragte sie und hielt ihm einladend das Glas hin.

»Nein, wirklich nicht.«

»Schade.« Sie ging zu ihrem Sessel zurück und nahm wieder Platz. Diesmal überschlug sie die Beine mit noch mehr Schwung.

Der Bademantel klaffte auf, und er sah den Rand von Nylonstrümpfen und ein Stück Straps. Rasch schaute er weg.

»Ich habe auch Zwillinge«, sagte er.

»Ja, Hillary hat es mir erzählt.«

»Ich habe ihr gegenüber nie davon gesprochen ...«

»Sie kann eben hellsehen«, meinte Denise und tippte sich wie zur Erklärung an die Schläfe.

»Und Sie?« fragte Carella.

»Nein, meine Talente gehen in eine andere Richtung«, sagte sie und lächelte ihn an. »Finden Sie es nicht auch nett, daß Strapse wieder in Mode kommen?«

»Ich ... darüber habe ich mir eigentlich noch keine Gedanken gemacht«, sagte er.

»Das sollten Sie aber«, sagte sie.

»Miss Scott, wenn Sie verabredet sind und sich anziehen möchten, will ich Sie nicht aufhalten.«

»Aber nein, ich würde Sie nicht mal im *Traum* alleinlassen«, sagte sie und beugte sich über den Tisch, um sich eine Zigarette aus der Dose darauf zu angeln. Die obere Hälfte des Bademantels klaffte über ihren Brüsten auseinander. Sie trug keinen BH. Sie verharrte einen Augenblick länger als nötig in dieser Haltung, griff nach der Zigarette, schaute von unten her zu ihm hinauf und lächelte plötzlich.

Carella stand auf. »Miss Scott«, sagte er. »Ich komme in einer halben Stunde zurück. Wenn Ihre Schwester eintrifft, sagen Sie ihr …«

Er hörte, daß sich ein Schlüssel im Schloß drehte. Die Tür ging auf, und Hillary Scott kam herein. Sie trug einen Waschbärmantel über einer weißen Bluse und einem roten Rock. Ihre dunkelbraunen Stiefel waren naß. Sie sah zu Denise hinüber, die sich noch immer über den Tisch beugte. »Zieh dir was an«, sagte sie. »Du wirst dich noch erkälten.« Dann wandte sie sich an Carella. »Tut mir leid, daß ich so spät komme, ich habe kein Taxi erwischt.« Sie sah wieder ihre Schwester an. »Denise …«

»Freut mich, Sie kennengelernt zu haben«, sagte Denise, stand langsam auf und zog den Gürtel des Bademantels fester. Er sah ihr nach, als sie den Raum verließ. Die Schlafzimmertür – zumindest vermutete er, daß es sich darum handelte – fiel leise hinter ihr zu.

»Sie haben nicht gewußt, daß es *drei* von uns gibt, oder?« fragte Hillary.

»Drei von Ihnen?«

»Einschließlich Ihrer Frau.«

»Sie kennen meine Frau doch gar nicht«, sagte Carella.

»Aber wir sehen uns ähnlich.«

»Ja.«

»Sie haben Zwillinge.«

»Ja.«

»Das Mädchen sieht aus wie Ihre Frau. Es wurde im April geboren.«

»Nein, aber sie heißt April.«

»Terry ... Ihre Frau heißt doch Terry?«

»Teddy.«

»Ja. Teddy. Und hieß sie mit Mädchennamen Franklin?«

»Ja«, sagte er und starrte sie ungläubig an. »Miss Scott, Sie haben mir am Telefon gesagt ...«

»Ja, Wasser.«

»Was ist mit diesem Wasser?«

»Es hat etwas mit Wasser zu tun. Hat jemand kürzlich mit Ihnen über Wasser gesprochen?«

Hinter der Schlafzimmertür dröhnte Hard Rock entweder aus dem Radio oder vom Plattenspieler. Hillary drehte sich ungeduldig zur Tür um. »Stell das Ding leiser, Denise!« rief sie. Sie wartete einen Augenblick. Die Musik dröhnte weiter. »Denise!« rief sie dann just in dem Augenblick, da die Lautstärke um sechs Dezibel sank. Ärgerlich nahm sie sich eine Zigarette aus dem Tischbehälter, zündete sie an und stieß einen langen Rauchfaden aus. »Wir warten am besten, bis sie weg ist«, sagte sie. »In ihrer Gegenwart kann man sich einfach nicht konzentrieren. Möchten Sie etwas trinken?«

»Nein, danke.«

»Dann werde *ich* mir einen genehmigen.« Sie ging zur Hausbar, goß sich einen Schuß Whisky ein und trank ihn fast in einem Zug aus. Carella fiel plötzlich der Obduktionsbefund ein.

»Hat Craig stark getrunken?« fragte er.

»Warum wollen Sie das wissen?«

»Nach dem Obduktionsbericht hatte er vor seinem Tode getrunken.«

»Als einen starken Trinker würde ich ihn nicht bezeichnen.«

»Aber in Gesellschaft hat er getrunken?«

»Höchstens zwei, drei Aperitifs vor dem Essen.«

»Und wenn er arbeitete?«

»Nein, nie.«

Während ihre Schwester sich im Nebenzimmer umzog, trank Hillary in den nächsten zehn Minuten zwei weitere Whiskys, wahrscheinlich zur Unterstützung ihrer hellseherischen Fähigkeiten. Carella fragte sich, weshalb er eigentlich hier herumsaß. Er hatte einen Anruf von einer Irren bekommen, die behauptete, Hellseherin zu sein, ihre Worte törichterweise in Verbindung mit einem Todesfall durch Ertrinken in Massachusetts gebracht, der drei Jahre zurücklag, und saß hier herum, während die Uhr ständig tickte und der Schnee immer höher fiel und der Whiskypegel in der Flasche immer tiefer sank. Aber sie hatte den Namen seiner Frau gekannt, ohne daß er ihn ihr genannt hatte, wußte, daß er Zwillinge hatte, auch die Sache mit April kam der Wahrheit recht nah. Er glaubte keinen Augenblick lang, daß sie tatsächlich Gedanken lesen konnte, wußte aber, daß es vielleicht Menschen mit der Gabe der außersinnlichen Wahrnehmungsfähigkeit gab, und die Geschichte mit dem Wasser wollte er nicht so ohne weiteres von der Hand weisen. Gregory Craigs Frau war vor drei Jahren ertrunken, und Craigs Tochter wollte sich nicht damit abfinden, daß es ein Unfall gewesen war.

Die Schlafzimmertür öffnete sich.

Denise Scott trug ein hautenges, über den Brüsten unverschämt tief ausgeschnittenes grünes Jerseykleid mit einem breiten Gürtel, den eine riesige Straßschnalle zierte. Das Kleid war um einiges kürzer, als es der heutigen Mode entsprach, so daß ihre Beine ganz besonders lang und schlank wirkten. Dazu trug sie grüne hochhackige Satinpumps, deren Lebenserwartung im Schnee Carella auf etwa dreißig Sekunden einschätzte. Sie ging wortlos zum Schrank in der Halle, zog die Pumps aus, zwängte sich in ein Paar enge, schwarze Lederstiefel, nahm einen langen schwarzen Mantel aus dem Schrank, griff nach einer schwarzen Samttasche, klemmte sich die Pumps unter den Arm, öffnete die Wohnungstür und lächelte Carella zu. »Ein andermal, *amigo*«, sagte sie. Damit war sie verschwunden, ohne sich von Hillary zu verabschieden.

»Biest«, sagte Hillary und goß sich Whisky nach.

»Ich würde mich an Ihrer Stelle mit dem Zeug ein bißchen vorsehen«, sagte Carella.

»Sie hat versucht, mir Greg wegzunehmen«, erklärte Hillary. »Einmal ist sie nachmittags zu ihm in die Wohnung gegangen und hat ihn mit unserer Ähnlichkeit hereingelegt. Als ich kam, lagen sie miteinander im Bett. Splitternackt.« Sie schüttelte den Kopf und kippte ihren Whisky.

»Wann war das?« fragte Carella sofort. Sie hatte ihm soeben ein überzeugendes Mordmotiv geliefert. In dieser Stadt wechselte die Mordstatistik so oft, wie die Polizeibeamten ihre Unterwäsche wechselten, doch zur Zeit ging die Tendenz zu »persönlichen« Morden, während vor einigen Jahren noch die »unpersönlichen« Morde die Schlagzeilen beherrscht hatten. Das gute alte Verbrechen im Affekt war jetzt wieder an der Tagesordnung. Ehemänner erschossen ihre Frauen und umgekehrt, Liebhaber gingen mit einer Axt auf den Rivalen los, Söhne erstachen Mütter und Schwestern. Eben die üblichen Morde im Familienkreis. Hillary Scott hatte Gregory Craig mit ihrer eigenen Schwester im Bett überrascht.

»Wann?« fragte er erneut.

»Was wann?«

»Wann haben Sie sie im Bett überrascht?«

»Irgendwann im letzten Monat.«

»Im November.«

»Im November.«

»Was ist passiert?«

»Die kleine nymphomanische Hure«, sagte Hillary.

»Was ist passiert? Was haben Sie unternommen?«

»Ich hab ihr gesagt, wenn sie sich in Zukunft auch nur in der Nähe unserer Wohnung sehen ließe ...« Sie schüttelte den Kopf. »Meine eigene Schwester! Sie hat gesagt, es sei nur ein Scherz gewesen, sie wollte nur sehen, ob Greg uns auseinanderhalten kann.«

»Und, konnte er es?«

»Er hat gesagt, er hätte sie für mich gehalten. Sie habe ihn völlig getäuscht.«

»Und wie war es Ihrer Meinung nach wirklich?«

»Ich glaube, er hat es gewußt.«

»Aber jetzt wohnen Sie trotzdem bei ihr.«

»Was?«

»Sie wohnen bei ihr. Nach allem, was passiert ist.«

»Ich habe wochenlang nicht mit ihr gesprochen. Dann hat sie mich eines Tages angerufen und mir etwas vorgeheult. Na ja ... sie ist meine Schwester. Wir stehen uns sehr nah. Trotz allem. Wir sind *Zwillinge.* Was hätte ich tun sollen?«

Das konnte er gut verstehen. Seine Zwillinge waren trotz ihrer ständigen Streitereien unzertrennlich. Wenn er sie sprechen hörte, glaubte er manchmal, nur eine Person zu hören, die laut mit sich selbst sprach. Wenn sie miteinander spielten, verstanden sie sich manchmal, ohne Worte zu benutzen, als hätten sie ein Bewußtsein. Er hatte irgendwo gelesen, daß Zwillinge eine Mini-Gang bildeten, und hatte sofort begriffen, was der Autor damit sagen wollte. Einmal hatte er Mark ausgeschimpft, weil er achtlos eine teure Vase zerbrochen hatte, und ihn zur

Strafe auf sein Zimmer geschickt. Zehn Minuten später hatte er April in ihrem Zimmer sitzen sehen. Als er ihr vorhielt, daß sie nicht bestraft worden sei, hatte April geantwortet: »Ich muß ihm doch helfen.« Blut ist dicker als Wasser, so heißt es. Bei Zwillingen war es offenbar besonders dick. Hillary hatte ihre Schwester mit Gregory Craig im Bett ertappt, aber Craig war der Außenseiter, Denise war ihre Zwillingsschwester. Und jetzt war Craig tot.

»Wie hat sich das auf Ihre Beziehung zu ihm ausgewirkt?« fragte Carella.

»Mein Vertrauen zu ihm hat einen Knacks bekommen. Aber ich liebte ihn noch immer, und wenn man einen Menschen liebt, verzeiht man ihm auch den einen oder anderen Ausrutscher.«

Carella nickte. Es klang überzeugend, aber er fragte sich, wie *er* wohl reagiert hätte, wenn er Teddy im Bett seines Zwillingsbruders vorgefunden hätte. Der Haken war nur, daß er gar keinen Bruder hatte, geschweige denn einen Zwillingsbruder.

»Was ist denn nun mit dem Wasser?«, fragte er. »Sie haben mir am Telefon gesagt ...«

»Es stimmt doch, daß jemand mit Ihnen über Wasser gesprochen hat, nicht wahr?«

»Ja, das stimmt.«

»Etwas über Wasser. Und eine ... Bucht.«

Sie ist in der Bucht ertrunken, hatte Abigail Craig ihm berichtet. *Der Unglücksort war zwei Meilen von dem berühmten Gespensterhaus meines Vaters entfernt.*

»Was noch?« fragte Carella.

»Bucht«, sagte sie.

»Ja, was ist damit?«

»Geben Sie mir Ihre Hände.«

Er streckte ihr die Hände hin. Sie standen einen halben

Meter voneinander entfernt, sahen sich an und hielten sich bei den Händen. Hillary schloß die Augen.

»Da schwimmt jemand«, sagte sie. »Eine Frau. Band. Ein Band. Ich spüre es in Ihren Händen. Stark, sehr stark. Nein, jetzt ist es *weg*«, sagte sie abrupt und riß die Augen weit auf. »Konzentrieren Sie sich. Sie sind die Quelle!« Sie drückte seine Hände fester, schloß wieder die Augen. »Ja«, sagte sie. Es klang wie ein tiefer Seufzer. Sie atmete rasch, wie gehetzt. Ihre Hände zitterten in den seinen. »Wasser. Band. Ich ertrinke. Ertrinke …« Und plötzlich ließ sie seine Hände los und legte ihm, noch immer mit geschlossenen Augen, die Arme um den Hals. Er versuchte sich loszumachen, aber ihre Lippen suchten die seinen, und ihr Mund zerrte an ihm, als wolle sie ihm den Atem aussaugen. Zischend grub sie ihre Zähne in seine Unterlippe, und er stieß sie sofort zurück. Sie blieb mit geschlossenen Augen stehen, am ganzen Körper zitternd, und schien ihn überhaupt nicht wahrzunehmen. Sie begann zu schwanken, und dann plötzlich fing sie wieder an zu sprechen, mit einer Stimme, die nicht ihr zu gehören schien, die hohl, gebrochen aus einem vergessenen Sumpf hervorzusteigen schien, begleitet von Nebelschwaden und einem grabeskalten Wind.

»Du hast gestohlen«, sagte sie. »Ich weiß es. Ich habe es gehört. Du hast gestohlen. Und ich werde es sagen. Du hast gestohlen. Gestohlen …«

Ihre Stimme erstarb. Es war ganz still im Raum, nur die Uhr tickte laut. Sie stand schwankend da, die Augen noch geschlossen, doch das Zittern hatte aufgehört, und endlich verging auch das Schwanken, und einen Augenblick lang stand sie ganz still da. Dann öffnete sie die Augen und sah Carella erstaunt an.

»Ich … ich muß mich ausruhen«, sagte sie. »Bitte gehen Sie jetzt.«

Sie ließ ihn stehen und ging ins Schlafzimmer. Einen Augenblick starrte er noch die geschlossene Tür an, dann zog er seinen Mantel an und verließ die Wohnung.

Das Haus der Carellas war ein großes, ständig Geld verschlingendes Ungetüm, das sie kurz nach der Geburt der Zwillinge zu einem vermeintlichen Zugreifpreis erstanden hatten. Teddys Vater hatte ihnen, während Teddy sich von der Geburt erholte, für einen Monat eine Pflegerin bezahlt, und Fanny Knowles hatte sich später bereit erklärt, zu einem erschwinglichen Gehalt bei ihnen zu bleiben. Sie habe es satt, ständig kranke Mummelgreise zu betreuen, sagte sie. Ohne Fanny wären die Carellas weder mit dem Haus noch mit den Zwillingen fertig geworden. Sie war »um die Fünfzig«, wie sie es ausdrückte, ließ sich das Haar rot färben, trug einen Kneifer, wog 135 Pfund und regierte die Familie Carella mit der gleichen irischen Strenge, wie um die Jahrhundertwende die irischen Vorarbeiter ihre aus Emigranten bestehenden Bautrupps im Griff gehalten haben mußten, die der Stadt zu einer Untergrundbahn verholfen hatten. Fanny hatte sich schlankweg geweigert, einen Neufundländer ins Haus zu nehmen, den Carella während der Ermittlungen um den Mord an einem Blinden und seiner Frau adoptiert hatte. Sie erklärte ihm rundheraus, daß sie zu viel zu tun hatte, um auch noch Hundehaufen wegzukehren. »Ich laß mich nicht bescheißen, weder von Menschen noch von Tieren«, hatte sie gesagt und sich in diesem Fall als Prophetin erwiesen. Die Zwillinge, die jetzt zehn waren und damals gerade sprechen lernten, hatten diesen Spruch unverzüglich in ihren Wortschatz aufgenommen. Mark benutzte ihn jetzt häufiger als April. Überhaupt schlugen – zu Carellas beträchtlicher Betroffenheit – Fannys Redensarten bei den Zwillingen stärker durch als die seinen. Wenn Carella im Dienst war, war es ja ihre Stimme, die sie ständig im Haus hörten.

An diesem Abend schien das Haus seltsam leer, als er die Tür aufschloß. Er hatte bei dichtem Schneetreiben auf spiegelglatter Fahrbahn statt der üblichen vierzig Minuten eineinhalb Stunden von Stewart City bis nach Riverhead gebraucht. Den Versuch, den Wagen die Auffahrt heraufzubekommen, hatte er nach sechs Anläufen aufgegeben. Jetzt stand er hinter dem bereits halb zugeschneiten Wagen seines Nachbarn, Mr. Henderson, am Gehsteig. Jetzt stand Carella vor der Haustür und trampelte den Schnee von seinen Schuhen. Dann ging er hinein. Im Haus war alles still. Er knipste in der Diele das Licht an und hängte seinen Mantel auf. »Niemand zu Hause?« rief er. Niemand antwortete.

Die alte Standuhr – auch ein Geschenk von Teddys Vater – schlug die halbe Stunde. Halb sieben. Er wußte, daß Teddy und Fanny mit den Zwillingen einen Besuch beim Weihnachtsmann gemacht hatten, aber trotz des Schnees hätten sie eigentlich inzwischen wieder zu Hause sein müssen. Er knipste im Wohnzimmer die Stehlampe am Klavier und die Tiffanyleuchte auf dem Couchtisch an und ging in die Küche. Er nahm die Schale mit Eiswürfeln aus dem Gefrierfach, ging zurück ins Wohnzimmer und machte sich gerade einen Drink zurecht, als das Telefon läutete. Er riß den Hörer geradezu von der Gabel.

»Hallo?« sagte er.

»Steve, hier ist Fanny.«

»Ja, Fanny, wo steckt ihr denn?«

»Wir sind noch in der Stadt, vor dem Kaufhaus Coopersmith's. Es sind einfach keine Taxis zu bekommen. Vielleicht nehmen wir den Zug bis nach Gladiola – falls wir überhaupt durch die Innenstadt kommen.«

»Was ist denn mit der U-Bahn?«

»Der Bahnhof ist näher, falls wir's bis dorthin schaffen. Es kann aber eine Weile dauern. Ich rufe später noch mal an, sobald ich weiß, was wir machen.«

»Wie war der Weihnachtsmann?«

»Ein geiler alter Typ mit einem falschen Bart. Laß dir deinen Drink schmecken«, sagte Fanny und legte auf.

Er überlegte, ob Fanny am Ende auch hellseherische Fähigkeiten entwickelt hatte. Seine Lippe war noch wund von Hillarys in Trance vorgenommener Mund-zu-Mund-Beatmung. Seit seiner Hochzeit hatte er keine andere Frau mehr geküßt, und auch dies hier war ihm nicht vorgekommen wie ein richtiger Kuß. Was auch immer sich im Wohnzimmer von Denise Scotts Apartment zugetragen hatte, durch Hillarys Heftigkeit war es jeder Sexualität beraubt worden. Genauso gut hätte sie den Stein eines Totenbeschwörers an ihren Mund drücken können, und er hatte weniger Erregung gespürt als vielmehr Angst, dieses seltsame Mädchen könnte ihm durch die Berührung ihrer Lippen vielleicht wirklich die Seele rauben, so daß von ihm schließlich nur noch eine bibbernde graue Masse auf dem Teppich übrigblieb. Er hatte sich fest vorgenommen, Teddy von dem Vorfall zu erzählen, sobald sie heimkam. Er fragte sich, wann das sein würde, mixte sich einen sehr trockenen Martini und ließ zwei Oliven in das Glas fallen. Er schaltete gerade die Christbaumbeleuchtung ein, als das Telefon wieder klingelte.

»Ich bin's nochmal, Steve«, sagte Fanny. »Die Sache ist hoffnungslos. Wir werden uns für diese Nacht ein Hotel suchen müssen.«

»Wo seid ihr jetzt?«

»Ecke Waverley und Dome. Wir sind von Coopersmith's hierher gelaufen. Die Zwillinge sind schon ganz erfroren, sie haben nur Parkas angezogen, als wir heute morgen das Haus verließen.«

»Ecke Wacerly und Dome«, sagte er. »Versucht's im *Waverley Plaza*, das ist gleich um die Ecke«, sagte er. »Und ruft mich von dort aus an, wenn ihr ein Zimmer habt, ja?«

»Ja, gut.«

»Ich warte hier am Telefon.«

»Hast du schon deinen Drink intus?«

»Ja, Fanny.«

»Gut. Sobald wir ein Dach über dem Kopf haben, werde ich mir auch einen genehmigen.«

»Ruf noch mal an.«

»Mach ich«, sagte sie und legte auf.

Carella ging zum Kamin, riß die gestrige Zeitung – es war die Nummer, in der der Nachruf auf Gregory Craig stand – in Streifen und schob sie unter den Rost. Er stapelte vorsichtig Anmachholz auf die zerrissene Zeitung, schichtete darüber drei dicke Holzscheite auf und riß ein Streichholz an. Er war bei seinem zweitem Martini, als das Telefon erneut klingelte. Es war Fanny, die ihm mitteilte, daß es ihnen gelungen war, im *Waverley* zwei Zimmer zu bekommen. Zuerst hatte man sie dort nicht nehmen wollen, aber dann hatte sie ihre Trumpfkarte ausgespielt, daß es sich bei der armen erfrorenen Weibsperson und den bibbernden Kleinen um Frau und Kinder von Detective Stephen Louis Carella vom 87. Revier handelte. Er hatte sich noch nie als Mann mit Einfluß gesehen, aber wenn er damit Fanny und seiner Familie ein Dach über dem Kopf verschafft hatte, sollte es ihm recht sein.

»Willst du mit den Kindern sprechen?« fragte sie.

»Ja, gern.«

»Sie sitzen nebenan vor dem Fernseher. Einen Moment.«

Er hörte sie – offensichtlich durch die Verbindungstür – nach den Zwillingen rufen. April war zuerst dran.

»Hallo, Daddy«, sagte sie. »Du, Mark läßt mich meine Sendung nicht sehen.«

»Sag ihm, daß du eine Stunde sehen kannst, was du willst, und danach kann er sehen, was er will.«

»Ich hab' noch nie im Leben so viel Schnee auf einem Haufen gesehen«, sagte April. »Glaubst du, daß wir Weihnachten noch hier sitzen müssen?«

»Bestimmt nicht, Kleines. Jetzt gib mir mal Mark, ja?«

»Sekunde. Ich hab' dich lieb, Daddy.«

»Ich dich auch, Kleines«, sagte er und wartete.

»Hi, Dad«, sagte Mark.

»Laß sie eine Stunde sehen, was sie mag«, sagte Carella, »dann kannst du einschalten, was du willst. Einverstanden?«

»Na schön, wenn du meinst ...«

»Sonst alles in Ordnung?«

»Fanny hat sich beim Zimmerkellner einen doppelten Manhattan bestellt.«

»Schön für sie. Und Mom?«

»Die trinkt Scotch. Wir wären fast erfroren, Dad.«

»Sag ihr, daß ich sie lieb habe. Ich rufe morgen früh noch einmal an. Welche Zimmernummern habt ihr?«

»Sechs-null-drei und Sechs-null-vier.«

»Okay, mein Sohn. Dann schlaf mal schön.«

»Wir gehen aber noch lange nicht ins Bett.«

»Später, meine ich.«

»Okay, Dad.«

Carella legte auf. Er leerte sein Glas, wärmte sich Würstchen, eine Dose gebackene Bohnen und Sauerkraut, aß alles von einem Pappteller vor dem Kamin und trank eine Flasche Bier dazu. Dann machte er in der Küche Ordnung, und um halb zehn lag er im Bett. Es war das erstemal, daß er in diesem Haus allein schlief. Was er mit Hillary erlebt hatte, ging ihm nach. *Da schwimmt jemand. Eine Frau. Band. Ich ertrinke. Ertrinke. Du hast gestohlen. Ich habe es gehört. Ich weiß es. Ich werde es sagen.*

Seine Lippe tat noch immer weh.

5. Kapitel

Carella wußte nicht recht, wie er es mit Meyer halten sollte. Er mochte ihm seinen Feiertag nicht nehmen, aber andererseits wußte er auch, daß unter Umständen nicht viel dabei herauskommen würde, wenn sie erst am nächsten Tag die Befragung der Mieter von Harborview durchführten, da viele Bewohner vermutlich über die Feiertage verreist waren. Er beschloß, sich Harborview heute noch vorzunehmen und rief noch von zu Hause aus Meyer an.

Sarah war am Apparat. Ihr Mann sei unter der Dusche; ob er zurückrufen könne, wenn er fertig sei? Carella erklärte ihr, er wäre noch mindestens eine Stunde lang zu Hause zu erreichen. Er fragte sich bereits, wie er heute zum Dienst kommen sollte. Sein Wagen stand noch unten an der Straße, unter Unmengen von Schnee begraben. Er legte auf und rief Hawes zu Hause an.

»Cotton«, sagte er, »ich will mir heute noch Harborview vornehmen.«

»Wenn du meinst …«

»Es sind zwölf Geschosse mit jeweils fünf Wohnungen, macht für jeden dreißig Wohnungen, wenn wir sie uns teilen. Wenn wir im Durchschnitt für jede Wohnung eine Viertelstunde ansetzen, kommen wir mehr oder weniger auf einen Achtstundentag.«

Mathematik war nicht gerade Cottons Stärke. »Mehr oder weniger«, meinte er.

»Du legst am besten schon los«, sagte Carella. »Ich komme in einer Stunde nach.«

»Na schön«, sagte Hawes.

»Willst du oben oder unten anfangen?«

»Ich soll immer möglichst weit ober anfangen, hat mein Vater gesagt.«

»Auch recht. Dann arbeite ich mich von unten herauf. Gegen eins treffen wir uns zur Mittagspause unten in der Halle.«

»Alles klar«, sagte Hawes und legte auf.

Carella war seinerseits unter der Dusche, als das Telefon läutete. Er drehte den Hahn zu, griff sich ein Handtuch, lief ins Schlafzimmer und hob nach dem sechsten Klingeln ab. Es war Meyer.

»Ich war gerade unter der Dusche«, sagte Carella.

»Wir dürfen uns nicht mehr ständig unter der Dusche treffen«, mahnte Meyer. »Die Jungs fangen schon an zu tuscheln.«

»Ich wollte wegen morgen mit dir sprechen.«

»Ja, was meinst du?«

»Ich muß heute Harborview abklappern.«

»Na schön.«

»Tut mir wirklich leid, Meyer.«

»Schon gut, *du* hast die Leute ja nicht umgebracht«, sagte Meyer. »Was sagst du zu dem Schnee? Weiße Weihnachten wie aus dem Bilderbuch. Wie kommst du in die Stadt?«

»Wahrscheinlich mit der U-Bahn.«

»Wie die armen Leute«, meinte Meyer. »Also mach dir wegen morgen keine Gedanken, so war's ja eigentlich sowieso abgemacht.«

Carella und Hawes brauchten für die Tür-zu-Tür-Befragung des Gebäudes 781 Jackson etwas weniger Zeit, als sie gedacht hatten. Carella traf kurz nach zehn ein. Eine halbe Stunde vorher hatte Hawes im obersten Stockwerk mit der Vernehmung angefangen. Um eins machten sie, wie verabredet, ihre Mittagspause, und um halb fünf waren sie fertig. Über einer Tasse Kaffee und Berlinern in einem Imbiß in der Nähe besprachen sie ihre Notizen. Später mußten sie nach ihren Notizen noch den Bericht tippen, und zwar in fünffacher Ausfertigung; dafür würden sie auch ein paar Stunden brauchen. Eine Kopie war für Lieutenant Byrnes bestimmt, eine für Captain Frick, der das gesamte Revier unter sich hatte, die dritte für die Mordkommission, die beiden anderen für die Akten Craig und Esposito. Normalerweise hätten sie nur vier Ausfertigungen gebraucht, aber das war ja ein Fall mit einem Begleitfall, und umgekehrt.

Bislang hatten sie den Mord an Marian Esposito als einen *typischen* Begleitfall angesehen, trotz des Kreuzverweises, der auch den Fall Craig als Begleitfall kennzeichnete. Jetzt hatte die Geschichte ein etwas anderes Gesicht bekommen. Als erfahrene Kriminalbeamte wußten sie, daß es so etwas wie Tarn- und Täuschungsmorde gibt. Bei einem von Carellas ersten Fällen – noch bevor Hawes zu ihnen versetzt worden war, ja noch bevor er und Teddy verheiratet gewesen waren – war es allem Anschein nach um einen Polizistenhasser gegangen, der herumlief und Cops abknallte, wie sie ihm vor den Lauf kamen. In Wirklichkeit hatte der Mörder es auf einen *ganz bestimmten* Cop abgesehen, die anderen hatte er nur erschossen, um die Polizei auf eine falsche Fährte zu locken. Hawes hatte vor seiner Versetzung zum 87. Revier in einem Fall ermittelt, bei dem der Mörder seinem ersten Opfer und dann noch zwei weiteren Mordopfern in anderen Bezirken die Hände abgehackt hatte. Es ging um die Auszahlung einer bestimmten Versicherungssumme. Der erste Tote war das eigentliche Opfer gewesen, dem der Täter die Hände abgehackt hatte, um eine Identifizierung durch Fingerabdrücke zu verhindern. Der zweite und dritte Mord hatten nur der Tarnung gedient. Die Cops sollten den Täter für einen Irren halten, dessen Marotte es war, seine Opfer zu verstümmeln.

Bis jetzt waren sie nicht davon ausgegangen, daß der Mord an Gregory Craig zur Tarnung von dem an Marian Esposito dienen könnte. Alles schien darauf hinzudeuten, daß Marian Esposito von Craigs Mörder eher zufällig auf der Flucht getötet worden, weil sie ihn – möglicherweise mit blutbeflecktem Messer in der Hand – gesehen hatte und er in Panik geraten war, sie könnte ihn später möglicherweise identifizieren. Ein Stich, und diese Gefahr war beseitigt. Diese Theorie kam jetzt ins Wanken, denn drei Bewohner der Jackson Street 781 berichteten unabhängig voneinander, daß Marian und Warren Espositos Ehe schon seit einiger Zeit auf der Kippe gestanden hatte.

Das Ehepaar in der Nachbarwohnung, Apartment 702, erzählte Hawes, daß Marian zweimal die Polizei geholt hatte, weil sie von ihrem Mann geschlagen worden war. Der herbeigerufene Streifenbeamte hatte in beiden Fällen den »Familienstreit«, wie so etwas bei der Polizei euphemistisch genannt wurde, an Ort und Stelle geschlichtet. Aber nach dem ersten Besuch der Polizei war Marian wochenlang mit zwei blauen Augen herumgelaufen, und nachdem die Polizei zum zweitenmal eingeschaltet worden war, hatte sie eine gebrochene Nase.

Der Mieter von Apartment 508, der Marian auf dem wenig schmeichelhaften Polizeifoto wiedererkannt hatte, das in der Zeitung abgedruckt worden war, erzählte Carella, wie er einmal mit den Espositos im Aufzug gefahren war. Plötzlich hätten die beiden Streit miteinander bekommen, und Warren Esposito habe seiner Frau den Arm auf den Rücken gedreht. »Ich hab' gedacht, der Arm ist hin«, sagte der Mann und bot Carella ein Glas Wein an, das dieser ablehnte. Der Bewohner von Apartment 508 wartete auf den Weihnachtsbesuch seines Sohnes und seiner Schwiegertochter. Seine Frau war vor einem halben Jahr gestorben, zum erstenmal feierte er ohne sie Weihnachten. Wieder bot er Carella ein Glas Wein an. Carella tat es leid, daß er bei seiner Ablehnung bleiben mußte, da er ja im Dienst war, aber er gab zu der Viertelstunde, die er sich als Frist für jede Wohnung gesetzt hatte, noch etwas dazu, weil er die Einsamkeit des Alten spürte. Hoffentlich lassen seine Kinder ihn nicht im Stich, dachte er grimmig.

Die Bewohnerin von Apartment 601, direkt unter den Espositos, erzählte Carella, daß über ihr immer viel geschrien und getrampelt worden sei, manchmal bis um zwei, drei Uhr morgens. Sie war dabei, auf dem Küchentisch ihre Weihnachtsgeschenke einzupacken. »Manchmal«, sagte sie, während sie sorgfältig eine Schleife band, »hat man das, wenn Kinder über einem wohnen, da ist es ja oft unruhig. Aber die Espositos haben keine Kinder. Und daß er sie schlägt, das weiß hier ja jeder.« Sie griff zur Schere und schnitt die Bandenden ab.

»Wir haben es also mit einem Mann zu tun, der seine Frau mißhandelt«, stellte Hawes fest.

»Sieht so aus.«

»Und gestern kam er aufs Revier und wollte wissen, was wir unternehmen, um den Mörder seiner Frau zu finden«, sagte Hawes und schüttelte den Kopf. »Sein Anwalt hat sogar den Lieutenant angerufen und ihm die Daumenschrauben angelegt. Vielleicht fehlt ihm was, wenn er sie nicht mehr schikanieren kann.«

»Ich will mal eben nachfragen, ob sie wirklich zweimal die Polizei geholt hat«, sagte Carella. »Hast du Kleingeld?«

Hawes holte eine Handvoll Münzen aus der Tasche. Carella nahm, was er brauchte, und ging zu der Telefonzelle neben dem Zigarettenautomaten. Eine Blondine um die vierzig mit einem Stechpalmenzweig am Mantelaufschlag, die allein an einem Tisch saß, drehte sich zu Hawes um und lächelte ihn an. Er erwiderte das Lächeln. Die Information, die Carella brauchte, war rasch erfragt.

»Stimmt«, sagte er, als er wieder an ihrem Tisch war. »Die erste Meldung kam am 18. August, die zweite am 12. November. Ich würde mir Esposito am liebsten gleich noch mal vornehmen, was meinst du?«

»Ich bin ziemlich erledigt«, sagte Hawes. »Aber wenn er unser Mann ist, sollten wir verhindern, daß er Weihnachten in Südamerika feiern kann.«

Um zehn vor fünf klopften sie bei Warren Esposito, der ihnen aufmachte, nachdem er Hawes durchs Guckloch erkannt hatte. Er war nur in Hose und Unterhemd. Er sei gerade dabei, sich anzuziehen, weil er ins Bestattungsinstitut wolle, erklärte er. Den ganzen Nachmittag sei er schon dort gewesen und nur nach Hause gekommen, um zu duschen und sich umzuziehen. Seine Augen waren verschwollen, er hatte offenbar geweint. Carella dachte an Hillary Scotts Beschreibung des »Geistes«, der Gregory Craig ermordet hatte. Warren Esposito war um die vierunddreißig Jahre alt, er hatte krauses dunkles Haar und dunkelbraune Augen. Aber Menschen mit diesen äußeren Kennzeichen mußte es in dieser Stadt zu Tausenden geben, darunter auch den Mann, der sich am Tag des Mordes dem Wachmann gegenüber als Daniel Corbett ausgegeben hatte. Und überhaupt – wer glaubte schon an Medien oder Geister?

Warren Esposito jedenfalls war kein Poltergeist. Er war etwa einsfünfundachtzig, an Brust, Bizeps und Unterarmen muskelbepackt, etwas größer als Carella und etwa so groß wie Hawes. Die Frau, die Carella auf dem Gehsteig hatte liegen sehen, war etwa einssechzig und mochte um die 110 Pfund gewogen haben. *Ein netter Mann, dieser Mr. Bodybuilder Esposito,* dachte Carella und stellte seine erste Frage.

»Stimmt es, Mr. Esposito, daß Ihre Frau zweimal in einem Familienstreit die Polizei um Hilfe bat?«

»Wo haben Sie das denn her?« fragte Esposito. »Die Leute hier im Haus sollten sich lieber um ihre eigenen Angelegenheiten kümmern. Wer hat das gesagt? Kruger von nebenan?«

»Uns liegen Berichte der Streifenpolizisten vor«, sagte Carella.

»Na ja, es hat schon mal Auseinandersetzungen gegeben«, sagte Esposito.

»Und Ihre Frau hat die Polizei gerufen?«

»Ja, mag schon sein.«

»Und während einer dieser ... Auseinandersetzungen haben Sie ihr zwei blaue Augen verpaßt?«

»Wer hat Ihnen das erzählt?«

»Es steht in dem Bericht«, sagte Carella.

»Wir haben uns gestritten, das war alles.«

»Haben Sie ihr die blauen Augen verpaßt oder nicht?«

»Möglich.«

»Und haben Sie ihr bei der zweiten Auseinandersetzung die Nase gebrochen?«

»Mag sein.«

»Haben Sie ihr einmal den Arm so heftig verdreht, daß ein Zeuge dachte, er sei gebrochen?«

»Ich weiß, wer *das* behauptet hat«, sagte Esposito. »Das war Di Luca aus dem fünften Stock, stimmt's? Mann, daß diese Leute nichts Besseres zu tun haben, als sich über ihre Mitbewohner das Maul zu zerreißen ...«

»Haben Sie es getan oder nicht?«

»Möglich. Aber was spielt das jetzt für eine Rolle? Oder wollen Sie etwa behaupten, ich hätte sie *umgebracht*, Mr. Carella? Nur, weil wir uns ab und zu *gestritten* haben? Streiten Sie sich nie mit *Ihrer* Frau? Sind Sie verheiratet?«

»Ich bin verheiratet«, sagte Carella.

»Und gibt's zwischen Ihnen und Ihrer Frau nicht auch manchmal ...«

»Wir sprechen jetzt von Ihren und *Ihrer* Frau«, fuhr Carella dazwischen.

»Wo waren Sie am Donnerstag abend zwischen sechs und sieben Uhr?« fragte Hawes.

»Jetzt hören Sie mal zu«, sagte Esposito, »wenn Sie mich hier durch die Mangel drehen wollen, verlange ich, daß man mich mit meinem Anwalt sprechen läßt.«

»Um ein paar Fragen zu beantworten, brauchen Sie keinen Anwalt«, sagte Hawes.

»Wenn Sie's so hinstellen, als hätte ich meine Frau umgebracht, brauch' ich sehr wohl einen Anwalt.«

»Das hängt nicht von unseren Fragen ab, sondern von Ihren Antworten.«

»Ich will meinen Anwalt anrufen.«

»Also los, rufen Sie Ihren Anwalt an«, sagte Carella. »Teilen Sie ihm mit, daß wir Ihnen ein paar harmlose Fragen gestellt wollen, auf die Sie uns die Antwort verweigern, und daß wir uns Ihre Antworten, wenn wir sie nicht anders bekommen können, eben vor einem Geschworenengericht holen werden. Na los, rufen Sie ihn an.«

»Vor einem Geschworenengericht? Verdammt, was ...«

»Ja, vor einem Geschworenengericht. Nun rufen Sie schon Ihren Anwalt an.«

»Worauf Sie sich verlassen können.«

»Worauf warten Sie noch? Wir verschwenden hier nur unsere Zeit.«

Esposito ging zum Telefon und wählte eine Nummer. Er lauschte auf das Klingelzeichen. »Joyce«, sagte er dann, »hier spricht Warren Esposito. Ist Jerry da? Danke.« Er wartete einen Augenblick. »Jerry, bei mir sind zwei Kriminalbeamte, die wissen wollen, wo ich am Donnerstag war. Sie drohen mit einem Geschworenengericht und ... Ja, Augenblick.« Er reichte Carella den Hörer. »Er möchte mit einem von Ihnen sprechen.«

Carella nahm den Hörer entgegen. »Hallo?« sagte er.

»Wer spricht dort?« sagte die Stimme am anderen Ende der Leitung.

»Detective Carella, 87. Revier. Wer ist dort?«

»Jerome Lieberman, Mr. Espositos Anwalt. Wie ich höre, drohen Sie meinem Klienten mit dem Geschworenengericht, wenn er ...«

»Niemand hat hier gedroht, Mr. Lieberman. Wir haben ihm ein paar Fragen gestellt, und er wollte seinen Anwalt anrufen. Also hat er Sie angerufen, und jetzt sprechen wir miteinander.«

»Was soll dieser Unfug mit dem Geschworenengericht?«

»Wir haben ihn gefragt, wo er war, als seine Frau ermordet wurde. Es ist bekannt, daß Ihr Klient seine Frau mißhandelt hat.«

»Ich würde mit meinen Behauptungen etwas vorsichtiger sein, Mr. Carella.«

»Ja, Sir, ich *bin* vorsichtig. Die Polizei wurde zweimal in die Wohnung gerufen. Das habe ich bereits überprüft. Beim erstenmal, Mr. Lieberman – das war am 18. August –, waren Mrs. Espositos Augen verfärbt und geprellt. Beim zweitenmal blutete sie aus der Nase, und der Streifenpolizist, der den Fall aufnahm, hielt fest, daß die Nase gebrochen war. Das war am 17. November, also im vorigen Monat. In Anbetracht dieser Sachlage können Sie es uns wohl kaum verdenken, wenn wir uns dafür interessieren, wo sich Ihr Klient am Tag des Mordes aufhielt. Falls er sich weigert, unsere Fragen zu beantworten ...«

»Haben Sie ihn über seine Rechte unterrichtet, Mr. Carella?«

»Dazu sind wir nicht verpflichtet. Wir führen eine Ermittlung durch. Ihr Klient ist nicht in Polizeigewahrsam.«

»Haben Sie vor, ihn zu verhaften?«

»Mit welcher Begründung, Herr Anwalt?«

»Sagen Sie mir das. Sie scheinen doch alle Antworten zu haben.«

»Reden wir nicht um den heißen Brei herum, Herr Anwalt. Wenn Ihr Klient mit dem Mord an seiner Frau nichts zu tun hatte, braucht er sich keine Sorgen zu machen. Wenn er sich aber weigert, unsere Fragen zu beantworten, laden wir ihn vor eine Anklagekammer, und vielleicht bequemt er sich dann dazu, den Geschworenen zu verraten, wo er zur Tatzeit war. Falls er das nicht tut, kann er wegen Mißachtung des Gerichts belangt werden. Aber in diesen Dingen kennen Sie sich ja besser aus als ich, Mr. Lieberman. Die Entscheidung liegt bei Ihnen. Wir haben Heiligabend, und Sie wissen so gut wie ich, daß ich vor dem 26. Dezember keinen Gerichtstermin mehr kriege. Aber wenn Sie es darauf ankommen lassen wollen, brauchen Sie es nur zu sagen. Wenn Sie meinen Rat haben wollen ...«

»Ach, sind Sie Anwalt, Mr. Carella?«

»Nein, Mr. Lieberman. Sind *Sie* einer? Wir wollen von Ihrem Klienten ein paar Antworten, mehr nicht. Sagen Sie ihm, er soll die Polizei unterstützen. Das ist mein Rat. Und er ist kostenlos.«

»Und jeden roten Heller wert, den Sie in Rechnung stellen«, sagte Lieberman. »Geben Sie ihn mir noch mal.«

Carella gab Esposito den Hörer. »Ja«, sagte er und lauschte eine Weile. »Hmm ... Meinst du wirklich? Und das geht in Ordnung? Na schön. Tut mir leid, daß ich dich stören mußte, Jerry. Besten Dank. Und frohe Weihnachten.« Er legte auf und wandte sich an Carella. »Was wollen Sie mich fragen?« sagte er.

»Wo waren Sie am Donnerstag abend zwischen sechs und sieben Uhr?«

»Da war ich auf dem Weg von der Arbeit nach Hause.«

»Wo arbeiten Sie?« fragte Hawes.

»Firma Techno-Systems, Ecke Rigby und Franchise.«

»Was machen Sie dort?« fragte Carella.

»Ich bin Programmierer.«

»Wann haben Sie am Donnerstag Ihr Büro verlassen?«

»Um halb sechs.«

»Und wie kommen Sie normalerweise nach Hause?«

»Ich fahre mit der Untergrundbahn.«

»Da brauchen Sie von der Ecke Rigby und Franchise nicht länger als eine halbe Stunde. Wenn Sie um halb sechs das Büro verlassen haben …«

»Ich habe unterwegs noch was getrunken.«

»Wo?«

»Bei *Elmer*, gleich bei der Firma.«

»Wie lange waren Sie dort?«

»Ungefähr eine Stunde.«

»Sie haben sich also erst um *halb sieben* auf den Heimweg gemacht?«

»So zwischen halb und dreiviertel sieben.«

»Mit wem haben Sie getrunken, Mr. Esposito?«

»Ich war allein.«

»Sind Sie Stammgast bei *Elmer*?«

»Ich schaue gelegentlich mal rein.«

»Wo haben Sie gesessen? An einem Tisch oder an der Theke?«

»An der Theke.«

»Kennt der Barkeeper Sie?«

»Wie ich heiße, weiß er nicht.«

»Kennt sonst jemand Sie dort persönlich?«

»Eine der Kellnerinnen. Aber die hatte am Donnerstag frei.«

»Wann waren Sie dann hier?«

»Muß so um halb acht gewesen sein. Die Züge hatten Verspätung.«

»Und wie ging es weiter, als Sie hier waren?«

»Es wimmelte überall von Cops. Ich habe Jimmy gefragt, was los war, und da hat er mir gesagt, daß meine ... daß meine Frau tot ist.«

»Mit Jimmy meinen Sie ...?«

»Jimmy Karlson, den Wachmann.«

»Was taten Sie dann?«

»Ich habe versucht rauszukriegen, wohin man sie gebracht hat. Inzwischen war die Leiche nämlich abtransportiert worden. Ich wollte wissen, wohin. Aber das konnte mir niemand sagen. Dann bin ich in meine Wohnung gegangen und habe bei der Polizei angerufen. Sechsmal. Ich mußte sechsmal anrufen, bis ich meine Antwort hatte.«

»Wußten Sie, daß im Haus selbst noch ein Mord verübt worden war?«

»Ja, das hatte Jimmy mir erzählt.«

»Er hat Ihnen gesagt, daß es Gregory Craig aus dem dritten Stock war?«

»Ja.«

»Kannten Sie Mr. Craig?«

»Nein.«

»Sie sind ihm nie zufällig begegnet, im Aufzug oder so?«

»Ich wußte gar nicht, wie er aussah.«

»Was haben Sie gemacht, nachdem Sie erfahren haben, wohin man Ihre Frau gebracht hat?«

»Ich bin ins Leichenschauhaus gefahren und habe sie identifiziert.«

»Wer war dabei?«

»Keine Ahnung, was das für ein Typ war, wohl ein Polizeiarzt.«

»Wann war das?«

»So gegen neun. Die haben dort gesagt, ich könnte die

Leiche am Freitag mittag haben. Dann bin ich wieder hierher gefahren und habe mit dem Bestattungsunternehmen vereinbart, daß sie … dort abgeholt wird.«

»Wir werden bei *Elmer* nachfragen müssen, ob Sie tatsächlich dort waren, Mr. Esposito«, sagte Carella. »Ein Foto, das wir dem Barkeeper zeigen könnten, würde uns die Aufgabe erleichtern. Haben Sie zufällig ein neueres Foto von sich bei der Hand?«

»Von einem Foto hat mein Anwalt nichts gesagt.«

»Sie können ihn gern noch einmal anrufen«, meinte Carella. »Wir brauchen es nur zur Identifizierung in der Bar.«

»Na schön, dagegen ist wohl nichts zu sagen.« Esposito wandte sich zur Tür; auf der Schwelle drehte er sich noch einmal um. »Ich habe sie nicht umgebracht. Wir hatten unsere Schwierigkeiten, aber umgebracht habe ich sie nicht.«

Bis sie zu *Elmer* kamen, war es fast sieben. Die Bar war gut besucht, hauptsächlich von Frauen, die am Heiligabend nicht wußten, wo sie bleiben sollten – keine Herzallerliebsten, keine leuchtenden Weihnachtsbäume, nur der zweifelhafte Trost anderer weiblicher Gesellschaft. Sie saßen dicht an dicht an der Theke oder an den Tischen, tranken sich zu und starrten auf die Mattscheibe, über die eine rührende Familienweihnachtsfeier flimmerte. Hinter der Theke standen zwei Barkeeper, die aber beide am Donnerstag abend, als Esposito angeblich über eine Stunde hier gewesen war, frei gehabt hatten. Den Mann auf dem Foto allerdings erkannten sie; doch da sie keinen Dienst gehabt hatten, konnten sie nicht sagen, ob er am Donnerstag hier gewesen war. Der Kollege, der am Donnerstag gearbeitet hatte – sie erklärten, daß in der Woche nur ein Mann hinter der Bar stand, am Wochenende aber zwei –, war ein gewisser Terry Brogan, von Beruf Feuerwehrmann. Den Barkeeper machte er nur als Nebenjob. Sie gaben den Detectives Brogans Privatnummer, und auch die von der Feuerwache Nummer Sechs, die in einem Stadtteil lag, in dem es überdurchschnittlich oft brannte. Von der Bar aus versuchten sie, Brogan unter seiner Privatnummer zu erreichen. Dort meldete sich niemand. Dann versuchten sie es in der Feuerwache, wo sie mit einem Captain Ronnie Grange sprachen. Brogan sei mit Frau und Kindern über Weihnachten nach Virginia gefahren, erfuhren sie. Zu seiner Schwester.

»Eins sag ich dir, Cotton«, sagte Carella, als sie die Bar verließen.

»Was denn?«

»Laß dich bloß nicht vor Weihnachten umbringen.«

Draußen auf der Straße schüttelten sie sich die Hände, wünschten sich gegenseitig ein frohes Fest und gingen in entgegengesetzte Richtungen, um sich in das Gewühl der öffentlichen Verkehrsmittel zu stürzen. Es hatte wieder angefangen zu schneien.

Es war halb neun, als Carella endlich nach Hause kam. Der Schnee hatte den Verkehr auf den oberirdischen Strecken praktisch zum Erliegen gebracht, und der Fahrplan war völlig aus den Fugen geraten. Vor seinem Haus in Riverhead kämpfte er sich durch hohe Schneewehen bis zur Haustür durch. Ein Junge aus ihrer Straße hatte den Auftrag, für drei Dollar pro Stunde den Gehsteig zu räumen, wenn es schneite. Offenbar war er seit gestern nicht mehr dagewesen. Der Neuschnee fiel nicht mehr ganz so dicht; in der Luft wimmelte es vor winzigen Kristallen. Carella trat sich vor der Haustür den Schnee von den Füßen. Der Kranz an der Tür hing schief. Er rückte ihn gerade, schloß auf und trat ein.

Selten war ihm sein Haus so anheimelnd vorgekommen. Im Kamin brannte ein Feuer, der Weihnachtsbaum in der Ecke war bunt geschmückt, und der Widerschein der Flammen fing sich in den glitzernden roten, weißen, blauen, gelben und grünen kleinen Dingen, die an den Zweigen hingen. Teddy trug ein langes rotes Hauskleid. Das schwarze Haar hatte sie im Nacken zu einem Pferdeschwanz zusammengebunden. Sie fiel ihm um den Hals, noch ehe er den Mantel ausgezogen hatte. Der Vorfall vom vergangenen Nachmittag fiel ihm wieder ein. Er würde ihr erzählen müssen, daß Hillary Scott versucht hatte, ihm mit den Zähnen die Unterlippe zu amputieren.

Er hatte sich einen Martini gemixt und es sich in einem Sessel am Kamin bequem gemacht, als die Zwillinge in Pyjama und Morgenrock hereintobten. April kletterte auf seinen Schoß, Mark setzte sich neben ihn auf den Teppich.

»Ihr wart also beim Weihnachtsmann«, sagte Carella.

»Hm«, sagte April.

»Habt ihr ihm erzählt, was ihr euch alles wünscht?«

»Hm«, sagte April wieder.

»Dad …«, setzte Mark an.

»Du hast uns sehr gefehlt«, fuhr April dazwischen.

»Ihr mir auch, Kleines.«

»Dad …«

»Sag's ihm nicht«, unterbrach April.

»Früher oder später muß er es ja doch erfahren«, sagte Mark.

»Nein, muß er nicht.«

»Doch.«

»Nicht.«

»Doch.«

»Aber du mußt es ihm ja nicht sagen.«

»Was denn?« fragte Carella.

Mark sah seinen Vater nicht an. »Dad, es gibt gar keinen Weihnachtsmann.«

»Du hast es ihm doch gesagt«, fuhr April ihren Bruder wütend an.

»Es gibt also gar keinen?«

»Nein«, bekräftigte Mark und funkelte seinerseits April wütend an.

»Woher weißt du das denn?«

»Weil man sie zu Hunderten auf der Straße sieht«, erklärte Mark. »So schnell kann einer gar nicht überall rumkommen.«

»Das sind seine Gehilfen«, erklärte April. »Nicht, Dad? Das sind doch alles seine Helfer.«

»Gar nicht wahr. Es sind ganz gewöhnliche langweilige Männer«, sagte Mark.

»Seit wann wißt ihr das schon?« fragte Carella.

»Ja, also ...«, April schmiegte sich enger an ihn.

»Seit wann?«

»Seit dem vorigen Jahr«, flüsterte sie.

»Aber wenn ihr gewußt habt, daß es gar keinen Weihnachtsmann gibt, warum wolltet ihr ihn dann unbedingt auch in diesem Jahr wieder besuchen?«

»Wir wollten dir nicht weh tun«, sagte April und warf ihrem Bruder einen bösen Blick zu. »Jetzt hast du ihm weh getan«, sagte sie.

»Ist nicht schlimm«, sagte Carella. »Ich bin froh, daß ihr es mir gesagt habt.«

»Du und Mommy, ihr seid der Weihnachtsmann«, sagte April und erstickte ihn fast mit ihrer zärtlichen Umarmung.

»Tja, dann müßt ihr aber jetzt ganz schnell ins Bett gehen, sonst können wir die Rentiere nicht füttern.«

»Was für Rentiere?« fragte sie mit großen Augen.

»Na, alle«, sagte Carella. »Donner und Blitz und Dopey und Doc ...«

»Das ist doch Schneewittchen!« sagte April und kicherte.

»Ach was?« sagte er grinsend. »Und jetzt ab ins Bett. Wir haben morgen viel zu tun.«

Er brachte sie nacheinander auf ihre Zimmer, deckte sie zu und gab ihnen einen Gutenachtkuß. Als er Marks Zimmer verließ, fragte der Junge: »Dad?«

»Ja, mein Sohn?«

»*Habe* ich dir weh getan?«

»Nein.«

»Bestimmt nicht?«

»Ganz bestimmt nicht.«

»Weil ... weißt du, ich habe gedacht, das ist besser, als zu schwindeln.«

»Schwindeln ist nie gut«, sagte Carella, fuhr seinem Sohn übers Haar und merkte einigermaßen überrascht, daß er einen richtigen Kloß im Hals hatte. »Frohe Weihnachten, mein Junge«, sagte er schnell. Er wandte sich ab und knipste das Licht aus.

Teddy hatte heiße Käsetoasts gemacht, die sie schnell aus der Küche holte. Dann sagte sie den Kindern gute Nacht. Als sie wieder ins Wohnzimmer kam, mixte Carella seinen zweiten Martini. Sie warnte ihn, es langsam anzugehen.

»Es war ein langer, harter Tag, Schatz«, erklärte er. »Möchtest du auch etwas?«

Einen Scotch bitte, sagte sie. *Mit viel Wasser.*

»Wo ist Fanny?« fragte Carella.

In ihrem Zimmer, sie packt Geschenke ein.

Sie saßen am Feuer, tranken und aßen ihre Toasts. Das Essen sollte in einer halben Stunde fertig sein, Teddy hatte nicht gewußt, wann er kommen würde, und sie hatte es gerade erst in den Ofen geschoben. Er entschuldigte sich, weil er nicht angerufen hatte, aber er und Hawes seien seit dem Morgen unterwegs gewesen, und er habe einfach keine Gelegenheit gehabt. Sie erkundigte sich, wie er in dem Fall vorankam, und er erzählte ihr von Hillary Scott und ihrer Zwillingsschwester Denise, und daß Hillary nicht nur Teddys Vornamen, sondern auch ihren Mädchennamen gewußt hatte, daß sie irgendwie auf Aprils Namen gekommen war und gesagt hatte, daß April ihrer Mutter ähnelte.

Und dann erzählte er ihr von dem Kuß.

Teddy hörte zu.

Er erzählte ihr, wie er versucht hatte, sich von ihr zu lösen, sie sich jedoch an seinem Mund festgesaugt hatte, als wollte sie ihn nie wieder loslassen. Er erzählte ihr von Hillarys Trance, von ihrem Zittern und Schwanken und der hohlen, gespenstischen Stimme, in der sie vom Ertrinken und Stehlen geredet hatte. Teddy hörte zu und sagte nichts. Auch beim Essen sagte sie nicht viel; ihre Hände waren mit den Platten und Schüsseln beschäftigt, sie legte ihm vor und wich seinem Blick aus. Nach dem Essen holten sie die eingepackten Geschenke aus dem Versteck im Keller und legten sie unter den Weihnachtsbaum. Er würde noch ein bißchen Schnee schippen, ehe es fror, sagte er. Jetzt fiel Teddy wieder ein, daß der Junge, der ein paar Häuser weiter wohnte, Fanny angerufen und ihr gesagt hatte, er könne übers Wochenende nicht kommen, weil er zu seiner Großmutter fahren wollte.

Draußen beim Schneeschippen überlegte Carella, ob er Teddy die Sache mit dem Kuß doch nicht hätte erzählen sollen. Er hatte ihr nicht gesagt, daß Hillary Scott wie eine jüngere Ausgabe von ihr aussah, und war jetzt froh darüber, daß er es nicht getan hatte. Die Luft war sehr kalt geworden. Als er ins Haus zurückkam, blieb er noch einen Augenblick vor dem fast niedergebrannten Feuer stehen, um sich zu wärmen, dann ging er ins Schlafzimmer. Teddy lag im Bett; das Licht hatte sie ausgemacht. Er zog sich leise aus und legte sich zu ihr. Sie rührte sich nicht, aber er hörte an ihrem Atem, daß sie noch nicht schlief. Er knipste das Licht wieder an.

»Was hast du denn, Schatz?« fragte er.

Du hast eine andere Frau geküßt, sagte sie.

»Nein, sie hat mich geküßt.«

Das ist doch dasselbe.

»Und außerdem war es kein Kuß, es war … Ich weiß nicht, *was* es war, verdammt.«

Ein Kuß ist ein Kuß, das war es, sagte Teddy.

»Liebling, glaub mir doch, ich …«

Sie schüttelte den Kopf.

»Ich *liebe* dich, Schatz. Nicht mal Jane Fonda würde ich einen Kuß geben, wenn ich sie morgen früh als Geschenk unter dem Weihnachtsbaum finden würde. Und du weißt ja, was ich von Jane Fonda halte.«

Ach? sagte Teddy. *Nein, was denn?*

»Na ja, ich meine … ich finde sie sehr … attraktiv«, sagte Carella und kam sich vor, als sei er in eine der hohen Schneewehen vor der Tür geraten. »Ich will damit nur sagen, daß …«

Ich hab mal geträumt, daß ich mit Robert Redford schlafe, sagte Teddy.

»Und wie war's?«

Eigentlich sogar ziemlich gut.

»Schatz?« sagte er.

Sie beobachtete seine Lippen.

»Ich liebe dich über alles«, sagte er.

Dann keine Küsse mehr, meinte sie und nickte ihm zu. *Oder ich breche dir das gottverdammte Genick.*

6. Kapitel

Als der Bürgermeister von Reportern gefragt wurde, wie er vor dem trotz Weihnachten erwarteten starken Verkehr die Straßen freibekommen wollte, sagte er auf seine gewohnt witzige Art: »Ich bitte euch, Jungs, das bißchen weiße Zeug, das da vom Himmel runterkommt, wirft uns doch nicht um.« Die Herren von der Presse fanden das nicht sehr lustig, und auch die Cops vom 87. Bezirk konnten nicht darüber lachen.

Wer das Pech hatte, in der Schicht von Mitternacht bis acht Uhr morgens zu stecken, saß am Weihnachtsmorgen noch bis zehn an seinem Platz, denn erst dann trudelte allmählich die Ablösung ein. Dem 87. Revier gehörten achtzehn Detectives an, die die drei Schichten unter sich aufgeteilt hatten, jeweils sechs Mann pro Schicht. Die von acht bis sechzehn Uhr hatten Meyer Meyer, Hal Willis, Bob O'Brien, Lou Moscowitz, Artie Brown und ein Neuer aus dem 21. Revier, ein gewisser Pee Wee Wizonski. Wizonski war einsneunzig groß, wog in Unterwäsche und Socken fast zwei Zentner und hatte viel zu leiden, weil er Pole war. Jeden Tag mußte er neue polnische Witze über sich ergehen lassen. An diesem Weihnachtsfeiertag erzählte Lou Moscowitz, für den an diesem Tag Chanukka war, wie Papst Johannes Paul II. sein erstes Wunder bewirkt hatte: Er hatte Wein in Wasser verwandelt. Wizonski fand das nicht lustig. An diesem Tag schien niemand, auch nicht der Bürgermeister, viel Glück mit Witzen zu haben.

Ab halb elf ging es im Revier rund.

Es begann mit einem sogenannten »Familienstreit« Ecke Mason und Sixth. Vor nicht allzu vielen Jahren war die Mason Avenue als *la Via de Putas* bekannt gewesen – die

Hurenstraße. Die Nutten auf diesem Strich, der fest in puertorikanischer Hand war, waren schon längst zu grüneren Auen in die Innenstadt weitergezogen, wo sie für eine schnelle Nummer in einem Massagesalon zwischen vierzig und achtzig Dollars verlangen konnten, je nachdem, welche Dienste erwünscht waren. *La Via de Putas* hieß jetzt einfach *la Via* – die Straße – und war eine Ansammlung von Billardsalons, Sexshops, Pornokinos, schmierigen Imbißstuben, Tante-Emma-Läden und einem Dutzend Pinten sowie einer Kirche, die unentwegt und trotz aller Widrigkeiten versuchte, in diesem Viertel Seelen zu retten. Von der einstöckigen Kirche einmal abgesehen, die zwischen den schmutzigen Gebäuden, die sie umgaben, religiöse Hoffnung verbreitete, befanden die Läden sich in den Erdgeschossen alter, vergammelter Mietskasernen, deren Bewohner die haarsträubenden Wohnverhältnisse hinnahmen, weil man in keiner anderen Gegend so niedrige Mieten zahlte. Aus einem dieser heruntergekommenen Häuser war der Notruf gekommen.

Den beiden Streifenpolizisten, die den Einsatz fuhren, bot sich ein Bild, das alles andere als weihnachtlich war. Im Wohnzimmer fanden sie zwei Leichen, die beide lediglich Nachthemden trugen, mit Kugeln im Leib. Eine Frau saß tot in einem Sessel am Telefon, den Hörer noch in der blutigen Hand. Später stellte sich heraus, daß sie es gewesen war, die die Polizei gerufen hatte. Das zweite Opfer war eine Sechzehnjährige, die mit dem Gesicht nach unten auf dem abgetretenen Linoleum lag. Am Telefon hatte die Frau nur gesagt: »Hilfe, Polizei. Mein Mann dreht durch.« Daß es so ernst war, hatten die Streifenpolizisten nicht erwartet. Sie hatten geklopft, und als niemand öffnete, hatten sie leichtsinnigerweise ohne weitere Vorsichtsmaßnahmen die Tür aufgemacht und waren eingetreten. Immerhin war Weihnachten und/oder Chanukka. Jetzt zogen sie aber doch die

Waffe und sahen sich um. An einem Ende des Zimmers war eine geschlossene Tür. Der eine Streifenpolizist, ein Schwarzer namens Jake Parsons, klopfte. Die Antwort war eine Salve von Schüssen, die große Stücke aus der Türfüllung riß und seinen Kopf mitgenommen hätte, wenn er sich nicht geistesgegenwärtig zu Boden fallen lassen hätte. Die beiden Cops verließen schleunigst die Wohnung.

Vom Funkwagen aus melden sie Murchison, dem diensthabenden Sergeant, daß sie es mit einem Doppelmord und einem unfreundlichen Zeitgenossen zu tun hatten, der hinter verschlossener Tür mit einer Kanone lauerte. Murchison forderte aus dem Dienstraum Verstärkung an. Pee Wee Wizonski holte Halfter und Pistole aus dem Schreibtischfach, winkte Hal Willis zu und war draußen, noch ehe Willis seinen Mantel angezogen hatte. Murchison verständigte inzwischen die Mordkommission und das Sonderkommando. Die Leute vom Soko waren schon da, als Wizonski und Willis eintrafen, die äußerlich auf etwas peinliche Weise an Dick und Doof erinnerten. Wizonski war der größte Kriminalbeamte im Bezirk, Willis der kleinste. Er hatte knapp die für den Polizeidienst vorgeschriebene Größe von einem Meter und siebzig. Die Streifenpolizisten setzten sie ins Bild, dann gingen sie alle miteinander wieder hinauf in den vierten Stock. Die Soko-Leute in ihren kugelsicheren Westen machten die Vorhut. Der unfreundliche Zeitgenosse hinter der verschlossenen Tür begann sofort wieder zu schießen, als er Geräusche in der Wohnung hörte, so daß sie ihre Absicht, die Tür einzutreten, sehr schnell wieder aufgaben. Draußen auf dem Gang hielten sie erst einmal eine Gipfelkonferenz ab.

Die beiden Männer von der zentralen Mordkommission hießen Phelps und Forbes und sahen Monoghan und Monroe, die inzwischen zu Hause ihre Weihnachtsgeschenke auspackten, ziemlich ähnlich. (Die Männer vom 87. Bezirk erfuhren später, daß Monoghans Frau ihm einen vergoldeten Revolver geschenkt hatte. Monroe hatte von seiner Frau einen Videorecorder bekommen, auf dem er heimlich die Pornofilme abspielen konnte, die er immer wieder mal in der Stadt beschlagnahmte.) Phelps und Forbes waren sauer, weil sie am ersten Feiertag Dienst hatten. Phelps war besonders sauer, weil er etwas gegen Puertoricaner hatte und bei jeder passenden und unpassenden Gelegenheit erklärte, die Verbrechensrate würde sofort absinken, wenn die Burschen nur alle wieder auf die gottverdammte beschissene Insel, von der sie hergekommen waren, zurückgehen würden. Und jetzt verdarb ihm eine puertorikanische Familie auch noch den ersten Feiertag – vorausgesetzt, die Wanze hinter der Tür war tatsächlich ein Hispano. »Hispano« war das Wort, mit dem die Polizisten in dieser Stadt jeden bezeichneten, der auch nur entfernt spanischer Herkunft war, mit Ausnahme von Phelps und vielen Polizisten wie ihm, die sie noch immer »Spics« nannten. Selbst der stellvertretende Bürgermeister, der in Mayagüez geboren war, war für Phelps ein Spic.

»Wenn wir uns an die Tür wagen«, sagte Phelps, »durchlöchert der Kerl uns wie ein Sieb.«

»Wie wär's mit dem Fenster?« fragte einer der Soko-Leute.

»In welchem Stockwerk sind wir hier?« fragte der andere.

»Im vierten.«

»Und wie viele Stockwerke hat das Haus?«

»Fünf.«

»Man könnte es mit einem Seil vom Dach aus versuchen. Was meint ihr?«

»Wenn ihr ihn hier drinnen ein bißchen ablenkt«, sagte sein Kollege, »kann einer von uns durchs Fenster einsteigen.«

»Und wenn ihr uns rufen hört«, ergänzte der andere, »tretet ihr die Tür ein und stürmt das Zimmer. Dann sitzt er in der Falle.«

Der eine Streifenpolizist hatte inzwischen mit einer Nachbarin gesprochen und erfahren, daß die Familie *zwei* Töchter hatte, die Sechzehnjährige, die sie tot aufgefunden hatten, und ein zehnjähriges Mädchen namens Consuela. Damit kam er zu den Cops, die vor der Wohnungstür noch ihre Strategie besprachen. Im Fall einer Geiselnahme, darüber war man sich schnell einig, war es zu riskant, sich wie Batman durchs Fenster zu schwingen. Die beiden Soko-Leute waren dafür, es trotzdem ohne Einschaltung des Geiseldezernats zu versuchen, was aber am Widerspruch von Phelps und Forbes scheiterte. Sie schickten einen der Streifenpolizisten ans Telefon und ließen die Leute von der Sondereinheit für Geiselnahmen verständigen. Bisher wußte noch niemand, ob die zehnjährige Consuela sich tatsächlich bei dem unfreundlichen Zeitgenossen hinter der abgeschlossenen Tür befand oder vielleicht nur im Schnee spazierenging.

Selbst in einem puertorikanischen Viertel wird bei einer Geiselnahme beträchtlicher polizeilicher Aufwand getrieben. Um elf waren zu der ursprünglichen Truppe noch vier Sergeants, ein Lieutenant und ein Captain hinzugekommen. Inzwischen war es draußen vor der Wohnungstür ziemlich eng geworden. Einsatzleiter war der Captain, der seinen Plan ausfeilte, als ginge es um einen Sturm auf den Kreml. Ja, sagte er, es wäre gut, wenn einer der Soko-Leute sich vom Dach herunterlassen würde, während die Geiselspezialisten mit dem Kerl sprachen. Alle, einschließlich des Soko-Mannes auf dem Dach, sollten nach seinem Wunsch kugelsichere Westen tragen. Wizonski und Willist sollten in den Westen als Verstärkung hinter den Geiselcops an der Tür bleiben. Der Soko-Mann, der sich für den

Einsatz zur Verfügung gestellt hatte, protestierte. Die Weste hatte ein ganz schönes Gewicht, und so ein Seiltrick war sowieso kein Zuckerlecken bei diesem Wind. Wenn er so eine Weste trug, landete er vielleicht fünf Stockwerke tiefer auf der Straße. Der Captain bestand auf der Weste. Sie wollten gerade ihre Stellungen einnehmen, als sich die bislang verschlossene Tür öffnete und ein dünner kleiner Mann, der nur mit einer Unterhose bekleidet war, einen leeren .45er Colt Automatic ins Zimmer warf. Dann kam er mit erhobenen Händen heraus. Er weinte. Seine zehnjährige Tochter, Consuela, lag hinter ihm auf dem Bett. Er hatte sie mit einem Kissen erstickt. Der Captain war sichtlich enttäuscht, daß er nicht dazu kam, seinen genialer Plan in die Tat umzusetzen.

Inzwischen waren Meyer Meyer und Bob O'Brien auf dem Weg in eine eher gehobene Gegend. Meyer legte im allgemeinen keinen gesteigerten Wert auf die Zusammenarbeit mit O'Brien. Dabei ließen weder O'Briens Charakter noch sein Mut oder seine Tüchtigkeit etwas zu wünschen übrig. Nur war es leider so, daß er mit tödlicher Sicherheit stets in Situationen geriet, bei denen es sich nicht vermeiden ließ, daß er jemanden erschoß. O'Brien erschoß seine Opfer nicht zum Vergnügen. Im Gegenteil, er setzte alles daran, um seine Dienstwaffe nicht ziehen zu müssen. Aber man hatte den Eindruck, daß er Leute, die es darauf anlegten, erschossen zu werden, anzog wie ein Magnet. Und weil Cops sich ebensowenig danach reißen, eine Kugel verpaßt zu bekommen wie Zivilisten, und bei einem gemeinsamen Einsatz mit O'Brien die Luft immer besonders bleihaltig war, versuchten die Cops vom 87. Bezirk sich möglichst vor einer Zusammenarbeit mit ihm zu drücken. O'Brien galt, vielleicht zu Unrecht, als ausgesprochener Pechvogel. Er selbst war der unerschütterlichen Überzeugung, daß sämtliche Waffen der Stadt sich früher oder später auf ihn richten würden, so daß er zur Verteidigung geradezu gezwungen war. Leider erzählte er das auch dem Mädchen, mit dem er verlobt war, woraufhin sie prompt die Verlobung platzen ließ.

Aber heute war immerhin Weihnachten und/oder Chanukka; da konnte, fand Meyer, eigentlich nicht viel passieren. Die Chance, daß es in Gegenwart von O'Brien zu Gewalttätigkeiten kommen würde, schätzte er auf vielleicht zwanzig Prozent ein. Daß sie dann zu dem Einsatz in Smoke Rise gerufen wurden, verbesserte sie auf zehn Prozent. Smoke Rise war das eleganteste Viertel im Zuständigkeitsbereich des 87. Reviers, fast schon eine kleine Stadt in sich. Die Häuser waren zwei- bis dreihunderttausend Dollar wert und boten meist einen herrlichen Blick auf den Fluß. Überdies handelte es sich bei dem Einsatz um einen 10-21, einen »vollendeten Einbruch«, was bedeutete, daß der Dieb seine Arbeit getan und das Weite gesucht hatte. Es bestand also keine Gefahr, daß jemand auf O'Brien schießen oder dieser das Feuer erwidern würde, weil der böse Bube ja nicht mehr am Tatort war.

Viele der Straßen in Smoke Rise waren nach Königen und Königinnen benannt – Victoria Circle, Elizabeth Lane, Albert Way, Henry Drive –, womit die Gegend eine blaublütige Aura hatte, die sie weder brauchte noch wollte. Der Erbauer war jedoch nicht das geringste Risiko eingegangen, daß *diese* Gegend mit einem der schäbigeren Vierteln dieser Stadt verwechselt werden konnte, und hatte die Straßen selbst benannt, als er das Gebiet in Parzellen unterteilt hatte. Als ihm die Normandys, Plantaganets, Lancasters, Yorks, Tudors, Oranges und Hannovers ausgegangen wäre, hatte er auf die Windsors zurückgegriffen. Und nachdem überhaupt keine Könige mehr zur Verfügung standen, hatte er Namen wie Westminster, Salisbury, Winchester (den er wieder aufgegeben hatte, vielleicht, weil er zu sehr nach einem Gewehr klang) und Stonehenge herangezogen. Das gesamte Viertel hatte etwas absolut Britisches an sich. Manche Häuser sahen sogar aus, als stünden sie direkt neben einem Moor in Cornwall.

Der Einbruch hatte sich am Coronation Drive zugetragen, Ecke Buckingham Way. Das Haus was ein Wunder aus zahlreichen Giebeln und Türmchen und bunten Fenstern, das sich am Flußufer erhob wie der Sommerpalast der englischen Königin. Der Besitzer war in einer Zeit vom Schrotthandel reich geworden, als es noch möglich war, große Mengen an Barem zusammenzukratzen, ohne siebzig Prozent davon an Vater Staat abführen zu müssen. Er sprach noch immer mit einem deutlich wahrnehmbaren Calm's-Point-Akzent, und sein »Dat« und »Wat« klang in dem riesigen Wohnzimmer mit der gewölbten Decke wie eine Blasphemie. Seine Frau und die beiden Söhne trugen ihre Sonntagssachen. Um Viertel vor elf hatten sie das Haus verlassen, um bei Bekannten ein paar Häuser weiter Geschenke abzugeben. Als sie um halb eins wiederkamen, war das Haus geplündert. Sie hatten sofort die Polizei verständigt.

»Was hat er mitgenommen, Mr. Feinberg?« fragte Meyer.

»Alles«, sagte Feinberg. »Er muß mit einem Lastwagen vorgefahren sein. Die Stereoanlage ist weg und der Fernseher, die Pelze und der Schmuck meiner Frau, sämtliche Fotoapparate aus dem Schrank oben. Gar nicht zu reden von den Geschenken unter dem Baum. Einfach alles hat er eingesackt, der Scheißkerl.«

In einer Wohnzimmerecke stand ein riesiger Weihnachtsbaum, der aussah, als wären vier kräftige Männer nötig gewesen, um ihn aufzustellen und zu schmücken. Meyer fand es nicht erstaunlich, in einem jüdischen Haus einen Weihnachtsbaum stehen zu sehen. Seit der Geburt seiner Kinder war auch für ihn das Problem einer Anpassung an die christlichen Weihnachtsbräuche seiner Umgebung akut geworden. Als sie neun, acht und sechs waren, war er schließlich weich geworden. Zunächst hatte er nur eine leere Apfelsinenkiste mit Hilfe von Kreppapier zu einem Kamin für den Weihnachtsmann umfunktioniert. Im Jahr darauf hatte er eine kleine Fichte mit Wurzeln angeschleppt und seinen Kindern als Chanukkabusch vorgestellt. Nach Weihnachten hatte er sich aber so schwer damit getan, den Baum im Garten einzupflanzen, daß er im nächsten Jahr einen richtigen Weihnachtsbaum erstanden hatte. Er fühlte sich nicht weniger als Jude, nur weil ein geschmückter Weihnachtsbaum bei ihm in der Wohnung stand. Wie viele Christen sah er in Weihnachten nicht so sehr ein religiöses als ein Familienfest, eine Gelegenheit für mehr Freundlichkeit, Gemeinsamkeit und Nächstenliebe, und darauf, fand Meyer, kam es schließlich an.

Einige seiner jüdischen Freude bezeichneten ihn als verkappten Nichtjuden. Er erwiderte dann immer, er sei auch ein verkappter Jude. Israel war für Meyer nicht der ersehnte Nationalstaat für alle Juden, sondern ein fremdes Land. Natürlich fand auch er, daß Israel unterstützt werden, daß es weiterbestehen mußte, aber für ihn stand fest, daß er in erster Linie Amerikaner, dann erst Jude und auf gar keinen Fall Israeli war. Er wußte, daß Israel heimatlose Juden aus der ganzen Welt aufgenommen hatte. Aber er vergaß nie, daß Amerika heimatlosen Juden ein neues Leben geboten hatte, als Israel noch nicht einmal ein ferner Traum gewesen war. Natürlich spendete er Geld für Bäume in Israel. Natürlich war er leidenschaftlich gegen die infamen Terroranschläge, die immer wieder diese kleine Nation erschütterten. Natürlich hätte er gern die biblischen Stätten gesehen, die er nur vom Hörensagen kannte, aus der Sederschule, in die er als Junge gegangen und in der er einer der Besten gewesen war. Er fand es schön, daß Weihnachten und Chanukka in diesem Jahr zusammenfielen. Insgeheim hegte er ohnehin den Verdacht, daß alle religiösen Feiertage vor Jahrhunderten einfach landwirtschaftliche Feste gewesen waren. Daß Ostern und Passah jedes Jahr so nah beieinander lagen und manchmal – wie *diese* Feiertage – auf den gleichen Termin fielen, konnte kein Zufall sein. Lou Moscowitz, einer seiner Kollegen, meinte, Meyer sei kein richtiger Jude mehr. Aber Meyer Meyer war mit ganzer Seele ein richtiger Jude. Nur war seine Definition von einem richtigen Juden eben etwas anders als die von Moscowitz.

Der Einbrecher hatte bei den Feinbergs wirklich ganze Arbeit geleistet. Als die Detectives durch das Haus gingen und ein Verzeichnis der gestohlenen Gegenstände erstellten, fanden sie heraus, daß viel mehr fehlte, als Feinberg ursprünglich angegeben hatte. Es kam ihnen nun sehr wahrscheinlich vor, daß der Einbrecher tatsächlich mit einem Lastwagen vorgefahren war. Er hatte sogar die Fahrräder der Jungen aus der Garage mitgehen lassen, und die vollständige Sammlung aller Schallplatten von *Queen* des jüngeren Sohnes, was den Kleinen mehr zu treffen schien als der Verlust der neuen Filmkamera, die er zu Weihnachten bekommen und unter dem Baum liegen gelassen hatte, nachdem er sie ausgepackt hatte. An die Stelle der ursprünglichen Empörung war bei den Feinbergs eine Art Betäubung getreten. Dabei ging es ihnen nicht einmal so sehr um den Wert der gestohlenen Sachen. Ein Fremder war in ihr Haus eingedrungen, und das Schlimmste war, daß er ihnen gewissermaßen die Intimsphäre gestohlen hatte. Da die Detectives nicht wußten, ob der Einbrecher entweder mit Sprengstoff oder einer tödlichen Waffe ausgerüstet gewesen war, schien es sich bei dem Verbrechen um einen Einbruch dritten Grades zu handeln: »Das wissentliche und unrechtmäßige Betreten oder Verbleiben in einem Gebäude mit der Absicht, darin ein Verbrechen zu begehen.« Aber der Text des Gesetzes konnte kaum beschreiben, was man den Feinbergs angetan hatte. Sie würden diesen Tag ihr Leben lang nicht vergessen. Jahrelang würden sie noch von dem Mann erzählen, der am Weihnachtstag, der in diesem Jahr mit Chanukka zusammenfiel, in ihr Haus eingedrungen war – und was den Detectives dann zehn Minuten, nachdem sie das Haus der Feinbergs verlassen hatten, zustieß.

Wenn es nicht der erste Feiertag gewesen wäre, hätten Meyer und O'Brien nicht weiter auf den Möbelwagen geachtet. Der Wagen stand in einer Seitenstraße, etwa fünfzehn Blocks vom Haus der Feinbergs entfernt, außerhalb der Mauer, die Smoke Rise gegen seine weniger feine Umgebung abgrenzte. Der linke Hinterreifen war platt. Ein Mann in brauner Lederjacke und blauer Strickmütze war gerade dabei, ihn zu wechseln. Neben ihm auf dem nur teilweise vom Schnee geräumten Gehsteig lagen ein Wagenheber und ein schwerer Schraubenschlüssel. Als sie den Möbelwagen sahen, verloren weder Meyer noch O'Brien ein Wort darüber, daß am ersten Weihnachtstag keine Umzugsspedition arbeitete. Das war auch nicht nötig. Meyer, der am Steuer saß, hielt die nicht als Polizeifahrzeug gekennzeichnete Limousine hinter dem Möbelwagen an. Dann stiegen beide aus und gingen auf den Wagen zu. Die Straße war noch glatt vor verharschtem Schnee, den die Pflüge übersehen hatten. Der Atem der Detectives stand weiß in der Luft, als sie auf den Mann zugingen, der gerade den Reservereifen anbrachte.

»Können wir Ihnen helfen?« fragte Meyer.

»Nein, danke, geht schon«, sagte der Mann. Er mochte Ende Zwanzig sein, ein Weißer mit blasser, fast kalkig wirkender Haut, dunklen Augen und einem schwarzen

Schnurrbärtchen. Auf der Seite des Möbelwagens stand: CULBERTSON – UMZÜGE UND TRANSPORTE. Das Nummernschild war im Nachbarstaat ausgegeben worden.

»Gemeinheit, daß Sie ausgerechnet über Weihnachten arbeiten müssen, was?« sagte O'Brien beiläufig.

»Da kann man nichts machen«, sagte der Mann.

»Ein Möbeltransport am ersten Feiertag, das muß schon was ganz Besonderes sein«, fügte Meyer hinzu.

»Was geht das euch an?« sagte der Mann. »Ihr seht doch, daß ich 'n Platten hab. Verpißt euch und stört mich nicht bei der Arbeit.«

»Polizei.« O'Brien griff in die Tasche, um seine Dienstmarke hervorzuziehen, aber da hatte der Mann plötzlich eine Pistole in der Hand. Sie waren beide überrascht. Nicht viele Einbrecher sind bewaffnet. Wer des Nachts einen Einbruch beging, besonders in einem Haus, in dem sich jemand aufhielt, ging das größte Risiko ein und hatte eventuell eine Waffe dabei, auch wenn der Waffenbesitz seine Gefängnisstrafe deutlich verlängerte. Wenn sie mit einer Gewalttätigkeit gerechnet hätten – und das war nicht der Fall –, dann höchstens damit, daß der Mann plötzlich nach dem Wagenheber auf der Straße griff. Aber er griff stattdessen unter seine Jacke, und plötzlich war die Pistole in der Hand, eine .38er, die er aus dem Hosenbund gezogen hatte und nun direkt auf Meyer richtete.

Die Pistole ging los, ehe Meyer reagieren und selbst nach der Waffe greifen konnte. Der Mann schoß zweimal; beide Kugeln trafen Meyer ins Bein. Er stürzte auf den Gehsteig. O'Brien griff nach seiner Waffe. Er hatte keine Zeit, darüber nachzudenken, daß sein Schicksal ihn schon wieder eingeholt hatte. Er sah nur, daß sein Kollege am Boden lag, sah, wie der Mann seine Waffe jetzt auf ihn richtete. Er drückte ab und traf den Mann in der Schulter. Als er taumelte, schoß O'Brien noch einmal; diesmal traf er ihn in die Brust. Die Waffe noch in der Rechten, kniete sich O'Brien neben dem Verletzten hin, griff mit der Linken nach den Handschellen am Gürtel, rollte ihn ohne Rücksicht auf die stark blutenden Wunden herum und fesselte ihm die Hände auf dem Rücken. Ziemlich außer Atem wandte er sich dann Meyer zu, der mit angewinkeltem Bein auf der Straße lag.

»Geht's einigermaßen?« fragte er.

»Tut gemein weh«, sagte Meyer.

O'Brien ging zum Wagen und zog das Funkmikro aus dem Armaturenbrett. »Hier Acht-sieben-vier, Ecke Holmsby und North«, sagte er. »Polizeibeamter angeschossen. Ich brauche einen Krankenwagen.«

»Wer spricht da?« fragte die Zentrale.

»Detective O'Brien.«

Aber die Zentrale war wohl bereits selbst darauf gekommen und hatte nur der Form halber noch einmal nachgefragt.

Das nächste Krankenhaus war das Mercy General, Ecke North und Platte. Ein Assistenzarzt schlitzte Meyer das linke Hosenbein auf, besah sich die beiden Einschußstellen – eine im Oberschenkel, die andere direkt unter der Kniescheibe – und ließ sofort den OP vorbereiten. Der Einbrecher, der auf Meyer geschossen hatte, kam – vor dem OP sind alle Menschen gleich – ebenfalls unters Messer, und am ersten Feiertag mittags um eins waren beide Operationen gelungen, und beide Unglücksraben lagen im sechsten Stock, selbstredend in getrennten Zimmern. Vor dem des Einbrechers saß ein Posten, aber das war der einzige Unterschied.

Der Einbrecher hieß Michael Addison. In dem Möbelwagen, den er sich von einem Parkplatz im Nachbarstaat geholt hatte, fand die Polizei nicht nur die Beute aus dem

Feinberg-Einbruch, sondern auch Restbestände anderer Diebeszüge vom gleichen Tag. Addison gab nichts zu. Er sei schwer verletzt, sagte er, und wolle einen Anwalt. Er würde O'Brien und die Stadt wegen Körperverletzung belangen. Einen völlig Unschuldigen abzuknallen, der am Straßenrand einen Reifen hatte wechseln wollen … O'Brien beugte sich über sein Bett und flüsterte Addison zu, falls er seinen Kollegen zum Krüppel geschossen habe, solle er lieber gleich nach China auswandern.

Auf dem Revier erklärte Arthur Brown – der sich sehr für englische Literatur interessierte – im Schreibzimmer Miscolo, der Bursche habe genau den richtigen Namen für einen Einbrecher.

»Was meinst du?« fragte Miscolo.

»Addison und Steal«, sagte Brown und grinste.

»Kapier ich nicht«, sagte Miscolo.

»Steal«, sagte Brown. »Stehlen.«

»Kapier ich trotzdem nicht«, sagte Miscolo. »Willst du einen Kaffee?«

Kurz darauf klauten sechs Männer eine ganze Straße.

Die Meldung kam zehn Minuten vor fünf. Inzwischen hatte es die erwarteten Selbstmorde und Selbstmordversuche gegeben, und zwar in höherer Zahl als an früheren Weihnachtsfeiertagen. Inzwischen war auch Lieutenant Byrnes persönlich zu den Meyers gefahren, um Sarah Bescheid zu sagen, die heilfroh war, daß es ihren Mann nur am Bein erwischt hatte. Als sie Byrnes vor der Tür hatte stehen sehen, hatte sie sofort an das Schlimmste gedacht. Byrnes fuhr sie ins Krankenhaus, und sie verbrachte den Nachmittag bei ihrem Mann, der sich beschwerte, eine Frau habe einem Ehemann, der angeschossen worden war, gefälligst eine kräftige Hühnersuppe zu kochen. Während sie seine Hände hielt und ihm sagte, wie glücklich sie sei, daß er noch lebte, bog ein Laster in die Gedney Avenue ein, und sechs Männer sprangen heraus und begannen, das Kopfsteinpflaster aufzureißen.

Die Gedney Avenue war eine der wenigen Straßen der Stadt, die noch mit Kopfsteinen gepflastert war. Es hieß, die Steine stammten aus der Zeit, als die Holländer hier die Herren gewesen waren. Andere hielten dagegen, die Holländer hätten einen Pflasterstein nicht von einer Tulpe unterscheiden können, und natürlich seien es, wie ja auch der britische Straßenname andeutete, die Briten gewesen, die für diesen neumodischen Komfort gesorgt hatten. Wer auch immer die Straße nun gepflastert haben mochte, die sechs Männer, die aus dem Wagen gesprungen waren, entpflasterten sie nun. Die Schneepflüge waren schon zweimal durch die Gedney Avenue gefahren, und die Straße war verhältnismäßig schneefrei. Die Männer machten sich mit Schwung an die Arbeit, was bei städtischen Bediensteten ohnehin auffällig, am ersten Weihnachtsfeiertag aber geradezu verdächtig war. Mit Pickeln und Stemmeisen lösten sie die kostbaren Pflastersteine und stapelten sie in ordentlichen Reihen in ihrem Laster. Die Anwohner steckten neugierig die Köpfe aus dem Fenster, beobachteten die Männer bei der Arbeit und staunten über ihren Eifer. Das Team brauchte zwei Stunden, um von einer Ecke zur anderen das Pflaster abzuräumen. Nach Beendigung der Arbeit kletterten die sechs wieder in den Lastwagen und fuhren davon. Niemand kam auf die Idee, sich die Zulassungsnummer zu notieren.

Immerhin war einer der Anwohner tief beeindruckt von der Tatsache, daß die Straßenbaubehörde selbst am ersten Weihnachtsfeiertag noch für diese vielgeschmähte Stadt tätig war. Er benutzte das auf Veranlassung des Bürgermeisters gerade eingerichtete Bürgertelefon, erwischte in der Stadtverwaltung tatsächlich jemanden und bedankte sich überschwenglich. Die Angestellte am anderen Ende der Leitung wurde mißtrauisch, rief die Straßenbaubehörde an, wo sich niemand meldete, und stöberte dann den Leiter der Abteilung zu Hause auf. Nein, sagte er, er habe keine Anweisungen gegeben, in der Gedney Avenue das Pflaster aufzureißen. Sie möge doch bitte die Polizei verständigen.

Als an diesem Abend um fünf die Straßenbeleuchtung angeschaltet wurde und die Schatten länger wurden, standen die Detectives Arthur Brown und Lou Moscowitz an einem Ende der Gedney Street und sahen sich den Boden an, über den vor Jahrhunderten die Indianer in ihren Mokassins geschritten sein mochten, damals, als Kolumbus die Neue Welt entdeckte und die ganze Geschichte angefangen hatte. Die Gedney Street wirkte, ihres Kopfsteinpflasters beraubt, seltsam unberührt, fast ländlich. Brown und Moscowitz grinsten von einem Ohr zum anderen. Einen guten Coup wissen selbst Cops zu schätzen.

Indessen plagte sich Carella daheim mit Gewissensbissen. Nicht, weil jemand sich einen Lastwagen voll Pflastersteine unter den Nagel gerissen, sondern weil Meyer zwei Löcher im Bein hatte. Hätte Carella den freien Tag mit ihm getauscht, wäre Meyer vielleicht nicht angeschossen worden. Bei diesem Gedanken legten sich seine Gewissensbisse etwas, denn er – besten Dank! – war schon oft genug angeschossen worden, einmal auch kurz vor Weihnachten. Aber Carella war italienischer Abstammung, und das empfindliche Gewissen ist Italienern und Juden ebenso gemeinsam wie das Matriarchat. Carella hatte einen Vetter; wenn der mal versehentlich das Rotlicht einer Ampel nicht beachtete, hielt er zur Buße bei der nächsten Apel, die *grünes* Licht zeigte.

Also setzte er sich in die U-Bahn und erschien abends um acht im Mercy Hospital, um Meyer zu sagen, daß er ein entsetzlich schlechtes Gewissen hatte, weil nicht ihn die

Kugeln erwischt hatten. Aber auch Meyer hatte ein schlechtes Gewissen. Hätte er sich nicht dämlicherweise anschießen lassen, so argumentierte er, hätte Bob O'Brien nicht wieder einmal ganz gegen seinen Willen seine Pistole ziehen und abdrücken müssen. Was wiederum O'Briens Gewissen belastete. Allerdings war O'Brien Ire und in dieser Hinsicht weniger anfällig.

Carella hatte eine kleine Flasche Whisky mitgebracht, die er jetzt aus der Manteltasche holte. Er goß großzügige Portionen in zwei sterile Krankenhausbecher, und sie tranken auf die Tatsache, daß Meyer zwar zur Ader gelassen, aber noch am Leben war. Carella schenkte nach, und dann tranken sie auf den nächsten Tag, der am Horizont heraufzog.

7. Kapitel

Der Raum, der neuerdings für Gegenüberstellungen verwendet wurde, lag im Untergeschoß des Reviers neben den Haftzellen, in denen mutmaßliche Straftäter vorübergehend untergebracht wurden, bis sie dem Richter vorgeführt werden konnten. Von dort bezogen die Cops vom 87. Bezirk auch die Statisten, die – sofern sie oder ihre Anwälte nicht Einspruch erhoben – zusammen mit dem Verdächtigen einem Opfer oder einem Zeugen vorgeführt wurden.

Früher einmal war jeden Morgen eine Gegenüberstellung mit allen am Vortag verhafteteten Straftätern im Präsidium in der Innenstadt durchgeführt worden. Sinn dieser Übung war gewesen, Detectives aus der ganzen Stadt

Whisky ein, und plötzlich hielt sein Gast ein Messer in der Hand.«

»Das Messer stört mich«, sagte Hawes. »Die Tatsache, daß er ein Messer mitgebracht hat.«

»Womit das Verbrechen zu einem vorsätzlichen Mord wird.«

»Ganz klar vorsätzlich.«

»Aber warum hat er dann erst einen Whisky mit seinem Opfer gekippt?«

»Und worüber haben sie von fünf bis zu dem Zeitpunkt gesprochen, als die Metzelei dann losging?«

Die beiden Detectives sahen sich wieder an.

»Esposito?« fragte Hawes.

»Möglich«, sagte Carella. »Er wohnte im Haus, könnte sich als Mitglied des Mieterausschusses oder so ausgegeben haben ...«

»Aber wer war dann unten?«

»Was meinst du?«

»Wer hat sich denn unten in der Halle als Corbett ausgegeben?« unterbrach ihn Carella. »Das kann nicht Esposito gewesen sein.«

»Nein«, sagte Carella. »Scheiße, fahren wir erst mal zur Feuerwache.«

Eine halbe Stunde später sprachen sie auf der Feuerwache Sechs mit Terry Brogan, dem als Barkeeper jobbenden Feuerwehrmann. Brogan sah sich das Foto von Esposito an und nickte. »Ja, den kenne ich.«

»War er Donnerstag abend bei *Elmer*?« fragte Carella.

»Was war Donnerstag? Der zweiundzwanzigste?«

»Der einundzwanzigste.«

»Ja, richtig, da war ich dort.«

»Und war auch Esposito da?«

»Heißt er so?«

»Warren Esposito, ja. Ist er ...«

»Da bedient man einen Gast monatelang und weiß gar nicht, wie er heißt«, sagt Brogan und schüttelte verwundert den Kopf.

»War er am Donnerstag abend da?«

»Donnerstag abend, Donnerstag abend«, überlegte Brogan laut. »Warten Sie mal, was war denn am Donnerstag abend?« Er dachte kurz nach. Aus dem ersten Stock der Feuerwache hörte Carella durch das Loch um die Messingstange eine Stimme: »Volles Haus, besser als Könige.« Eine andere Stimme sagte: »Du hast ein verdammtes Hufeisen in deinem Arsch stecken.«

»Ich glaube, das war der Abend, an dem die Rothaarige sich die Bluse ausgezogen hat«, sagte Brogan

»Um welche Zeit war das?«

»Muß so um sechs gewesen sein«, sagte Brogan. »Sie war schon leicht angesäuselt, als sie kam, und hat in einer Stunde noch drei Drinks gekippt. Ja, muß so gegen sechs gewesen sein. Einer von den Jungs an der Theke hat gemeint, sie hat wohl einen Gummibusen, bei dem Umfang. Und da hat sie die Bluse ausgezogen, um ihm das Gegenteil zu beweisen.«

»War Esposito da?« wiederholte Carella geduldig.

»Kann sein. Bei all der Aufregung … Wir haben doch alle bloß der Rothaarigen auf den Vorbau geguckt.«

»Wann sind Sie am Donnerstag zum Dienst gekommen?« Hawes versuchte es mit einem Angriff von der Flanke.

»Um halb fünf.«

»Esposito behauptet, er sei um halb sechs dagewesen.«

»Schon möglich.«

»Wann kam die Rothaarige?«

»Eine Stunde, ehe sie die Bluse auszog.«

»Also gegen fünf, ja?«

»Ja, so gegen fünf.«

»Und Sie waren zu der Zeit allein an der Bar?«

»Klar.«

»Also haben Sie die Rothaarige bedient.«

»Richtig.«

»Und zwischen fünf und sechs gab es keine Aufregungen, keine Ablenkungen, stimmt's? Versuchen Sie sich doch mal zu erinnern, ob um halb sechs Warren Esposito kam.«

»Schauen Sie sich das Foto noch mal an«, sagte Carella.

Brogan betrachtete das Bild erneut. Carella ertappte sich bei der Überlegung, wie so ein Mann sich bei Feueralarm verhalten würde. Was würde passieren, wenn er sich mit der Axt einen Weg in ein lichterloh brennendes Schlafzimmer bahnte und dort eine barbusige Rothaarige vorfand? Würde er den eigenen Namen vergessen? Würde er aus dem sechsten Stock ohne Netz in die Tiefe springen? Würde er einen Schlauch auf ein offenes Fenster richten?

»Ja, genau«, sagte Brogan.

»Was?« sagte Carella und fragte sich, ob er an einen weiteren Hellseher geraten war.

»Rob Roys. Er trinkt immer Rob Roys. Der Rothaarigen hab ich einen Manhattan gegeben, und dem alten Knacker hinten an der Theke einen Gin on the Rocks, und dann kam er und hat einen Rob Roy bestellt.«

»Esposito?«

»Ja, der Typ auf dem Bild hier.«

»Um welche Zeit?«

»Also wenn die Rothaarige um fünf gekommen ist ... ja, dann muß es so halb sechs gewesen sein, genau wie er sagt.«

»Und wann ist er wieder gegangen?« fragte Carella.

»Schwer zu sagen«, erwiderte Brogan. »Weil die Rothaarige ja ihre Schau abgezogen hat.«

»War er dabei, als sich die Rothaarige die Bluse ausgezogen hat?«

»Doch, ich glaube schon. Lassen Sie mich mal 'ne Minute überlegen.«

Carella beobachtete ihn, während er eine Minute lang überlegte. Der Detective sah förmlich, wie er versuchte, sich den aufregenden Vorfall wieder ins Gedächtnis zurückzurufen. In seiner ganzen Laufbahn als Polizeibeamter hatte er noch nicht erlebt, daß der Busen einer Rothaarigen von entscheidender Bedeutung für ein Alibi gewesen wäre. Aber die Rothaarige war um fünf gekommen und hatte um sechs ihre Bluse ausgezogen, und sie hatten gerade festgestellt, daß Esposito etwa um halb sechs ebenfalls dort war. Hätte Carella gern Zähne gezogen, wäre er Zahnarzt geworden, aber bei Brogan mußten sie sich wohl vom Bikuspident über die Molaren bis zu den Eckzähnen vorarbeiten, Zahn um Zahn, bis sie das hatten, worauf sie aus waren.

Brogan begann, die imaginären Gäste an der Theke am Zeigefinger der linken Hand abzuzählen. »Ganz hinten Abner, an der Jukebox, Scotch und Soda. Die Sekretärin von Halston neben ihm, Wodka Tonic. Dann Ihr Typ von dem Foto, Rob Roy. Daneben einer, den ich noch nie gesehen hatte, Bourbon und Wasser. Dann die Rothaarige, Manhattans. Und daneben der Typ, der das von ihren Titten gesagt hat, den kannte ich auch nicht, Canadian und Soda. Die waren da, als sie sich so gegen sechs die Bluse auszog. Und demnach war Ihr Mann um sechs noch da.«

»Woher wissen Sie, daß es sechs war?« fragte Hawes.

»Die Nachrichten fingen gerade an. Im Fernsehen. Wir haben einen Apparat über der Theke stehen. Damit hatte die ganze Geschichte ja überhaupt angefangen.«

»Was meinen Sie damit?«

»Da ist doch immer diese Mieze, die die Sechsuhrnachrichten liest, wie heißt sie doch gleich ... Ich vergeß den Namen immer wieder.«

»Keine Ahnung«, sagte Hawes.

»Aber Sie wissen schon, wen ich meine, nicht? Sie und dieser Sprecher, die lesen gemeinsam die Sechsuhrnachrichten.«

»Und was war nun mit dieser Mieze?« fragte Hawes.

»Jemand hat gesagt, daß sie tolle Titten hat, diese Fernsehmieze, und dann hat die Rothaarige gesagt, wenn das mal kein Gummibusen ist, und da sagt der Typ neben ihr, ob sie nicht selbst 'nen Gummibusen hat – na, und da hat sie die Bluse ausgezogen, um es ihnen zu zeigen, daß sie echt sind.« Brogan grinste anerkennend. »Glauben Sie mir, ein Gummibusen war das ganz bestimmt nicht.«

»Esposito war also um sechs da, als die Nachrichten anfingen und die Bluse fiel«, faßte Carella zusammen.

»Genau.«

»War er um halb sieben auch noch da?«

»Halb sieben, halb sieben«, überlegte Brogan. »Lassen Sie mich mal kurz nachdenken.«

Carella sah Hawes an. Hawes atmete geräuschvoll durch die Nase aus.

»Um zehn nach sechs ist der Boß gekommen«, sagte Brogan. »Er sieht die Rothaarige oben ohne an der Theke sitzen und sagt: ›Verdammt, was geht hier vor?‹ Er hat sie für 'ne Nutte oder so gehalten. Und dann sagt er, sie soll machen, daß sie rauskommt, er will nicht, daß die vom horizontalen Gewerbe bei ihm rumhängen und ihm die Cops auf den Hals hetzen. Also ganz unter uns, er macht schon mal 'n paar Dollar nebenbei, mit Glücksspielen und so, klar, daß er da nicht scharf auf die Bullen ist.« Er senkte vertraulich die Stimme. »Ich sag' das auch nur, weil wir drei ja gewissermaßen Kollegen sind, verstehen Sie, ich will dem Mann keinen Ärger machen.«

»Schön, der Boß kam also zehn nach sechs«, sagte Hawes. »War Esposito da noch in der Bar?«

»Ja, er hat sogar kräftig mitgemischt.«

»Wobei hat er mitgemischt?«

»Als alle den Boß bekniet haben, er soll die Klappe halten und die Rothaarige in Ruhe lassen.«

»Und dann?«

»Dann hat der Boss gesagt, sie soll die Bluse wieder anziehen und sich verdrücken, sonst holt er die Polizei. Natürlich hätte er die Polizei gar nicht geholt, dann hätte er ja genau den Ärger gekriegt, den er vermeiden wollte. Das war nur so als Drohung gemeint, verstehen Sie?«

»Und hat sie die Bluse wieder angezogen?« fragte Carella.

»Sie hat die Bluse wieder angezogen.«

»Um zehn nach sechs?«

»Um Viertel nach sechs.«

»Und dann?«

»Dann ist sie gegangen. Nein, warten Sie mal. Erst hat sie den Boß noch einen miesen Scheißer genannt. Und *dann* ist sie gegangen.«

»Um Viertel nach sechs?«

»Genau. Um Viertel nach sechs.«

»War Esposito noch da, als sie ging?«

»Ja, da war er noch da.«

»Woher wissen Sie das?«

»Er hat noch ein Rob Roy bestellt und gesagt, daß das die größten Titten sind, die er je im Leben gesehen hat.«

»Gut, das war also um Viertel nach sechs«, sagte Carella. »War er um halb sieben noch da?«

»Um halb sieben hab' ich ihm die Rechnung gegeben.«

»Woher wissen Sie, daß es halb sieben war?«

»Weil da die Nachrichten zu Ende waren.«

»Ist er gegangen, nachdem Sie ihm die Rechnung gegeben hatten?«

»Erst hat er noch gezahlt.«

»Aber dann ist er gegangen?« fragte Hawes.

»Ja, dann ist er gegangen«, sagte Brogan und nickte.

»Um halb sieben?«

»Muß 'n paar Minuten nach halb sieben gewesen sein.«

»Woher wissen Sie, daß es Esposito war, der gegangen ist?«

»Er hat mir fünf Dollar Trinkgeld gegeben. War 'ne dufte Schau, hat er gesagt.«

»Warum ist Ihnen das nicht gleich eingefallen, als wir Sie danach gefragt haben?« wollte Hawes wissen.

»Weil alles im Leben einen Anfang, eine Mitte und ein Ende hat«, sagte Brogan und zuckte philosophisch mit den Schultern.

Damit hatten sie endlich eine Bestätigung für Warren Espositos Alibi. Als seine Frau auf dem Gehsteig vor ihrem Haus erstochen wurde, hatte er im *Elmer* gesessen, getrunken und einen improvisierten Striptease genossen.

Sie standen wieder am Anfang, und Mitte und Ende waren nicht in Sicht.

Am gleichen Abend um sechs wurde Wagen Boy Seven vom Zwölften Revier in die Llewlyn Mews 1134 beordert. In der Meldung war von ›Geschrei und Gebrüll in der Wohnung‹ die Rede gewesen. Es war eine seltsame Eigenart der Polizeinomenklatur in dieser Stadt, daß Reviere wie das Siebenundachtzigste und das Dreiundsechzigste kurz und knapp als das Siebenundachtzigste beziehungsweise Dreiundsechzigste bezeichnet wurden, während alle Reviere vom Ersten bis zum Zwanzigsten mit ihren vollen Namen bezeichnet wurden. In dieser Stadt gab es kein Sechzehntes; es war das Sechzehnte Revier. Genauso gab es kein Zwölftes; die Männer, die am Tag nach Weihnachten den Notruf im Quarter bearbeiteten, waren Cops vom Zwölften Revier.

Die beiden Beamten stiegen aus dem Funkwagen und balancierten über den vereisten Gehsteig zu einem schmiedeeisernen Gitter, das einen kleinen Hof umschloß. Sie öffneten das Tor und gingen an einer kleinen Fichtenhecke vorbei zu der orangeroten Haustür. Einer der Streifenpolizisten setzte den schweren Messingklopfer in Bewegung. Er klopfte viermal, dann drehte er den Türknauf. Die Tür war abgeschlossen. Aus dem Haus drang kein Laut. Zunächst tippten sie auf ein 10-90, einen falschen Alarm. Aber als gewissenhafte Beamte gingen sie durch den stark verschneiten Garten um das Haus herum und klopften an die Hintertür. Als sich auch hier nichts rührte, sahen sie durch ein Fenster in die Küche, klopften wieder und betätigten den Türknauf. Die Hintertür war offen.

Einer der Polizisten steckte den Kopf in die Küche. »Polizei«, rief er. »Ist da jemand?«

Keine Antwort.

Er sah seinen Kollegen an. Der zuckte die Achseln. Sie traten zögernd ein. Ob sie juristisch überhaupt das Recht hatten, das Haus zu betreten, wußten sie nicht. Sie wußten nur, daß sie auf einen Notruf reagierten und hielten es für ihre Pflicht, jeder Meldung gewissenhaft nachzugehen, besonders auf Grund der unverschlossenen Hintertür. Notfalls konnten sie immer noch sagen, sie hätten nach der Entdeckung, daß sie offenstand, an einen Einbruch gedacht.

In der holzgetäfelten Bibliothek lag ein Toter, der eine rote Hausjacke mit schwarzem Samtkragen trug.

Detective Second Grade Kurt Heidiger vom Zwölften Revier kam allein zum Tatort, weil sein Partner mit Grippe im Bett lag und es auf dem Revier heute wie im Tollhaus zuging und sie deshalb keinen Ersatz für ihn stellen konnten. Mit einem Blick stellte er fest, daß das Opfer durch mehrfache Stich- und Schnittverletzungen getötet worden war. Von der Nachbarin, die über Notruf die Polizei verständigt hatte, erfuhr er, daß es sich bei dem Toten um einen gewissen Daniel Corbett handelte, Lektor im Verlag Harlow House.

Heidiger war nicht nur ein guter, sondern auch ein belesener Cop. Falls die Zeitungen der Stadt nicht gerade bestreikt wurden, las er täglich alle drei von vorn bis hinten. Er erinnerte sich, daß die Presse am Freitag über den Tod eines gewissen Gregory Craig berichtet hatte, dessen Bestseller *Tödliche Schatten* er ebenfalls gelesen hatte, und sah deutlich den schwarz umrandeten Nachruf vor sich, den sein Verlag, Harlow House, in die Zeitungen hatte setzen lassen. Und er erinnerte sich daran, daß Craig brutal erstochen worden war. Auch wenn es hier keinen Zusammenhang geben sollte – Heidiger war erfahren genug, um auch scheinbar unbedeutende Möglichkeiten nicht außer acht zu lassen. Als er am Tatort die übliche Maschinerie – Polizeiarzt, Spurensicherung, Mordkommission – in Gang gesetzt hatte, fuhr er zurück ins Revier und ließ sich von der Zentrale den Namen des Beamten geben, der im Fall Craig ermittelte. Er rief beim Siebenundachtzigsten Revier an und erfuhr von einem Detective namens Bert Kling, daß Carella um kurz nach vier nach Hause gefahren war. Um Viertel nach acht erreichte er ihn zu Hause. Carella hörte ihm aufmerksam zu, und sie verabredeten, sich in einer Stunde am Tatort zu treffen.

Es sah ganz danach aus, als ob sie jetzt einen zweiten Begleitfall zur Mordsache Craig hatten.

Jennifer Groat war eine große, knochige Blondine von Ende Vierzig mit einer windschiefen Hochfrisur. Sie trug einen langen blauen Bademantel, der mit etwas Gelbem – Mayonnaise oder Senf – bekleckert war. Sie habe sich gerade ein bißchen hinlegen wollen, erklärte sie. Erst die *anstrengenden* Feiertage und jetzt noch *diese* Sache, man kam überhaupt nicht mehr zur Ruhe. Sie machte von dem Augenblick an, da sie die Detectives in ihre Wohnung ließ, unmißverständlich klar, wie leid es ihr schon wieder tat, daß sie überhaupt die Polizei gerufen hatte. In dieser Stadt fuhr man am besten, wenn man seine Nase nicht in anderer Leute Angelegenheiten steckte.

»In Ihrer Meldung«, begann Heidiger, »haben Sie gesagt, Sie hätten im Haus von Corbett Geschrei und Gebrüll gehört.«

»Ja«, sagte Jennifer und nickte.

»Nach unseren Aufzeichnungen kam der Anruf um 17.53 Uhr, könnte das stimmen?«

»Ja, es war kurz vor sechs.«

»Was war das für ein Geschrei und Gebrüll?«

»Wie kann ein Geschrei und Gebrüll schon sein?« sagte Jennifer. »Geschrei und Gebrüll ist Geschrei und Gebrüll.«

»Mit Schreien ...«

»Jemand hat geschrien wie am Spieß.«

»Und das Gebrüll?«

»Was er gebrüllt hat, habe ich nicht verstanden.«

»War es vielleicht ein Hilfeschrei?«

»Das weiß ich nicht.«

»Kam das Geschrei und das Gebrüll von ein und derselben Person?«

»Das weiß ich auch nicht. Ich hab' den Lärm da drüben gehört, und da hab' ich eben die Polizei angerufen. Laut ist es da eigentlich immer, aber diesmal war es besonders schlimm.«

»Laut ist es dort immer, sagen Sie«, hakte Carella ein. »Was für ein Lärm ist denn das?«

»Ach, ständig steigt da irgendeine Party, es wird getrunken und gelacht, bis spät in die Nacht. Na ja, bei den Freunden, die Mr. Corbett hatte ...« Sie führte den Satz nicht zu Ende.

»Was für Freunde hatte er denn?« erkundigte sich Heidiger.

»Das können Sie sich doch denken.«

»Tut mir leid, das müssen Sie uns schon genauer erklären.«

»Schwule waren das«, sagte sie. »Warme. Linksgewebte. *Homos*«, sagte sie und verzog das Gesicht.

»Homosexuelle«, sagte Carella.

»Schwule«, sagte Jennifer.

»Und die haben dort ständig Partys gefeiert?«

»Na ja, nicht *ständig*, aber ziemlich oft. Ich bin Telefonistin, ich habe die Nachtschicht, und ehe ich abends zum Dienst gehe, versuche ich immer noch ein bißchen zu schlafen. Aber bei dem Lärm da drüben ist das nicht drin. Und *jetzt* wollte ich mich auch gerade hinlegen. Irgendwas kommt immer dazwischen«, sagte sie und verzog erneut das Gesicht.

»Woher wissen Sie, daß die Freunde von Mr. Corbett Homosexuelle sind?« fragte Carella. Er dachte an Corbetts Alibi, die verheiratete Priscilla Lambeth, die es mit ihm auf der Couch im Büro getrieben hatte.

»Einer hat neulich bei mir vor der Tür gestanden«, sagte sie. »Ob bei mir die große Fete steigt, hat er wissen wollen.« Sie sprach mit hoher, gezierter Stimme und wiegte sich in den Hüften. »Er wußte nicht, daß Mr. Corbett gegenüber wohnt.«

»Hat er seinen Namen genannt?« fragte Heidiger.

»Wer?«

»Der Mann, der gedacht hat, daß Corbett hier wohnt.«
»Mann? Daß ich nicht lache.«
»Hat er seinen Namen genannt?«
»Nein, wozu denn? Er hat nach *Danny* gefragt« – erneut sprach sie ganz hoch und ließ die Hände schlaff hinabfallen –, »und da hab' ich ihm gesagt, daß ich die Hausnummer 1136 habe und er wohl die Nummer 1134 sucht. Er hat sich sehr bedankt und ist über den Hof getänzelt.«
»Wann war das?«
»Am Heiligabend. Da hat Mr. Corbett eine große *Weihnachts*fete gegeben. *Ich* hatte am Heiligabend Dienst und wollte mich noch etwas ausruhen. Prompt klingelt mich dieser warme Bruder raus und fragt nach Danny.«
»Haben Sie heute abend jemanden über den Hof gehen sehen?« fragte Carella.
»Nein, ich saß in der Badewanne, als es mit dem Geschrei losging. Ich bade nämlich gern vor dem Abendessen; nach dem Essen lege ich mich hin, was ich eigentlich jetzt tun sollte«, sagte sie und warf einen Blick auf die Uhr, »dann ziehe ich mich an und gehe zum Dienst.«
»Haben Sie jemanden auf dem Hof gesehen, *nachdem* Sie die Schreie gehört haben?«
»Nein, ich saß doch in der Badewanne.«
»Sie haben also nicht gleich die Polizei gerufen?«
»Nein, erst als ich mit dem Baden fertig war. Da drüben geht's ja immer hoch her. Wenn ich bei jedem Lärm die Polizei rufen würde, käme ich zu nichts anderem mehr.«
»Um welche Zeit haben Sie das Geschrei gehört?«
»In der Badewanne trage ich keine Uhr.«
»Wie lange sind Sie, nachdem Sie die Schreie gehört hatten, noch im Bad geblieben?«
»Noch eine Viertelstunde, würde ich sagen.«
»Ihr Anruf kam um 17 Uhr 53«, sagte Heidiger. »Das heißt, Sie haben die Schreie also um ...« Er zögerte, rech-

nete im Kopf nach und fuhr dann fort: »So etwa um zwanzig vor sechs gehört.«

»Ja, das könnte hinkommen.«

»Haben Sie vielleicht später jemanden um Corbetts Haus herumstreichen sehen?« fragte Carella. »Als Sie aus der Wanne kamen?«

»Ich hab nicht nachgesehen. Ich ging zum Telefon und hab die Polizei angerufen, weil ich mir gedacht habe, wenn ich nichts dagegen unternehme, geht das die ganze Nacht so weiter. Ich wollte ja noch etwas essen und mich hinlegen.«

»Wurde drüben noch geschrien, als Sie zum Telefon gingen?«

»Nein, inzwischen war es wieder still geworden.«

»Aber die Polizei haben Sie trotzdem angerufen.«

»Es hätte ja jeden Augenblick wieder losgehen können. Bei diesen Leuten kann man das nie wissen«, sagte sie.

»Hm«, machte Carella. »Vielen Dank, Miss Groat. Tut mir leid, daß wir Sie aufgehalten haben.«

Draußen auf der Straße zündete Heidiger sich eine Zigarette an, reichte die Packung mit einiger Verspätung auch Carella, der dankend ablehnte, und fragte dann: »Kennen Sie diesen Corbett eigentlich?«

»Ich habe am Samstag mit ihm gesprochen«, erwiderte Carella.

»Hatten Sie den Eindruck, daß er schwul war?«

»Nein, er kam mir ganz normal vor.«

»Tja, wer kann das heutzutage noch sagen?« Heidiger schüttelte den Kopf. »Und was ist mit Craig?«

»Der lebte mit einer bildhübschen Zweiundzwanzigjährigen zusammen.«

»Hm. Was halten Sie davon?« fragte Heidiger. »Meinen Sie, daß da eine Verbindung besteht?«

»Wenn ich das wüßte ...«

»In beiden Fällen war die Tatwaffe ein Messer.«

»Das ist richtig.«

»Wenn die blonde Schreckschraube da drüben recht hat, könnte es sich um ein Eifersuchtsdrama gehandelt haben.«

»Vielleicht. Aber wir haben nur ihr Wort dafür, daß Corbett homosexuell war. Kommt Sie Ihnen wie eine besonders zuverlässige Zeugin vor?«

»Zumindest als besonders liebenswürdige«, sagte Heidiger trocken. »Trinken wir noch ein Bier zusammen? Ich bin offiziell zwar noch im Dienst, aber scheiß drauf.«

»An Feiertagen sind die Kontrollen besonders streng«, sagte Carella lächelnd.

»Scheiß auch auf die Kontrollen«, sagte Heidiger. »Ich bin jetzt seit zweiundzwanzig Jahren bei der Polizei und habe nie auch nur einen Penny abkassiert. Die sollen ruhig mal versuchen, mich wegen einem Glas Bier anzuklagen. Das würd' ich gern mal sehen.«

»Trinken Sie es ohne mich«, sagte Carella. »Ich muß noch mit jemandem sprechen.«

»Sagen Sie mir Bescheid, wenn Sie etwas herausfinden«, sagte Heidiger, gab Carella die Hand und ging davon. In der Telefonzelle an der Ecke fand Carella zwar nicht die Nummer von Priscilla Lambeth, dafür waren unter dem Namen Dr. Howard Lambeth gleich zwei Nummern angegeben, der Praxis- und der Privatanschluß. Die Privatnummer lautete Higley 7-8021, was wie die Nummer klang, die Carella am Samstag von Corbetts Wohnung aus gewählt hatte. Er rief dort an. Die Frauenstimme, die sich meldete, kam ihm bekannt vor.

»Mrs. Lambeth?« fragte Carella.

»Ja?«

»Priscilla Lambeth?«

»Ja?«

»Hier spricht Detective Carella. Wir haben am letzten Samstag miteinander gesprochen, vielleicht erinnern ...«

»Ich habe Sie doch gebeten, mich nicht noch mal zu Hause anzurufen«, sagte sie.

»Daniel Corbett ist ermordet worden«, sagte Carella. »Ich muß mit Ihnen sprechen. Dazu kann ich zu Ihnen kommen, oder wir können uns irgendwo treffen.«

Es blieb lange still in der Leitung.

»Mrs. Lambeth?« sagte er.

Das Schweigen dehnte sich.

»Was ist Ihnen lieber?« fragte Carella.

»Ich denke nach.« Er wartete. »Geben Sie mir eine halbe Stunde«, sagte sie. »In einer halben Stunde gehe ich mit dem Hund auf die Straße. Erwarten Sie mich Ecke Jefferson und Juniper um ... wie spät ist es jetzt?«

»Kurz vor zehn.«

»Dann sagen wir um halb elf«, sagte sie. »Er ist ein Golden Retriever.«

Priscilla Lambeth war – sehr passend für das Image einer Kinderbuchlektorin – eine zierliche Brünette mit einem Elfenbeingesicht und großen, unschuldigen Augen. Sie wurde von einem großen, kräftigen Hund an der Leine geführt, der es anscheinend darauf abgesehen hatte, sie zu jedem Laternenpfahl zu zerren, den er erspähte, und Priscilla mußte ihm wohl oder übel folgen. Carella fiel es schwer, mit dem Dauerlauf der beiden Schritt zu halten.

Priscilla trug einen dunkelblauen Skiparka über Jeans und Stiefeln und keinen Hut. Der Wind hatte ihr kurzes Haar verweht, es sah aus, als ob es zu Berge stand, was auch im übertragenen Sinn durchaus seine Richtigkeit haben mochte. Was er ihr am Telefon gesagt hatte, habe sie sehr erschüttert, sagte sie Carella sofort, nachdem er sich vorgestellt hatte. Sie käme einfach nicht drüber weg. Danny ermordet? Unglaublich. Wer könnte denn so etwas getan haben? Danny war doch ein so lieber, guter Mensch gewesen.

Die Jefferson Avenue war um diese Abendstunde menschenleer, die Geschäfte hatten ihre Rolläden heruntergelassen, ein eisiger Wind wehte den am Straßenrand zu Haufen getürmten Schnee über das Pflaster. Im Norden, auf der Hall Avenue, herrschte noch Betrieb, stöberten die Leute noch in den Buchläden, die bis Mitternacht geöffnet hielten, in der Hoffnung, unter Theaterbesuchern Kunden zu finden, die jetzt aus den Häusern auf dem Stem und im Theaterbezirk strömten. Doch an einem solchen Abend, bei dem der Wind über den Harb hereinheulte und die Temperatur bei minus fünf Grad lag, waren nur noch wenige Nachtschwärmer unterwegs. Carella hatte die Hände in die Taschen gesteckt, den Mantelkragen hochgeschlagen und die Schultern vorgeschoben. Der Hund rannte vor ihnen her wie der Leithund einer Schlittenbesatzung, zerrte an der Leine, zog Priscilla und damit notgedrungen auch Carella hinter sich her.

»Mrs. Lambeth«, sagte er, »Daniel Corbett hat uns erzählt, daß er mit Ihnen geschlafen hat. Ich würde gern wissen …«

»Müssen Sie das so ausdrücken?« fragte Priscilla mit ihrem dünnen Stimmchen. Es war die Stimme eines achtjährigen Mädchens in dem Körper einer gutentwickelten Dreizehnjährigen. Was mochten das für Bücher sein, die sie lektorierte? Bilderbücher? Hatte vielleicht seine Tochter April schon Bücher gelesen, die über Priscilla Lambeths Tisch gegangen waren? Der Hund machte am nächsten Laternenpfahl halt, beroch ihn kennerisch, befand ihn für geeignet und hob das Hinterbein.

»Aber es stimmt, nicht wahr?« fragte Carella.

»Natürlich stimmt es, aber so, wie Sie es sagen, hört es sich an …«

Der Hund wollte weiter. In seinem unaufhaltsamen Vorwärtsdrang riß er Mrs. Lambeth beinah den Arm ab. Sie hielt tapfer die Leine fest und rannte atemlos hinter dem Hund her. Carella kam kaum mit. Sein Gesicht war rot von dem scharfen Wind, und seine Nase lief. Er holte ein Taschentuch aus der Manteltasche. Hoffentlich kriege ich jetzt nicht auch noch eine Erkältung, dachte er und schnaubte sich die Nase.

»Mrs. Lambeth«, japste er, »es interessiert mich nicht besonders, was Sie und Daniel Corbett miteinander getrieben haben. Aber heute abend ist er ermordet worden, und eine Nachbarin deutete an … Hören Sie, würden Sie mir einen Gefallen tun? Binden Sie den Hund an einen Laternenpfahl, damit wir uns wenigstens eine Minute vernünftig miteinander unterhalten können.«

»Er hat sein Geschäft noch nicht gemacht«, wandte sie ein.

Carella sah sie an.

»Na gut, meinetwegen«, sagte sie.

Sie streifte die Handschuhe ab, klemmte sie unter den Arm und band die Leine um den Pfahl eines Parkverbotschilds. Sofort begann der Hund jammervoll zu heulen, wie eine Trickfilmfigur. Carella führte Mrs. Lambeth in den geschützten Eingang eines Herrenbekleidungsgeschäftes, wartete, bis sie die Handschuhe wieder angezogen hatte, und fragte dann: »War Daniel Corbett homosexuell?«

Sichtlich verblüfft riß sie die Augen auf. Grüne Augen, stellte Carella fest. Sie sah ihn an, als habe sie den leisen Verdacht, daß er sich einen schlechten Scherz mit ihr erlaubte.

»Ja oder nein?« fragte Carella.

»Ich hatte nicht den Eindruck«, sagte sie, wieder mit dieser dünnen Stimme, die fast ein Flüstern war.

»Gab es irgendein Anzeichen dafür, daß er homosexuell war?«

»Ich weiß nicht, was Sie meinen.«

»Mrs. Lambeth, Sie sind nach Mr. Corbetts Aussage seit einem Monat mit ihm intim …«

»Ja, aber wir haben nicht sehr oft …«

»Zwei- oder dreimal, stimmt's?«

»Ja, mag sein.«

»Ist bei einem dieser Treffen …«

»Es war alles … ganz normal, wenn Sie darauf hinauswollen.«

»Nein, darauf will ich *nicht* hinaus.«

»Ich finde, das Gespräch wird langsam peinlich«, sagte Priscilla.

»Das fand Corbett auch. Aber ein Mord ist eben eine sehr peinliche Angelegenheit, für alle Beteiligten. Hat er im Gespräch mit Ihnen irgendwann einmal anklingen lassen, daß er sich auch für Männer interessierte?«

»Nein.«

»Hat er irgendwann einmal einen Mann mitgebracht, wenn er mit Ihnen zusammen war?«

»Was meinen Sie?«

»Sie haben sich doch sicher außerhalb des Büros getroffen …«

»Ja.«

»War jemals ein Mann dabei?«

»Einmal.«

»Wer?«

»Alex Harrod.«

»Wer ist das?«

»Er ist Lektor bei einem Taschenbuchverlag. Absalom Books.«

»Ist er homosexuell?«

»Ich kenne mich da nicht so aus …«

»Warum war er dabei?«

»Danny dachte, es würde … nun ja, er meinte, wir würden weniger auffallen, wenn sonst noch jemand dabei war.«

»Wo war das?«

»In der Bar vom Hotel Mandalay.«

»Wann?«

»Irgendwann im letzten Monat.«

»Was geschah bei diesem Treffen?«

»Nichts. Alex hat etwas mit uns getrunken, und dann ist er wieder gegangen. Danny und ich … sind auf das Zimmer gegangen, das er reserviert hatte.«

»Worüber haben Sie gesprochen?«

»Danny und ich?«

»Nein, als Sie zu dritt waren. In der Bar.«

»Über Bücher. Danny dachte da an ein paar Bücher, die seiner Meinung nach für den Verlag von Alex interessant sein könnten.«

»Sie haben also ausschließlich über Bücher gesprochen?«

»Ja. Ja, eigentlich schon.«

»Worüber noch, Mrs. Lambeth?«

»Nichts. Nicht zu dem Zeitpunkt. Nicht in der Bar.«

»Wo dann?«

»Also wirklich, ich finde das …«

»Wo, Mrs. Lambeth? Auf dem Zimmer? Worüber haben Sie da gesprochen?«

Der Hund heulte wie ein hungriger Wolf, der darauf wartet, daß ein fetter Eskimo aus seinem Iglu kommt. Gemeinsam mit dem Wind schuf er eine beeindruckende aktische Symphonie. Priscilla sah zu ihm hinüber. »Ich muß ihn losbinden«, sagte sie.

»Das hat noch Zeit«, widersprach Carella. »Ich will wissen, was Corbett zu Ihnen gesagt hat, nachdem Sie Harrod kennengelernt hatten.«

»Das waren nur so Bettgeschichten«, sagte Priscilla. »Manche Leute sagen Sachen im Bett ...«

»Was hat er gesagt?«

»Er hat mich gefragt, ob ich ... ob ich schon mal einen Dreier versucht hätte.«

»Was hat er damit gemeint?«

»Na ja ... ich und zwei Männer.«

»Hatte er einen bestimmten Mann im Sinn?«

»Er hat mich gefragt, wie mir Alex Harrod gefällt.«

»War das der Mann, den er im Sinn hatte?«

»Ja, wahrscheinlich. Er fragte mich, ob mir Alex gefiel. Und er ... er meinte, es würde Spaß machen, es irgendwann mal mit ihm zu machen.«

»Und wie haben Sie darauf reagiert?«

»Ich habe gesagt, daß Alex mir gefällt.«

Der Hund und der Wind heulten so laut, daß er sie kaum verstehen konnte. Gegen den Wind war Carella machtlos, aber den Köter hätte er mit Wonne über den Haufen geschossen.

»Und waren Sie mit seinem Vorschlag einverstanden?«

»Ich habe gesagt, ich ... ich würde es mir überlegen.«

»Ist er noch einmal darauf zurückgekommen?«

Es gab eine lange Pause, in der man nur das herzzerreißende Jaulen des Hundes und das Toben des Sturmes hörte.

»Nun?«

»Ja.«

»Wann?«

»Bei der Weihnachtsfeier.«

»Da hat Corbett erneut vorgeschlagen, daß Sie zu dritt ...«

»Ja.«

»Und was haben Sie ihm geantwortet?«

Priscilla sah den Hund an. Sie hatte die Arme über der Brust zusammengeschlagen und die behandschuhten Hände unter die Achselhöhlen gesteckt. Sie schien den Blick nicht vom Hund lösen zu können.

»Was haben Sie geantwortet?« wiederholte Carella.

»Ich habe ihm gesagt, daß wir es ja mal versuchen könnten. Wir hatten beide zuviel getrunken, Weihnachten ist schließlich nur einmal im Jahr ...«

»Haben Sie ein Datum festgesetzt?«

»Ja.«

»Wann?«

»Mein Mann fährt diese Woche nach Wisconsin. Seine Mutter wohnt dort, sie ist sehr krank. Er will nach ihr sehen. Wir ... wir wollen über Neujahr in Dannys Landhaus fahren. Mein Mann kommt erst am zweiten Januar zurück.«

»Mit dem Landhaus meinen Sie das in Gracelands?«

»Ja, Danny hat da oben ein Haus.«

»Gehört das Haus Danny allein?«

»Ich glaube schon.«

»Oder bewohnt er es gemeinsam mit Alex Harrod?«

»Das weiß ich nicht.«

»Danke, Mrs. Lambeth«, sagte Carella. »Jetzt können Sie den Hund losbinden.«

Alexander Harrod wohnte laut Telefonbuch im Quarter, 511 Jacaranda. Carella rief an und erklärte, daß er Ermittlungen in einem Mordfall führte und gern mit Harrod sprechen würde. Daß es sich um den Mordfall Daniel Corbett handelte, sagte er nicht; das wollte er ihm persönlich mitteilen. Es sei schon nach elf, protestierte Harrod, ob es nicht bis morgen Zeit habe. In einem Mordfall seien die ersten vierundzwanzig Stunden ausschlaggebend, spulte Carella gewichtig die alte Leier ab. Schließlich brachte er Harrod dazu, ihm eine halbe Stunde lang Rede und Antwort zu stehen.

Harrod wohnte in einem dreistöckigen, weiß gestrichenen Backsteinbau ohne Fahrstuhl. Carella klingelte unten und stieg die Treppen zum dritten Stock hinauf, nachdem Harrod den Türsummer betätigt hatte. Die Wohnung lag am Ende des Ganges. Er klopfte, und die Tür öffnete sich sofort, als habe Harrod ihn schon ungeduldig erwartet. Zu seiner Überraschung sah Carella einen schlanken, hochgewachsenen, gutaussehenden Schwarzen vor sich. Daß Corbett sie mit einem Schwarzen hatte zusammenspannen wollen, hatte Priscilla ihm nicht erzählt.

»Mr. Harrod?« fragte er vorsichtshalber.

»Ja. Bitte kommen Sie herein.«

Er trug Jeans und ein enganliegendes weißes T-Shirt unter einer blauen Strickjacke mit Schalkragen und war barfuß. Das Zimmer, in das er Carella führte, sah aus wie ein gehobener Trödelladen. An den Wänden standen Regale, die mit allem möglichen Schnickschnack gefüllt waren: kleinen Vasen mit getrockneten Blumen, Fotos in winzigen ovalen Rähmchen, antiken Schlüsseln, dem Buchstaben A in den verschiedensten Größen und aus den verschiedensten Werkstoffen, von Bronze über Messing bis zu vergoldeter Schnitzerei, Büchern, mit denen man bequem einen mittleren Buchladen hätte füllen können, gerahmten Briefen, die offenbar für Harrod von hohem Gefühlswert waren. Das Sofa war aus weichem schwarzem Leder und mit Kissen in den verschiedensten Größen und Macharten bedeckt, die auch überall auf dem Boden herumlagen und dort weitere Sitzgelegenheiten boten. An der Wand hing ein Bild von zwei Ringern. Der Boden war mit einem weißen Zottelteppich bedeckt. Es war sehr heiß im Zimmer, und Carella fragte sich, ob Harrod vielleicht nebenbei Orchideen züchtete.

»Geht es um Gregory Craig?« fragte Harrod.

»Wie kommen Sie darauf?«

»Ich weiß, daß er ermordet worden ist. Absalom hat die Taschenbuchausgabe der *Tödlichen Schatten* herausgebracht.«

»Es geht um Daniel Corbett«, erklärte Carella.

»Wieso? Was ist mit Danny?«

»Er ist heute abend ermordet worden«, sagte Carella und wartete auf Harrods Reaktion, die nicht lange auf sich warten ließ. Harrod wich einen Schritt zurück, als hätte Carella ihn geschlagen.

»Sie verarschen mich«, sagte er.

»Ich wünschte, es wäre so.«

»Danny?« sagte er.

»Ja, Danny Corbett. Er wurde heute abend zwischen halb sechs und sechs erstochen.«

»Danny?« wiederholte Harrod tonlos, und plötzlich fing er an zu weinen. Carella sah ihn an und schwieg. Harrod zog ein Papiertaschentuch aus der Gesäßtasche seiner Jeans und trocknete sich die Augen. »Entschuldigen Sie, aber wir … wir waren gute Freunde«, sagte er.

»Deshalb bin ich hier, Mr. Harrod«, sagte Carella. »Wie eng war Ihre Beziehung?«

»Ich habe es Ihnen doch gerade gesagt. Wir waren gute Freunde.«

»Mr. Harrod, trifft es zu, daß Sie und Mr. Corbett beabsichtigten, an diesem Wochenende mit einer gewissen Priscilla Lambeth nach Gracelands zu fahren?«

»Von wem haben Sie denn das?« fragte Harrod.

»Von Mrs. Lambeth.«

»Tja, dann …«

»Trifft es zu?«

»Ja, aber das heißt noch nicht ...«

»Mr. Harrod, ist Ihnen bekannt, daß Daniel Corbett den Vorschlag machte, Sie drei sollten miteinander ins Bett gehen?«

»Ja, das ist mir bekannt. Aber es bedeutet trotzdem noch nicht ...«

»War die Reise aufs Land nicht eigens zu diesem Zweck geplant worden?«

»Ja, aber ...«

»Hatten Sie und Mr. Corbett das schon einmal gemacht?«

»Nein.«

»Ich meine nicht mit Priscilla Lambeth, sondern mit irgendeiner anderen Frau.«

»Was hat das mit dem Mord zu tun?«

»Sie haben meine Frage nicht beantwortet.«

»Ich brauche überhaupt keine verdammten Fragen zu beantworten«, sagte Harrod. »Jetzt frage ich *Sie* mal was, Mr. Detective. Wenn Sie nicht der Meinung wären, daß ich schwul bin, würden Sie dann hier stehen und mir dieselben Fragen stellen?«

»Ihre sexuellen Neigungen interessieren mich nicht, Mr. Harrod. Das ist *Ihre* Angelegenheit. Ich bin hier, weil ...«

»Klar doch«, sagte Harrod. »Erzählen Sie das mal Ihren Kollegen.«

»Es geht hier um mich, nicht um meine Kollegen. Ich will wissen, ob Sie damit einverstanden waren, mit Daniel Corbett und Priscilla Lambeth zu schlafen.«

»Warum?«

»Waren Sie Corbetts Liebhaber?«

»Darauf brauche ich nicht zu antworten.«

»Stimmt, brauchen Sie nicht. Wo waren Sie heute abend um halb sechs?«

»Hier. Ich bin vom Verlag aus direkt nach Hause gegangen.«

»Wo ist der Verlag?«

»In der Jefferson Street.«

»Wann sind Sie hier eingetroffen?«

»Kurz nach halb sechs.«

»Haben Sie heute mit Mr. Corbett gesprochen?«

»Ja, wir haben miteinander gesprochen.«

»Worüber?«

»Es war nichts Wichtiges.«

»Über die Fahrt zu seinem Landhaus?«

»Möglich, daß das kurz zur Sprache kam.«

»Wie standen Sie zu dem Plan?«

»Jetzt kommt schon wieder zur Sprache, daß ich schwul bin«, sagte Harrod.

»*Sie* bringen das immer wieder zur Sprache. Was haben Sie davon gehalten?«

»Ich ... na schön, ich wollte nicht mitkommen.«

»Warum nicht?«

»Weil ich ...« Harrod ballte plötzlich die Fäuste. »Sie haben nicht das Recht, mich derart zu schikanieren. Ich war nicht in der Nähe von Dannys Haus, als er ... als er ...« Wieder begann er zu weinen. »Sie Arschloch«, sagte er, zog das durchweichte Papiertaschentuch hervor und wischte sich damit über die Augen. »Immer schikaniert ihr uns. Warum könnt ihr uns nicht einfach in Ruhe lassen?«

»Wie war das nun mit der geplanten Landpartie?« fragte Carella.

»Ich wollte nicht mit«, schluchzte Harrod. »Ich ... ich hatte es satt, daß Danny immer diese Weiber anschleppte. Schön, daß er bisexuell war, damit konnte ich leben. Aber daß er mit diesen *Frauen* ständig unsere Beziehung störte ...« Er schüttelte den Kopf. »Ich habe ihm gesagt, daß er sich endlich entscheiden müßte. Und er hat mir versprochen, daß es das letztemal sein sollte. Er meinte, es würde mir Spaß machen. Sie fände mich attraktiv, hat er gesagt.«

»Und wie fanden Sie Priscilla Lambeth?«

»Zum Kotzen«, erklärte Harrod knapp.

»Aber Sie waren dann doch mit dem gemeinsamen Wochenende einverstanden.«

»Ja, aber damit sollte ein für allemal Schluß sein. Wenn du wieder damit anfängst, habe ich ihm gesagt, ist es aus zwischen uns. Es sollte unwiderruflich das letztemal sein.«

»Das war es ja dann auch, nicht wahr?« sagte Carella.

»Ich war um halb sechs hier«, wiederholte Harrod. »Sie können das gern nachprüfen«

»Bei wem?«

Harrod zögerte.

»Mit wem waren Sie zusammen, Mr. Harrod?«

»Mit einem Freund.«

»Wie heißt er?«

»Oliver Walsh. Wollen Sie den jetzt auch schikanieren?«

»Ja«, sagte Carella. »Sie haben es erraten.«

Oliver Walsh wohnte nicht weit von Harrod entfernt. Carella traf fünf Minuten vor Mitternacht dort ein. Er hatte sich nicht angemeldet und auch Harrod eingeschärft, ihn nicht anzurufen und zu warnen. Walsh war von dem Besuch des Detective offensichtlich überrascht. Er mochte neunzehn oder zwanzig sein, hatte einen roten Haarschopf und Sommersprossen über der Nasenwurzel. All das sah Carella durch den Spalt in der nur halbgeöffneten Tür. Walsh nahm die Kette erst ab, nachdem Carella ihm seine Dienstmarke und seinen Ausweis gezeigt hatte.

»Sie hätten ja auch ein Einbrecher sein können«, erklärte Walsh.

»Ich will Ihnen sagen, weshalb ich hier bin, Mr. Walsh«,

erwiderte Carella. »Ich möchte wissen, wo Sie heute abend zwischen halb sechs und sechs waren.«

»Warum?« fragte Walsh prompt.

»Waren Sie hier?« Carella tat, als hätte er die Frage nicht gehört.

»Nein.«

»Wo waren Sie dann?«

»Warum wollen Sie das wissen?«

»Es geht um einen Mord, Mr. Walsh«, sagte Carella. »Ich möchte nur wissen ...«

»Mann, Sie denken doch nicht ...« Dem jungen Mann verschlug es buchstäblich die Sprache.

»Wo waren Sie?«

»Zwischen ... wann, haben Sie gesagt?«

»Zwischen halb sechs und sechs.«

»Bei einem Freund«, sagte Walsh und machte ein sehr erleichtertes Gesicht.

»Wie heißt dieser Freund?«

»Alex Harrod. Seine Nummer ist Quinn 7–6430. Sie können gern anrufen, er wird's bestätigen.«

»Wo waren Sie mit Ihrem Freund Alex Harrod?«

»In seiner Wohnung. 511 Jacaranda, dritter Stock, Apartment 32. Los, rufen Sie ihn schon an.«

»Wann trafen Sie dort ein?«

»Zwanzig nach fünf. Er war gerade aus seinem Büro gekommen.«

»Und wie lange blieben Sie?«

»Ich bin um halb zehn gegangen.«

»Haben Sie in dieser Zeit irgendwann einmal Harrods Wohnung verlassen?«

»Nein, hab' ich nicht.«

»Hat Harrod die Wohnung verlassen?«

»Nein, wir waren die ganze Zeit zusammen.«

»Seit wann kennen Sie Harrod?«

»Wir haben uns erst vor kurzem kennengelernt.«

»Wann?«

»Am Weihnachtsabend.«

»Wo?«

»Auf einer Party.«

»Wo war diese Party?«

»Hier im Quarter.«

»Wo im Quarter?«

»In Llewlyn Mews, bei einem gewissen Daniel Corbett. Er gab eine Party, und ein Freund hatte mich mitgenommen.«

»Kannten Sie Corbett schon vorher?«

»Nein, ich habe ihn an diesem Abend erst kennengelernt.«

»Und bei dieser Gelegenheit lernten Sie auch Harrod kennen, ja?«

»Genau.«

»Haben Sie mit ihm telefoniert, nachdem Sie heute seine Wohnung verlassen haben?«

»Nein.«

»Wir können über die Telefongesellschaft nachprüfen, ob in der fraglichen Zeit von seinem oder von Ihrem Anschluß aus Gespräche geführt worden sind.«

»Prüfen Sie's doch nach«, sagte Walsh. »Meinen Segen haben Sie. Ich bin um halb zehn gegangen, und seither habe ich ihn nicht gesprochen. Wer ist denn ermordet worden? Doch nicht Alex?«

»Nein, nicht Alex«, sagte Carella. »Schönen Dank für Ihre Mithilfe, Mr. Walsh.«

8. Kapitel

Sie kamen zu dem Schluß, daß der Mörder aufs falsche Pferd gesetzt hatte. Der Irrtum war verständlich. Auch Carella war er ja schon einmal unterlaufen. Der Mörder mußte sie seit einigen Tagen beobachtet haben, und als er sie – oder vielmehr die Frau – sah, die er für Hillary Scott hielt, wie sie am Mittwoch morgen um halb neun das Haus in Stewart City verließ, war er ihr bis zur Untergrundbahn gefolgt und hatte dann versucht, sie zu erstechen. Mit einem »mordsgroßen Messer«, wie Denise Scott es beschrieb.

Ein paar Minuten, nachdem Denise mit zerfetztem Mantel und zerrissener weißer Satinbluse wieder in ihrer Wohnung aufgetaucht war, rief Hillary zuerst das zuständige Revier und dann Carella an. Er und Hawes waren eine Stunde später bei ihnen. Die Streifenpolizisten vom Revier Midtown South, die schon vor ihnen eingetroffen waren, wußten offenbar nicht so recht, was von ihnen erwartet wurde. Sie fragten Carella, ob sie die Geschichte als 10-24, als »erfolgter Überfall«, registrieren sollten, oder ob das 87. Revier den Fall übernehmen würde. Carella erklärte, daß möglicherweise eine Verbindung zu einem von ihnen bearbeiteten Mordfall bestand. Die beiden Kollegen könnten also die Sache guten Gewissens zu den Akten legen. Sie waren anscheinend aber nicht ganz überzeugt.

»Und was ist mit dem Papierkram?« fragte der eine Streifenpolizist. »Wer erledigt den?«

»Das mache ich«, versprach Carella.

»Wenn wir uns da nur keinen Ärger einhandeln«, meinte der andere.

»Wenn Sie einen Bericht machen wollen, kann ich Sie natürlich nicht daran hindern.«

»Und was sollen wir in den Bericht reinschreiben? Einen Überfall?«

»Das war es zweifellos.«

»Und als Tatort?«

»Wie bitte?«

»Der Typ hat versucht, sie vor der Untergrundbahn zu erstechen. Gerufen hat sie uns aber erst, als sie wieder in der Wohnung war. Was schreiben wir also hin?«

»Die Adresse ihrer Wohnung«, sagte Carella. »Denn hierher hat man Sie gerufen.«

»Ja, aber hier ist nichts passiert.«

»Dann lassen Sie *mich* doch den Bericht schreiben«, meinte Carella. »Zerbrechen Sie sich darüber nicht den Kopf.«

»Sie kennen unseren Sergeant nicht«, wandte der erste Streifenpolizist ein.

»Hören Sie, ich will mit dem Opfer sprechen«, sagte Carella. »Ich habe Ihnen doch gesagt, wir bearbeiten einen Mordfall. Lassen Sie *mich* den Bericht schreiben, dann haben Sie die Sache aus dem Kopf.«

»Notier dir wenigstens seinen Namen und seine Dienstnummer«, riet ihm der Kollege.

»Detective Second Grade Stephen Louis Carella«, diktierte Carella geduldig. »Siebenundachtzigtes Revier. Dienstnummer 7145632.«

»Hast du's?« fragte der zweite Streifenpolizist seinen Partner.

»Alles klar«, sagte der, und noch immer nicht ganz beruhigt verließen sie die Wohnung.

Denise Scott war wie betäubt und noch halb im Schock. Sie war blaß, ihre Lippen zitterten, und sie hatte den Mantel noch nicht ausgezogen, als brauche sie ihn als Schutz gegen das Messer des Angreifers. Hillary brachte ihr einen großen Brandy, und nach ein paar Schlucken bekam ihr

Gesicht langsam wieder Farbe. Jetzt endlich war sie auch imstande, über den Vorfall zu sprechen. Der Ablauf war ziemlich klar. Jemand hatte sie, als sie gerade die Treppe zur U-Bahn heruntergehen wollte, von hinten gepackt, herumgerissen und ihr mit dem größten Messer, das sie je im Leben gesehen hatte, den Mantel aufgeschlitzt. Sie hatte mit ihrer Handtasche nach ihm geschlagen und angefangen zu schreien, und der Mann hatte sich umgedreht und war weggelaufen, als er jemanden von unten die Treppe heraufkommen hörte.

»Sie wissen genau, daß es ein Mann war?« vergewisserte sich Carella.

»Ganz genau.«

»Wie sah er aus?«

»Er hatte schwarzes Haar und braune Augen. Und ein sehr schmales Gesicht«, sagte Denise.

»Wie alt?«

»Ende Zwanzig, würde ich sagen.«

»Würden Sie ihn wiedererkennen?«

»Sofort.«

»Hat er etwas zu Ihnen gesagt?«

»Kein Wort. Er hat mich einfach herumgezerrt und versucht, mich zu erstechen. Schauen Sie, wie er meinen Mantel und meine Bluse zugerichtet hat.« Sie schob den Mantel beiseite. Unter der zerrissenen Bluse sah man eine wohlgeformte linke Brust. Hawes schien sich sehr dafür zu interessieren, ob die Messerspitze die Haut geritzt hatte. Er starrte den V-Ausschnitt ihrer Bluse mit der Aufmerksamkeit eines Assistenzarztes an. »Ich habe einfach Glück gehabt«, sagte Denise und ließ den Blusenfetzen los.

»Er hatte es auf *mich* abgesehen«, erklärte Hillary.

Carella fragte nicht, wie sie darauf kam; er war der gleichen Meinung.

»Gib mir deinen Mantel«, sagte sie.

»Wie?« fragte ihre Schwester verblüfft.

»Deinen Mantel. Gib schon her.«

Denise zog den Mantel aus. Der Messerstich hatte die Bluse über ihrer linken Brust aufgerissen. Unter dem klaffenden Schnitt in der Seide erhaschte Hawes einen Blick auf Denises Haut, ein milchigeres Weiß als das der Seide. Hillary drückte den Mantel wie einen Phantomliebhaber an ihre Brust. Dann schloß sie die Augen und begann zu schwanken wie damals, als sie Carella ihren beunruhigenden Kuß gegeben hatte. Hawes sah Hillary an, sah ihre Schwester an und kam zu dem Schluß, daß er lieber mit Denise als mit Hillary ins Bett gehen würde. Oder umgekehrt? Mit beiden gleichzeitig wäre auch nicht schlecht, in dem großen Bett in seiner Wohnung. Ja, vielleicht wäre das sogar die beste Lösung. Carella, der nicht mit hellseherischen Fähigkeiten begabt war, ahnte nicht, daß flotte Dreier an Weihnachten offenbar in der Luft lagen. Hillary spielte wieder die Wahrsagerin und sprang genau mit demselben Tonfall wie damals, als sie ihn geküßt hatte. »Band ... gestohlen ... Band ...« Es war genau dieselbe alte Leier.

Hawes machte große Augen; er hatte sie ja noch nie in diesem Zustand erlebt. Denise, gegen Medien offenbar abgehärtet, gähnte. Der Brandy tat langsam seine Wirkung. Sie schien ganz vergessen zu haben, daß vor knapp einer Stunde jemand versucht hatte, sie in jenes Jenseits zu befördern, aus dem ihre Schwester anscheinend gerade Botschaften empfing. Hillary hatte gesagt, daß es ein Geist war, der Gregory Craig umgebracht hatte. Jetzt hatte dieser Geist versucht, ihre Schwester zu ermorden, und ihr schwarzer Mantel schien Ausstrahlungen auszuschicken, die alles oder nichts bedeuten konnten.

»Hemp«, sagte sie.

Carella fuhr zusammen. Hatte sie sich nur geräuspert, oder sollte das ein sinnvolles Wort sein?

»Hemp«, sagte sie wieder. »Bleib.«

Er hatte keineswegs vor, schon zu gehen, also wußte er nicht, was sie meinte.

»Hemp, bleibt«, sagte sie. »Hempstead. Hampstead.«

Carella spürte, daß seine Nackenhaare sich sträubten. Hawes, der Denise beobachtete, die nun mit achtlos übereinandergeschlagenen Beinen dasaß und ihn mit leicht umflortem Blick anlächelte, spürte lediglich eine Regung an einer ganz anderen Stelle, zwischen seinen Beinen.

»Mass«, sagte Hillary tonlos. Sie hatte noch immer die Augen geschlossen, ihr Körper schwankte, den schwarzen Mantel hielt sie fest ans Herz gedrückt. »Mass. Massa*chu*setts. Hampstead, Massachusetts.« Carella fiel der Unterkiefer herunter.

Hillary öffnete die Augen und sah ihn leer an. Sein Blick war gleichermaßen leer. Wie zwei blinde Seher, die dasselbe geheime Wissen teilten, sahen sie sich über einen Abgrund hinweg an, der kaum breiter als einen Meter war. Dennoch wimmelte es in ihm vor flüsternden Dämonen und ruhelosen Wiedergängern. Plötzlich hatte er kalte Füße. Er sah sie an, sie erwiderte den Blick, und er hätte schwören können, daß in ihren Augen ein Feuer loderte, es glühte und waberte rot und goldfarben hinter dem tiefen Braun der Iris.

»In Hampstead, Massachusetts, ist jemand ertrunken«, sagte sie.

Sie hatte sich mit betonter Ausschließlichkeit an ihn gewandt, als seien Hawes und ihre Schwester überhaupt nicht vorhanden. Carella wußte, daß sie über ein Jahr mit Craig zusammengelebt hatte, daß Craig ihr möglicherweise von dem Unfall seiner Frau erzählt hatte, der sich drei Kilometer von seinem Sommerhaus entfernt zugetragen hatte, jenem Haus, das durch die *Tödlichen Schatten* berühmt geworden war. Trotzdem war er in diesem

Augenblick fest davon überzeugt, daß sie erst durch den schwarzen Mantel, den sie noch immer an sich gepreßt hielt, davon erfahren hatte.

Als sie sagte: »Wir fahren nach Massachusetts, Sie und ich«, da wußte er, daß sie tatsächlich dorthin fahren würden, weil vor drei Sommern dort Craigs Frau ertrunken war, und mittlerweile waren drei weitere Menschen ums Leben gekommen, von dem Mordversuch ganz zu schweigen. Wer weiß, vielleicht hatten tatsächlich Gespenster die Hand im Spiel.

Sie hatten gehofft, es bis eins zu schaffen, denn sie hatten die Stadt kurz nach zehn verlassen, und nach der Karte waren es bis Hampstead nur 320 Kilometer in nordöstlicher Richtung. Außerhalb der Stadt waren die Straßen trocken, der Schneesturm hatte sich offenbar nur darin ausgetobt. Schwierig wurde es erst, als sie nach Massachusetts kamen. Bisher hatte sich Carella brav an die energiesparenden 55 Meilen pro Stunde gehalten, die die Bundesregierung allen Staaten vorgeschrieben hatte; jetzt nahm er Gas weg und hoffte, daß er zumindest dreißig machen konnte. Dabei war es nicht der Schnee, der ihnen zu schaffen machte. Jedes Wintersportgebiet, das etwas auf sich hält, sorgt für freie Straßen, sobald die erste Schneeflocke vom Himmel fällt. Aber es war inzwischen kälter geworden, die Temperatur war auf fast minus zehn Grad gefallen, und der Schnee auf den Straßen, der am späten Vormittag geschmolzen war, war nun wieder zu einer dünnen, spiegelglatten Eisschicht gefroren, die das Fahren zu einem gefährlichen und anstrengenden Abenteuer machte.

Es war fast halb drei, bis sie nach Hampstead kamen. Der Himmel war bedeckt, und vom Meer kam ein scharfer

Wind, der an den Fensterläden der Sommerhäuser rüttelte. Die Stadt sah aus wie ein prähistorisches Lebewesen, das auf der Suche nach Sonne aus dem Atlantik gekrochen und beim Anblick des felsigen, unwirtlichen Küstenstriches erschöpft und voller Enttäuschung am Ufer zusammengebrochen war. Die baufälligen Häuser am Hafen waren gleichmäßig grau. Mit ihren verwitterten Schindeln erinnerten sie an die Zeit, als Hampstead noch ein kleines Fischerdorf gewesen war, dessen Männer ihren Lebensunterhalt mit dem Fischfang verdient hatten. Netze und Hummerreusen lagen zwar noch herum, aber im Zuge des unvermeidlichen Fortschritts war eine Kette von Motels und Imbißstuben entstanden, die den auch früher sicher nicht besonders heiteren Ort nicht gerade verschönten.

Die städtischen Anlagen bestanden aus einem Rechteck ungepflegten Rasens zwischen dem Verwaltungsgebäude und einem vierstöckiges Hotel, dem *Hampstead Arms*. Die schäbige Weihnachtsbeflaggung beschränkte sich auf ein paar Pfosten mit Lametta, und in der Mitte stand ein Weihnachtsbaum mit nicht eingeschalteter Beleuchtung, der aussah wie eine zerzauste Möwe, die sich verflogen hat. Carella stellte den Wagen ab und ging mit Hillary zum Rathaus, wo er die Gerichtsmedizin und die Akten über den Tod von Gregory Craigs Exfrau vermutete. Hillary trug einen zottigen Waschbärpelz, eine braune Wollmütze, die sie bis über die Ohren heruntergezogen hatte, braune Handschuhe, braune Stiefel und, wie schon heute früh in der Wohnung ihrer Schwester, einen Tweedrock, einen schokoladenbraunen Rollkragenpullover und eine grüne Strickjacke mit Lederknöpfen. Carella trug die Sachen, die er zu Weihnachten geschenkt bekommen hatte; eine graue Sporthose von Fanny, ein kariertes Hemd von April, ein Sportsakko von Teddy, einen dunkelblauen Kurzmantel mit Flauschfutter und Synthetikpelzkragen, ebenfalls von

Teddy, und ein Paar pelzgefütterte Handschuhe von Mark. Er hatte kalte Füße, denn heute früh hatte er nur Halbschuhe angezogen. Daß er nachmittags durch die Straßen einer Küstenstadt in Massachusetts traben würde, in der die Temperatur etliche Minusgrade aufwies und ein eisiger Sturm vom Atlantik hereinfegte, als wolle er jeden Seemann rächen, der nicht von dem dunklen Wasser vor der Küste zurückgekehrt war, hatte er morgens noch nicht geahnt. Als sie über den Platz gingen, sah Hillary sich um und nickte. »Ja, ich habe gewußt, daß es so aussehen würde.«

Das Rathaus von Hampstead war aus Holz. Es war weiß gestrichen und hatte ein graues Schindeldach. Es war nach Westen ausgerichten, vom Ozean abgewandt, und schirmte den Bürgersteig vor den wütenden Windstößen vom Atlantik ab. Zur Abwehr gegen das Zwielicht des Nachmittags waren sämtliche Lampen eingeschaltet; wie Leuchtfeuer schienen sie verirrte Seemänner anlocken zu wollen. Innen war es warm und gemütlich, wie in einem altmodischen Gemischtwarenladen, in dem ein bullernder Kanonenofen steht. Carella las das Hinweisschild in der Halle, eine schwarze Tafel mit weißen Steckbuchstaben und -zahlen. Ein Hinweis auf die Gerichtsmedizin war nicht zu entdecken. Er gab sich mit dem Oberstadtdirektor zufrieden und sprach dort mit einer Frau, deren Akzent sich genau wie der des verstorbenen Präsidenten Kennedy anhörte. Sie teilte ihm mit, daß die Gerichtsmedizin im Hampstead General Hospital untergebracht war, etwa drei Kilometer entfernt auf der anderen Seite der Bucht. Der Gedanke daran, sich noch einmal in das unwirtliche Wetter hinauszuwagen, war nicht sehr verlockend, aber da war nichts zu machen. Zögernd ging Carella mit Hillary zu seinem Wagen und fuhr in Richtung Norden über eine Uferstraße, die sich an einem großen Teich mit Salzwasser vorbeizuwinden schien, doch ein Schild verkündete: BUCHT VON HAMPSTEAD.

»Hier ist sie ertrunken«, erklärte Hillary. »Halten Sie an.«

»Nein«, sagte Carella. »Jetzt wollen wir erst mal feststellen, *wie* sie ertrunken ist.«

Der Gerichtsmediziner war ein dünner, blasser Mann um die Sechzig mit einem dürftigen grauen Haarkranz auf dem kahlen Schädel. Er trug einen abgewetzten Pullover, faltige braune Hosen, ein weißes Hemd mit ausgefranstem Kragen und einen Schlips, dessen Farbe Carella peinlich an einen Kuhfladen erinnerte. Auf seinem Schreibtisch lag ein unordentlicher Haufen von Schnellheftern, und ein schwarzes Plastikschild verkündete in weißen Buchstaben: MR. HIRAM HOLLISTER. Carella sprach unter vier Augen mit ihm. Wenn man Gespenstern seine Aufwartung machte, war es sicher durchaus nicht verkehrt, ein Medium mitzubringen, aber ein dienstliches Gespräch, so sagte sich Carella, führte man besser doch nicht in Gegenwart einer bildschönen Zweiundzwanzigjährigen, deren Waschbärpelz zum Streichen und Knuddeln geradezu herausforderte. Hillary setzte sich auf eine Bank, die draußen im Gang stand.

»Ich bearbeite in Isola drei Mordfälle, zwischen denen möglicherweise ein Zusammenhang besteht«, sagte Carella und zückte seine Dienstmarke. »Eins der Opfer war ein gewisser Gregory Craig, der ...«

»Was steht da drauf?« Hollister kniff die Augen zusammen und betrachtete die blaugoldene Dienstmarke mit dem eingeprägten Stadtwappen.

»Detective«, antwortete Carella.

»Ach so, Detective, hm ...« sagte Hollister.

»Eins der Opfer war ein gewisser Gregory Craig. Seine geschiedene Frau, Stephanie Craig, ist vor drei Jahren im

Sommer in der Bucht von Hampstead ertrunken. Von Ihrem Amt wurde damals auf Unfall befunden. Mich würde nun interessieren …«

»Ja, ja, vor drei Jahren«, sagte Hollister.

»Erinnern Sie sich an den Fall?«

»Nein, aber an den Sommer vor drei Jahren erinnere ich mich. Das war das Jahr mit dem vielen Regen.«

»Liegt Ihnen der Bericht noch vor? Es gab ja sicher eine gerichtliche Untersuchung …«

»Klar, ist ja Vorschrift, wenn jemand ertrunken ist.«

»Stephanie Craig?« fuhr Carella fort. »Sagt Ihnen der Name etwas?«

»Nicht auf Anhieb. Wir haben hier viele Touristen, und die wissen oft nicht, wie tückisch die Strömung sein kann. Da ertrinkt schon mal einer, das ist in allen Badeorten so.«

»Und Gregory Craig?«

»Nee, sagt mir auch nichts.«

»Er hat ein Buch geschrieben. *Tödliche Schatten*.«

»Hab' ich nicht gelesen.«

»Es handelt von einem Haus hier am Ort.«

»Kenn' ich nicht.«

Carella bedachte die Vergänglichkeit des Ruhms. Hollister nickte hinter seinem Schreibtisch weise, als wäre ihm plötzlich noch etwas eingefallen.

»Ja, ja«, sagte er.

Carella wartete.

»Wirklich, ein völlig verregneter Sommer war das. Den Anlegesteg draußen am Logan's Pier hat's glatt weggespült.«

»Wo finde ich den Bericht über die gerichtliche Untersuchung, Mr. Hollister?« fragte Carella.

»In dem Zimmer ganz hinten«, sagte Hollister und sah auf die Uhr. »Aber es ist schon drei, und ich will sehen, daß ich noch vor dem Schneesturm nach Hause komme. Zwölf

Zentimeter Schnee soll es heute noch geben, haben Sie das gewußt?«

»Nein.« Carella sah ebenfalls auf die Uhr. »Wenn Sie mir den Vorgang heraussuchen«, sagte er, »könnte ich ihn in Ruhe lesen und Ihnen dann wieder auf den Schreibtisch legen.«

»Tja ...« meinte Hollister.

»Ich kann Ihnen den Empfang auch quittieren.«

»Nicht nötig«, sagte Hollister. »Ich möchte bloß nicht, daß im Archiv alles durcheinandergebracht wird.«

»Ich würde sehr achtgeben.«

»Die Kollegen von außerhalb, die wissen einfach nicht, was Ordnung ist, das kennen wir schon«, sagte Hollister.

»Wirklich, Sir?« sagte Carella diplomatisch. »Wie ärgerlich! Aber wissen Sie, ich bin den Umgang mit Akten gewöhnt. Ich verspreche Ihnen, daß ich den Vorgang im gleichen Zustand abgeben werde, in dem ich ihn bekommen habe.«

»Na ja, ich glaube, bei Ihnen kann ich's riskieren.« Hollister erhob sich aus seinem Drehsessel und überraschte Carella mit einer Größe von einsneunzig, womit er jeder Basketballmannschaft zur Zierde gereicht hätte. Carella folgte Hollister über den Gang, vorbei an Hillary, die ihn fragend ansah, zu einer Tür mit der Aufschrift ARCHIV auf der Milchglasscheibe. An den Wänden standen hölzerne Aktenschränke von so ehrwürdigem Alter, daß sie in Isolas Antiquitätengeschäften gutes Geld gebracht hätten.

»Wie schreibt sich gleich der Nachname?« fragte Hollister.

»C-R-A-I-G«, buchstabierte Carella und überlegte, ob wohl in diesem Augenblick in einem anderen Teil des Landes Leute fragten, wie man Hemingway oder Faulkner oder Harold Robbins schreibt.

»C-R-A-I-G«, sagte Hollister, ging zu einem der

Schränke und machte ein Fach auf. Während er die Aktenmappen durchsah, wiederholte er den Namen immer wieder.

»Stephanie?« fragte er dann.

»Ganz recht, Stephanie.«

»Hier haben wir sie.« Hollister holte einen zwei Zentimeter dicken Vorgang heraus, überprüfte noch einmal den Namen auf dem Umschlag und drückte ihn Carella in die Hand. »Legen Sie den Vorgang einfach hier auf den Aktenschrank, wenn Sie fertig sind. Versuchen Sie nicht, ihn selber wieder einzuordnen, verstanden?«

»Ja, Sir«, sagte Carella.

»Dabei kommt nämlich nur alles durcheinander«, erklärte Hollister.

»Ja, Sir.«

»Sie können sich dort an den Schreibtisch am Fenster setzen, wenn Sie wollen. Ziehen Sie den Mantel aus und machen Sie sich's bequem. Wer ist das Mädchen da draußen, das aussieht wie ein Grizzlybär?«

»Sie hilft mir bei dem Fall«, sagte Carella.

»Wenn Sie wollen, kann sie reinkommen. Da draußen zieht's nämlich wie Hechtsuppe. Ist doch sinnlos, daß sie sich den Arsch abfriert.«

»Ja, Sir, danke«, sagte Carella.

»Na ja, das wär's dann wohl«, sagte Hollister, zuckte die Schultern und ließ Carella allein. Hillary saß noch immer auf ihrer Bank und wippte ungeduldig mit einem Bein.

»Kommen Sie rein«, sagte er, und sie stand sofort auf und kam den Gang entlang. Die Absätze ihrer Stiefel klapperten auf dem Holzboden.

»Was haben Sie da?« fragte sie.

»Den Bericht über die gerichtliche Untersuchung.«

»Draußen an der Bucht würden wir mehr erfahren.«

Carella schaltete die Schreibtischlampe ein und zog Hillary dann einen Stuhl heran. Sie zog ihren Waschbärmantel nicht aus. Draußen begann es zu schneien. Die Uhr an der Wand tickte. Sieben Minuten vor drei.

»Ich werde mich beeilen«, sagte Carella, »damit wir hier wegkommen, ehe der Schneesturm da ist.«

»Wir müssen zur Bucht«, sagte Hillary. »Deshalb bin ich hier. Um die Bucht zu sehen. Und das Haus, das Greg gemietet hatte.«

»Wenn wir noch Zeit dazu haben«, bremste er sie.

»Wir kommen jetzt sowieso nicht mehr weg«, stellte sie nüchtern fest. »Die Fernstraße 44 ist schon gesperrt.«

»Woher wissen Sie das?« fragte er, und sie sah ihn wortlos an. »Na schön, ich beeile mich trotzdem«, sagte er. »Wollen Sie mitlesen?«

»Ich möchte die Seiten anfassen«, sagte Hillary.

Nach dem, was er mit dem Mantel ihrer Schwester erlebt hatte, hütete er sich, ihr eine solche Bitte abzuschlagen. Auf der Fahrt hierher hatte sie versucht, ihm zu erklären, was es mit den Kräften auf sich hatte, die sie besaß. Er hatte sich interessiert angehört, was sie von außersinnlichen Wahrnehmungen und insbesondere von Psychometrie erzählt hatte. Psychometrie war, nach ihren Worten, die Fähigkeit, mit einem sechsten Sinn die Aura – oder elektromagnetischen Ausstrahlungen – eines anderen Menschen zu erfassen, meist durch Berührung eines Gegenstandes, der diesem Menschen gehörte oder von ihm getragen wurde. Den Menschen, die mit dieser Begabung gesegnet oder auch geschlagen waren, wie sie sagte, erschlossen sich Informationen über Vergangenheit und Gegenwart und manchmal, bei ganz besonders talentierten Psychometrikern, auch über die Zukunft. Die Zeit war vom übersinnlichen Standpunkt aus gesehen wie eine große Schallplatte mit Millionen von Rillen, in denen Tausende von Daten gespeichert waren. Ein Mensch mit übersinnlichen Fähigkeiten konnte gewissermaßen, wenn er den Tonarm des Plattenspielers in eine der Rillen setzte, die auf der Platte gespeicherten Informationen abrufen. Wie diese Begabung im Hinblick auf künftige Ereignisse funktionierte, konnte Hillary nicht aus eigener Erfahrung sagen. Ereignisse, die in der Zukunft lagen, hatte sie noch nie zuverlässig voraussagen können. Hellsehen, Hellhören und Hellwissen lagen außerhalb ihrer bescheidenen Fähigkeiten. Dafür aber war ihre Begabung, aus der elektromagnetischen Energie eines Gegenstandes die mit diesem Gegenstand in Vergangenheit oder Gegenwart zusammenhängenden Ereignisse zu erspüren, sehr ausgeprägt. Der Mantel ihrer Schwester war mit dem Messer des Mörders in Berührung gekommen, und die Ausstrahlung war so stark gewesen, daß sie sich von dem Mann, der das Messer in der Hand gehalten hatte, über das Messer selbst auf einen anderen Gegenstand – den Mantel – übertragen hatte. Hillarys nüchterne Erklärung überzeugte Carella endgültig davon, daß sie tatsächlich Kräfte besaß, die er mit logischen Argumenten nicht wegdiskutieren konnte.

Er öffnete die Akte und begann zu lesen. Sie las nicht mit, berührte nur jeweils die obere rechte Ecke der Seite, rieb sie prüfend zwischen Daumen und Zeigefinger wie ein Stoffmuster, oder als wollte sie ein Eselsohr hineinknicken. Ihre Augen waren dabei geschlossen, der Oberkörper schwankte sacht hin und her. Sie benutzte ein raffiniertes Parfüm, das ihm bisher noch nicht aufgefallen war. Er vermutete, daß ihre psychometrische Konzentration eigene Ausstrahlungen schuf, die durch die Körperwärme den Geruch des Parfüms veränderten.

Nach den Feststellungen des Gerichts – die Verhandlung hatte am 16. September, drei Wochen nach dem Vorfall, stattgefunden – war Stephanie Craig nachmittags zwischen drei Uhr und drei Uhr fünfzig ohne Begleitung in der Bucht von Hampstead geschwommen und nach der Aussage von Augenzeugen am Strand von einer Minute zur anderen untergegangen. Zweimal war sie mit den Armen rudernd und nach Luft schnappend wieder hochgekommen, aber nach dem drittenmal war sie nicht wieder aufgetaucht. Einer der Augenzeugen meinte, es habe so ausgesehen, als sei Mrs. Craig (so nannte sie sich auch noch vier Jahre nach der Scheidung von ihrem Mann) von einem Hai oder »irgendeinem anderen Fisch« von unten gepackt worden, aber das Gericht wies diese Behauptung mit dem Hinweis, es habe sich kein Blut im Wasser gefunden, scharf zurück. Vielleicht dachten die Mitglieder des Hohen Gerichtes auch daran, daß gewisse Bücher und Filme in der letzten Zeit dem Fremdenverkehr in Badeorten nicht gerade förderlich gewesen waren. Ein Haialarm war das letzte, was Hampstead gebrauchen konnte.

Die Ermittlungen waren mit großer Sorgfalt geführt worden. Von Mrs. Craigs Gärtner hatte man in Erfahrung gebracht, daß sie an diesem Nachmittag um halb drei zum Strand gegangen war. Sie hatte ein Handtuch und eine Strandtasche bei sich gehabt und hatte ihm gesagt, sie wolle in der Bucht schwimmen. Sie trug – daran konnte er sich genau erinnern – einen blauen Bikini und Sandalen. Zeugen am Strand hatten gesehen, wie sie zum Wasser heruntergegangen war, prüfend eine Zehe hineingehalten hatte und dann noch einmal zum Strand hinaufgekommen war, um die Sandalen auszuziehen und Handtuch und Tasche abzulegen. Einer der Zeugen sagte, es sei der »erste verdammte Sonnentag seit Wochen« gewesen, ein Kommentar, der die beiden Mitglieder der Handelskammer, die dem Untersuchungsausschuß angehörten, wohl kaum aufgeheitert hatte.

Um drei Uhr war Stephanie Craig ins Wasser gegangen. Die Bucht war an diesem Tag noch ruhiger als sonst. Mit dem Riff als natürlichem Wellenbrecher und einem feinen weißen Sandstrand, wie man ihn in dieser Gegend nur selten fand, war sie ein sicherer und bei Einheimischen wie Touristen beliebter Badeplatz. An diesem Tag waren vierundsechzig Personen am Strand gewesen. Nur knapp ein Dutzend hatte den Vorfall beobachtet. Die Aussagen der Zeugen glichen sich wie ein Ei dem anderen. Sie war unvermittelt untergegangen und ertrunken. Punkt. Im Bericht des Polizeiarztes stand, daß am Körper keinerlei Prellungen, Quetschungen oder Abschürfungen festgestellt worden waren, womit ein für alle Mal die Vermutung, ein Hai oder »irgendein anderer Fisch« habe sie von unten gepackt, widerlegt worden war. Ferner hielt der Bericht fest, daß die Leiche nur mit dem Bikinihöschen bekleidet ins Leichenschauhaus gebracht worden war. Das Oberteil habe Mrs. Craig offenbar verloren, als sie versuchte, sich vor dem Ertrinken zu retten. Weder Drogen- noch Alkoholeinwirkung waren feststellbar gewesen. Der untersuchende Arzt mochte sich nicht darauf festlegen, ob vielleicht ein Krampf vorgelegen hatte. Dennoch kam das Gericht zu dem Schluß, daß wahrscheinlich ein heftiger Krampf oder eine Reihe von Krämpfen Mrs. Craig bewegungsunfähig gemacht habe. Das Wasser an der Stelle, an der sie zuletzt gesehen worden war, wurde an diesem Tag auf eine Tiefe von etwas über sechs Metern geschätzt. Ein Augenzeuge sagte aus, zum letztenmal sei sie zehn Minuten vor vier untergegangen. Demnach war sie fast eine Stunde im Wasser gewesen, und die Temperatur in der Bucht war, wie jedermann wußte, nicht gerade als lau zu bezeichnen. Aber Stephanie Craig hatte für die Schwimmstaffel ihrer Universität drei Goldmedaillen gewonnen, und davon war in dem Bericht nicht die Rede.

Carella klappte die Akte zu. Hillary ließ ihre Hände über den Einband gleiten. Dann öffnete sie die Augen. »Es war kein Unfall«, sagte sie. »Wer immer diesen Bericht geschrieben hat, *weiß*, daß es kein Unfall war.«

Carella suchte auf der ersten und der letzten Seite nach dem Namen der Stenotypistin, fand ihn aber nicht. Er nahm sich vor, Hollister zu fragen, wer den Bericht getippt hatte.

»Ich möchte jetzt zur Bucht«, sagte Hillary. »Fahren wir? Sonst wird es zu dunkel.«

Es war schon jetzt beinahe zu dunkel. Der fallende Schnee dämpfte das letzte schwache Licht am Horizont. Nicht nur die Sicht, sondern auch das Vorwärtskommen war schlecht. Sie standen am Strand und sahen hinaus aufs Meer. Stephanie Craig war etwa fünfzehn Meter vor der Küste ertrunken, knapp zehn Meter vor dem Riff, das als Wellenbrecher fungierte. Da Hillary nicht lockerließ, kletterten sie auf den Felsen hinauf, der wie ein Angelhaken geformt war. Auf der Seite, die dem Atlantik zugewandt war, schlugen die Brecher mit wilder Wucht an den Fels. Die Bucht selbst war geschützt. Eine leise vor sich hin rostende Leiter führte zu einer kleinen Grotte hinunter. Hillary bewegte sich zielbewußt darauf zu, und Carella wurde sofort klar, daß sie auf den steinigen Strand darunter hinabsteigen wollte. »Das können Sie doch nicht machen«, sagte er rasch und griff nach ihrem Arm.

»Es ist ganz ungefährlich. Das offene Meer ist ja auf der anderen Seite.«

Auf der anderen Seite schlugen die Wellen so heftig auf den Steinvorsprung, als wollten sie ihn in Geröll verwandeln, doch die geschützte Bucht wirkte wirklich recht harmlos, sogar seine zehnjährige Tochter hätte er dort bedenkenlos mit einer Gummiente spielen lassen. Entschlossen kletterte er vor Hillary die Leiter hinunter und drehte sich dann höflich um, als sie ihm folgte und der Rock um ihre Beine und Schenkel peitschte. Von einem

Sturm war unten nichts zu spüren. In der Grotte, die das Wasser in jahrtausendelanger Arbeit in den Fels gespült hatte, sah man undeutlich die Umrisse eines kleinen Bootes mit abblätternder grüner Farbe. Hillary blieb wie angewurzelt stehen.

»Was ist?« fragte Carella.

»Er war hier«, sagte sie.

»Wer?«

Es wurde jetzt rasch dunkel. Ich hätte die Taschenlampe aus dem Handschuhfach mitnehmen sollen, dachte Carella ärgerlich. Die Grotte machte durchaus keinen einladenden Eindruck. Er hatte Höhlenforscher schon immer für völlig verrückt gehalten und Angst davor, in einem kleinen, dunklen Raum eingesperrt zu sein, ohne sich bewegen zu können. Trotzdem folgte er Hillary in gebückter Haltung in die Höhle, um sich nicht den Kopf an der niedrigen Decke zu stoßen, und versuchte, die Dunkelheit hinter dem Boot mit den Augen zu durchdringen. Die Grotte endete unvermittelt wenige Meter hinter dem Boot. Die schrägen Felswände waren naß. Hillary berührte eine der rostenden Ruderdollen und zog dann die Hand zurück, als habe sie einen elektrischen Schlag bekommen.

»Nein«, stieß sie hervor.

»Was ist denn?«

»Nein«, wiederholte sie und wich zurück. »Nein, bitte nicht. O Gott, nein …«

»Verdammt, was haben Sie?«

Sie gab keine Antwort, schüttelte den Kopf und ging rückwärts aus der Grotte heraus. Sie kletterte schon die Leiter hoch, als er noch über den steinigen Strand lief. Als sie auf dem Felsen angekommen war, erfaßte der Wind ihren Rock und preßte ihn gegen ihre langen, schlanken Beine. Carella kletterte hinterher. Während das Wasser links von ihr ans Ufer schlugen, rannte sie vorbei am Wellenbrecher zurück zu dem geschützten Strand, an dem er den Wagen abgestellt hatte. Er lief ihr atemlos nach. Ein paarmal hätte er um ein Haar auf dem glatten Fels den Halt verloren. Als er zum Wagen kam, saß sie schon darin, die Arme über dem Waschbärmantel übereinandergeschlagen, am ganzen Körper zitternd.

»Was war da draußen los?« fragte er.

»Nichts.«

»Als Sie das Boot berührten …«

»Nichts«, wiederholte sie.

Er ließ den Motor an. Auf dem Parkplatz lagen schon fast fünf Zentimeter Schnee. Es war vier Uhr. Er schaltete das Radio ein, weil er hoffte, einen Lokalsender zu erwischen, und ließ einen Bericht über die neuesten Pläne des Präsidenten zur Bekämpfung der Inflation und eine Meldung über die neuesten Schwierigkeiten im Nahen Osten über sich ergehen; dann endlich kam der Wetterbericht.

Der Schneesturm, der gerade erst in der Stadt ein Chaos angerichtet hatte, war jetzt bis Massachusetts vorgedrungen. Man rechnete bis zum Morgen mit einer Schneehöhe zwischen sechzehn und zwanzig Zentimetern. Die Fernstraße 44 war geschlossen, die südlichen und westlichen Ausfallstraßen waren nur beschränkt befahrbar. Die Bürger wurden gebeten, soweit wie möglich auf die Benutzung von Kraftfahrzeugen zu verzichten, um die Schneepflüge nicht zu behindern.

»Wir fahren am besten zurück nach Hampstead«, sagte er, »und sehen zu, ob wir für die Nacht zwei Hotelzimmer bekommen.«

»Nein«, widersprach sie. Sie zitterte noch immer. »Ich möchte mir das Haus ansehen, das Greg in jenem Sommer gemietet hatte.«

»Ich habe keine Lust, hier draußen einzuschneien …«

»Wir kommen daran vorbei, es ist nur drei Kilometer

von der Bucht entfernt«, sagte sie. »Hat seine Tochter Ihnen das nicht erzählt?«

Wie hatte Abigail Craig gesagt? *Sie ist in der Bucht ertrunken. Der Unglücksort war zwei Meilen von dem berühmten Gespensterhaus meines Vaters entfernt.* Carella war inzwischen von Hillarys Gaben so weit überzeugt, daß er es für möglich hielt, daß sie von seiner Unterhaltung mit Craigs Tochter nichts gewußt, sondern sich aufgrund ihrer übersinnlichen Fähigkeiten in diese Aussage hineingefühlt hatte. Ein Rest Skepsis allerdings war geblieben. Hillary kannte natürlich das Buch, das Craig über dieses Haus geschrieben hatte. Man durfte wohl davon ausgehen, daß er das Haus selbst und auch seine geographische Lage genau geschildert hatte.

»Die drei Kilometer sagen noch nichts über die Richtung aus«, meinte er. »Ich habe wirklich keine Lust, noch weiter ins Land hineinzufahren.«

»Nein, wir kommen daran vorbei«, wiederholte Hillary.

»Schreibt er das in seinem Buch?«

»Ich habe das Haus erkannt, als wir vorhin daran vorbeigefahren sind.«

»Das ist keine Antwort auf meine Frage.«

»Nein, er hat in seinem Buch nicht genau beschrieben, wo es steht.«

»Warum haben Sie dann nicht vorhin schon etwas gesagt?«

»Weil das Feld so stark war.«

»Welches Feld?«

»Das elektromagnetische Feld.«

»So stark, daß es Sie zum Schweigen gebracht hat?«

»So stark, daß ich *Angst* hatte.«

»Aber in der Bucht hatten Sie keine Angst, oder? Als wir nämlich an der Bucht vorbeifuhren ...«

»In der Bucht ist sie nur ertrunken, aber das Haus ...«

Sie fröstelte und machte sich ganz klein in ihrem Zottelmantel. Er hatte noch nie jemanden mit den Zähnen klappern hören und die Redensart immer für eine dichterische Übertreibung gehalten. Aber Hillarys Zähne schlugen tatsächlich aufeinander, er hörte es deutlich über dem Summen der Wagenheizung.

»Was ist mit dem Haus?« fragte er.

»Ich muß es sehen. Dort hat alles angefangen. Das Haus war der Anfang.«

»*Was* hat dort angefangen?«

»Die vier Morde.«

»Vier?« sagte er. »Es waren doch nur drei.«

»Vier«, wiederholte sie.

»Gregory Craig, Marian Esposito, Daniel Corbett ...«

»Und Stephanie Craig«, sagte sie.

9. Kapitel

Das Haus lag am Strand, laut Kilometerzähler knapp dreitausend Meter von der Bucht entfernt. Carella stellte den Wagen auf der schneebedeckten, von dürren Büschen und Dünengras flankierten Einfahrt ab. Links neben der Haustür stand eine einsame Fichte, mit von der Schneelast gebeugten Zweigen, wie ein hochgewachsener napoleonischer Soldat vor dem winterlichen Moskau. Das Haus war Grau in Grau getönt: verwitterte graue Schindeln an den Wänden, dunkelgraue Schindeln auf dem Dach, Tür, Fensterläden und -rahmen grau gestrichen. Ein Backsteinschornstein am Nordteil des Hauses sah vor dem Grau des Hauses und dem Weiß der wirbelnden Flocken aus wie ein blutrotes Ausrufezeichen. Diesmal hatte Carella an die Taschenlampe gedacht. Er leuchtete ein kleines Schild an, das in dem Fenster neben der Tür stand. Das Haus war zu vermieten oder zu verkaufen. Außer dieser Mitteilung waren Name und Adresse eines Grundstücksmaklers angegeben. Er ließ den Strahl der Taschenlampe weiterwandern und fand den abgegriffenen Türknauf. Die Tür war abgeschlossen.

»Pech gehabt«, meinte er.

Hillary legte die Hand auf den Knauf und schloß die Augen. Er wartete. Man wußte nie, was passieren würde, wenn sie damit anfing. Eine Schneeflocke landete in seinem Nacken, schmolz und rieselte ihm naß den Rücken herunter.

»Es gibt eine Hintertür«, sagte sie.

Durch den tiefen Schnee stapften sie an einer Brombeerhecke entlang nach hinten. Eine graue Veranda bot einen Ausblick auf das graue Meer. Die Doppeltür war schon fast zugeweht. Carella schob den Schnee mit dem Fuß beiseite, bekam mit einiger Mühe die Doppeltür auf und drehte den Türknauf der inneren Tür.

»Auch abgeschlossen«, stellte er fest. »Fahren wir zurück.«

Hillary streckte die Hand nach dem Knauf aus. Carella seufzte. Es kam ihm vor, als halte sie sich eine kleine Ewigkeit an dem Türknauf fest, während der Wind heulte und wütend gegen die hin und her schwingende Doppeltür schlug. Endlich ließ sie los. »Der Schlüssel ist hinter der Regenrinne.«

Carella ließ den Lichtstrahl über die Regenrinne wandern, die sechzehn Zentimeter über dem Boden aufhörte. An ihrer Rückseite war einer jener kleinen magnetischen Schlüsselhalter angebracht, die den Einbrechern das Leben noch leichter machen. Carella öffnete den Deckel des

Metallbehälters, nahm einen Schlüssel heraus und steckte ihn ins Schloß. Er ließ sich mühelos drehen. Die Tür öffnete sich. Carella tastete rechts von der Tür an der Wand herum, bis er den Schalter gefunden hatte, und machte Licht. Er tat einen Schritt in das Haus. Hillary folgte ihm und schloß hinter ihnen die Tür.

Sie standen in einem Wohnzimmer, das im typischen Strandhausstil eingerichtet war. An der Fensterwand, die aufs Meer hinausging, stand ein Sofa mit geblümten Polstern. Zwei Sessel, die nicht zueinander paßten, standen vor dem Sofa wie häßliche Freier, die um die Hand einer Prinzessin anhalten. Zwischen Sofa und Sesseln lag ein fleckiger ovaler Webteppich, schief darauf stand ein rustikaler Couchtisch. An der gegenüberliegenden Wand machte sich ein Klavier breit. Eine Tür führte in die Küche, die andere in eine Speisekammer, über eine Treppe kam man ins Obergeschoß.

»Das ist es nicht«, sagte Hillary.

»Was soll das heißen?«

»Das ist nicht das Haus, über das Greg geschrieben hat.«

»Ich dachte, Sie hätten gesagt …«

»Ich sagte, daß es hier *angefangen* hat. Aber das ist nicht das Haus aus den *Tödlichen Schatten*.«

»Woher wissen Sie das?«

»Hier gibt es keine Gespenster«, sagte sie nüchtern. »In diesem Haus hat es nie welche gegeben.«

Trotzdem durchsuchten sie es bis in den letzten Winkel. Hillary wirkte jetzt ganz unbeteiligt, fast distanziert, wie eine Ehefrau, der von ihrem Mann eine unwillkommene Behausung aufgeredet werden soll. Dann kamen sie in den Keller, und hier – Carella gewöhnte sich langsam an ihre jähen Stimmungsumschwünge –, blieb sie heftig zitternd vor einer geschlossenen Tür stehen. Sie hob die Hände und spreizte die Finger wie eine Blinde, die nach Hindernissen suchte. Zögernd trat sie zur Tür und schob dann den primitiven Riegel zurück. Sie betraten einen Raum, an dessen Wänden sich Regale entlangzogen. Es war der Heizungsraum. Carella spürte erst jetzt, wie kalt es im Haus war. Seine Füße waren wie Eisklumpen, seine Hände erstarrt. In einem Regalfach lagen eine Tauchermaske, ein Paar Schwimmflossen, ein Sauerstofftank. Hillary trat an das Regal heran, aber sie berührte nichts. Sie wich angstvoll zurück, wie vor dem Boot in der Grotte. »Nein, o Gott, nein«, stieß sie hervor.

Carella spürte, daß es mit diesem Raum etwas Besonderes auf sich hatte, aber er reagierte nicht wie Hillary mit jähem Erschrecken, sondern nüchtern und sachlich. Immerhin war er Kriminalbeamter in einer der größten Städte der Welt, er konnte auf jahrelange Erfahrungen zurückgreifen, kannte sich aus in Spekulationen und Deduktionen, zu denen dann Vermutungen und eine Portion Hoffnung kamen – und ohne die ging es nicht. Stephanie Craig, eine erfahrene Schwimmerin, war bei auffallend ruhiger See in der Bucht ertrunken. Zumindest ein Zeuge hatte davon gesprochen, es habe so ausgesehen, als habe sie ein Hai oder ein anderer Fisch von unten gepackt und heruntergezogen. Im Keller des Hauses, das ihr Exehemann, Gregory, in jenem Sommer bewohnt hatte, befand sich eine Taucherausrüstung. War es nicht möglich …

»Es war Greg«, sagte Hillary. »Greg hat sie ermordet.«

Im *Hampstead Arms* bekamen sie für die Nacht zwei Zimmer mit einer Verbindungstür. Während Carella mit Riverhead sprach, hörte er auch Hillary nebenan telefonieren. Er wußte nicht, mit wem sie sprach. Er wußte nur, daß sie sich auf der Rückfahrt geweigert hatte, ihre eindeutige Anklage näher zu begründen. Fanny meldete sich nach dem vierten Klingeln.

»'n Abend«, sagte er. » Ich stecke hier fest.«

»Und was heißt ›hier‹?« fragte Fanny.

»Cotton sollte euch doch anrufen …«

»Cotton? Der hat sich nicht gemeldet.«

»Ich bin in Massachusetts.«

»Ach«, sagte Fanny. »Und darf man fragen, was du in Massachusetts zu suchen hast?«

»Ich besichtige Gespensterhäuser.«

»Ich finde deinen italienischen Humor nicht besonders komisch«, sagte Fanny. »Teddy kriegt einen Schlag, wenn sie das erfährt. Sie denkt schon, jemand hätte dich in einer dunklen Gasse kaltgemacht.«

»Sag ihr, daß es mir gutgeht und ich mich morgen früh noch einmal melde.«

»Das wird sie nicht milder stimmen.«

»Dann sag ihr, daß ich sie liebe.«

»Wenn das stimmt, möchte ich wissen, was du in Massachusetts treibst.«

»Ist bei euch sonst alles in Ordnung?«

»Alles bestens.«

»Kein Schnee mehr?«

»Keine Flocke.«

»Hier haben wir schon zwanzig Zentimeter.«

»Geschieht dir recht«, sagte Fanny und legte auf.

Er rief Hawes an, der Dienst hatte und nach dem dritten Klingeln abhob.

»Du solltest doch meiner Frau ausrichten, daß ich nach Massachusetts gefahren bin«, sagte er.

»Scheiße«, sagte Hawes.

»Du hast es verschwitzt.«

»Du glaubst ja nicht, was hier los ist. Drei Gangster haben versucht, die Bank Ecke Culver und Tenth zu überfallen. Als die Alarmanlage losging, haben sie sich eingeschlossen und Widerstand geleistet. Gegen vier haben wir sie endlich rausgekriegt.«

»Ist jemand verletzt?«

»Einer der Kassierer hatte einen Herzanfall, aber mehr ist nicht passiert. Gut, daß du anrufst. Wir haben einen Hinweis auf den Schmuck. Ein Pfandleiher hat angerufen, während ich mich damit amüsiert habe, Räuber und Gendarm zu spielen. Er hat Ecke Ainsley und Third seinen Laden ...«

»Ja, und?«

»Als ich kam, habe ich sofort zurückgerufen. Heute nachmittag war ein Typ da, der versucht hat, den Brillantanhänger loszuschlagen. Moment, wo ist denn die Liste ...« Es gab eine kleine Pause. Carella sah förmlich, wie Hawes mit dem Finger an der Liste entlangfuhr, die Hillary Scott ihnen gegeben hatte. »Ja, hier haben wir's«, fuhr Hawes fort. »Birnenförmiger Brillantanhänger, platingefaßt, mit einer 36 Zentimeter langen achtzehnkarätigen Goldkette.«

»Welchen Wert hat das Ding?«

»Dreitausendfünfhundert.«

»Und wer hat den Klunker versetzt?«

»Wollte ihn versetzen. Der Pfandleiher hat sechzehnhundert geboten, der Typ war einverstanden, aber als er gebeten wurde, sich auszuweisen, hat er gekniffen. Du weißt ja, wenn sie was ankaufen, müssen sie die Personalien feststellen.«

»Und der Typ wollte sich nicht ausweisen?«

»Der Pfandleiher meinte, er wäre ja schon mit einem Führerschein zufrieden gewesen, aber der Typ sagte, er hätte keinen.«

»Und wie ging es weiter?«

»Er hat sich den Klunker gegriffen und ist abgezogen.«

»Ist ja großartig«, knurrte Carella.

»Kein Malheur. Sobald er weg war, hat sich der Pfandleiher unser Rundschreiben gegriffen und den Anhänger auf der Liste gefunden. Und dann hat er bei uns angerufen. Unsere Nummer stand ja auf dem Rundschreiben.«

»Ich will ja bloß wissen, wie's weitergeht.«

»Er sagt, daß der Typ seine Fingerabdrücke auf der Glasscheibe vom Ladentisch hinterlassen hat, und meinte, das könnte uns vielleicht weiterhelfen. Nicht auf den Kopf gefallen, der Alte.«

»Warst du dort?«

»Bin gerade zurückgekommen. Ich habe die Spurensicherung angesetzt. Sicher, da geben sich täglich Dutzende von Leuten die Klinke in die Hand, aber vielleicht haben wir Glück, Steve.«

»Ja, vielleicht. Wie sah der Kerl aus?«

»Nach der Beschreibung könnte er es sein. Ein junger Mann mit schwarzem Haar und braunen Augen.«

»Wann bekommst du den Bericht von den Kollegen im Labor?«

»Sie sind schon schwer dabei.«

»Was soll das heißen? Morgen früh?«

»Ich hab' ihnen gesagt, daß es sich um einen Mordfall handelt, vielleicht machen sie ein bißchen Druck dahinter.«

»Okay. Sag mir Bescheid, wenn sich was ergibt. Ich bin im *Hampstead Arms*, schreib dir mal die Nummer auf.«

»Wo ist denn der Kugelschreiber?« sagte Hawes. »Nie liegt einer 'rum, wenn man mal einen braucht.«

Er gab Hawes die Telefonnummer des Hotels und die des Zimmeranschlusses durch und teilte ihm mit, was er von der Gerichtsmedizin erfahren hatte. Hillarys übersinnliche Deduktionen erwähnte er nicht. Als er auflegte, war es kurz vor sechs. Er schlug Hiram Hollisters Privatnummer nach und wählte.

»Hallo?« sagte eine Frau.

»Ich hätte gern Mr. Hollister gesprochen.«

»Wer spricht denn da?«

»Detective Carella.«

»Einen Augenblick.«

Er wartete. Als Hollister an den Apparat kam, begrüßte er ihn freundlich. »Guten Abend, Mr. Carella. Haben Sie gefunden, was Sie suchten?«

»Ja, schönen Dank noch mal«, erwiderte Carella. »Könnten Sie mir wohl sagen, wer den Bericht über die gerichtliche Untersuchung geschrieben hat?«

»Geschrieben? Meinen Sie getippt?«

»Ganz recht.«

»Abgetippt? Sie meinen die Schreibkraft?«

»Genau, Sir.«

»Das müßte die Gerichtsstenotypistin gewesen sein.«

»Und wer ist das?«

»Das war vor drei Jahren«, sagte Hollister.

»Ja.«

»Das müßte Maude Jenkins gewesen sein«, sagte er. »Ja, genau. Vor drei Jahren im Sommer, das war bestimmt Maude.«

»Wo kann ich sie erreichen?«

»Sie steht im Telefonbuch. Unter Harold Jenkins, das ist ihr Mann.«

»Herzlichen Dank, Mr. Hollister.«

Carella griff wieder nach dem Telefonbuch, das einen Harold Jenkins und einen Harold Jenkins jr. enthielt. Unter der ersten Nummer meldete sich ein älterer Mann. Maude sei seine Schwiegertochter, meinte er und wollte Carella die Nummer geben, aber Carella unterbrach ihn. Die Nummer von Harold Jenkins jr. habe er, sagte er und wählte neu.

»Jenkins.« Eine Männerstimme.

»Mr. Jenkins, ich bin Detective Carella vom Siebenundachtzigsten Revier in Isola. Könnte ich wohl kurz mit Ihrer Frau sprechen?«

»Mit Maude?«

»Ja, Sir.«

»Tja, wenn Sie meinen ...«, sagte Jenkins verblüfft. Carella hörte, wie er nach seiner Frau rief. Er wartete. Nebenan hörte er Hillary noch immer telefonieren.

»Hallo?« sagte eine Frauenstimme.

»Mrs. Jenkins?«

»Ja?«

»Hier spricht Detective Carella vom Siebenundachtzigsten Revier in Isola.«

»Ja, und?«

»Ich bin im Augenblick hier in Hampstead, weil ich in einem Mordfall ermittle, und wäre Ihnen dankbar, wenn Sie mir ein paar Fragen beantworten könnten.«

»Ein Mordfall?«

»Ja. Sie haben bei der gerichtlichen Untersuchung im Fall Stephanie Craig vor drei Jahren Protokoll geführt?«

»Ja, das stimmt.«

»Haben Sie den Bericht auch getippt?«

»Ja, ich habe das Stenoprotokoll übertragen und dann auch den Bericht geschrieben. Wir versuchen es immer so hinzukriegen, daß die Person, die die Sache aufnimmt, auch den Bericht schreibt. Die Kurzschrift sieht ja bei jedem anders aus, und wir wollen verhindern, daß es bei so wichtigen Sachen wie so einer Untersuchung zu Fehlern kommt.« Sie zögerte einen Augenblick. »Aber es war ein Unfall.«

»Ja, das ersehe ich aus den Akten.«

»Aber Sie sprachen von einem Mordfall. Sie sagen, Sie würden in einem Mordfall ermitteln.«

»Es gibt hier möglicherweise einen Zusammenhang.«

Carella legte eine kleine Pause ein. Dann fragte er: »Mrs. Jenkins, hatten Sie Grund zu der Annahme, daß Mrs. Craigs Tod unter Umständen kein Unfall war?«

»Nicht den geringsten.«

»Kannten Sie Mrs. Craig persönlich?«

»Ich habe sie ab und zu mal in der Stadt gesehen, aber das war auch alles. Sie war ja nur im Sommer hier. Ihren Mann – oder vielmehr ihren Exmann – kannte ich besser als sie.«

»Sie kannten Gregory Craig?«

»Ja, ich habe für ihn gearbeitet.«

»Was waren das für Arbeiten?«

»Ich habe für ihn geschrieben.«

»Was haben Sie für ihn geschrieben, Mrs. Jenkins?«

»Ein Buch, das er gerade vorbereitete.«

»Was für ein Buch?«

»Sie kennen es bestimmt, es war dieses Buch über Gespenster, das später so ein Knüller geworden ist.«

»Hieß es *Tödliche Schatten*?«

»Als ich es tippte, hieß es noch nicht so.«

»Wie darf ich das verstehen?«

»Damals hatte es noch keinen Titel.«

»Es gab keine Titelseite?«

»Nein, es gab überhaupt keine Seiten.«

»Ich kann Ihnen nicht ganz folgen, Mrs. Jenkins.«

»Es war alles auf Band.«

»Er hat das Buch auf Tonband gesprochen?«

»Es war auch noch gar kein richtiges Buch. Mr. Craig sprach einfach über dieses verwunschene Haus und erzählte Geschichten über die Gespenster darin. Alles Unsinn. Wieso daraus ein Bestseller werden konnte, ist mir bis heute nicht klar. In dem Haus, das er gemietet hatte, gab es keine Gespenster. Das hat er sich alles aus den Fingern gesogen.«

»Sie kennen demnach das Haus?«

»Letzten Sommer hat es meine Schwester aus Ohio gemietet. Wenn's da Geister gäbe, hätte sie es mir erzählt, darauf können Sie sich verlassen.«

»Dieses Band, das Mr. Craig Ihnen gegeben hat ...«

»Ja?«

»Was ist aus dem geworden?«

»Wie meinen Sie das?«

»Haben Sie es ihm zurückgegeben, als Sie mit dem Buch fertig waren?«

»Ich bin nicht fertig geworden, ich kam ungefähr bis zur Hälfte, dann war der Sommer zu Ende, und er fuhr zurück in die Stadt.«

»Wann war das?«

»Am Labor Day.«

»Im September?«

»Der Labor Day ist immer im September. Jahr für Jahr.«

»Also nach dem Tod seiner Frau«, überlegte Carella laut.

»Ja, sie ist im August ertrunken. Ende August.«

»War Mr. Craig zu der gerichtlichen Untersuchung geladen?«

»Dazu bestand kein Grund. Sie waren ja geschieden. Außerdem war er zu der Zeit schon nicht mehr in Hampstead. Ich weiß nicht mehr genau, wann die Untersuchung war ...«

»Am 16. September.«

»Ja, stimmt. Da war er schon weg.«

»Wie weit waren Sie mit dem Buch gekommen, als er abfuhr?«

»Ich sage doch, es war kein richtiges Buch, es war nur ein endloses Gesülze über Gespenster.«

»Mehr oder weniger Notizen für ein Buch, könnte man es so ausdrücken?«

»Nein, es waren eher Geschichten als Notizen. Über flackernde Kerzen und Türen, die offenstanden, nachdem sie vorher sorgfältig zugeschlossen worden waren. Und um eine Frau, die ihren Mann sucht. Gespenstergeschichten eben.«

»Mr. Craig erzählte also auf diesem Band Gespenstergeschichten?«

»Ja, und zwar mit einer ganz gruseligen Stimme. Richtig dramatisch hat er das dargestellt, wie er mitten in der Nacht aufwacht und die Frau vom Boden kommen hört und eine Kerze nimmt und in die Diele geht und sie da stehen sieht. War natürlich alles Blödsinn, aber unheimlich war's doch.«

»Die Geschichten, meinen Sie.«

»Ja, und auch seine Stimme.«

»Meinen Sie mit unheimlich ...«

»Ein bißchen kratzig. Mr. Craig rauchte stark, und seine Stimme war immer ein bißchen rauh, aber nicht so wie auf dem Band. Er hat wohl ein bißchen auf Schau gemacht. Fast wie ein Schauspieler, der im Fernsehen eine Geistergeschichte erzählt. Es hat sich viel besser angehört, als es sich dann schwarz auf weiß gelesen hat, das kann ich Ihnen sagen.«

»Haben Sie *Tödliche Schatten* gelesen, Mrs. Jenkins?«

»Es würde mich nicht wundern, wenn es hier in Hampstead jemanden gäbe, der es nicht gelesen hat.«

Bis auf Hiram Hollister, dachte Carella.

»Entsprach der Inhalt dem Text, den Sie vom Band geschrieben hatten?«

»Na ja, ich habe ja nicht alles getippt ...«

»Ich meine den Teil, den Sie selber getippt haben.«

»Ich hatte keine direkte Vergleichsmöglichkeit, aber aus dem Gedächtnis würde ich sagen, daß es genau der Text war, den ich getippt habe.«

»Und Sie haben ihm das Band zurückgegeben, ehe er Hampstead verließ.«

»Ganz recht.«

»Wie lang war das Band?«

»Es war eine Zweistundenkassette.«

»Wieviel davon hatten Sie getippt, ehe er abfuhr?«

»Etwa die Hälfte.«

»Also ungefähr eine Stunde?«

»Ja, ungefähr.«

»Wie viele Seiten waren das?«

»Knapp fünfzig.«

»Dann müßte das vollständige Band etwa hundert Seiten umfaßt haben.«

»Mehr oder weniger.«

»Mrs. Jenkins, ich selbst habe das Buch nicht gelesen. Können Sie sich erinnern, wie lang es war?«

»Sie meinen die Seitenzahl?«

»Ja.«

»Es war ein ziemlich dicker Schmöker.«

»Dicker als hundert Seiten?«

»Viel dicker. An die dreihundert Seiten.«

»Dann mußte es noch weitere Bänder geben.«

»Davon weiß ich nichts. Mir hat er nur das eine Band gegeben.«

»Wie kam der Kontakt zwischen Ihnen zustande?«

»Ich schreibe auch für andere Autoren, hier sind im Sommer immer viele Schriftsteller. Wahrscheinlich hat jemand mich empfohlen.«

»Hatten Sie vorher schon für ihn gearbeitet?«

»Nein, das war das erstemal.«

»Und einen Titel für das Buch gab es, wie Sie sagen, damals nicht.«

»Nein, keinen Titel.«

»Und auf der Kassette selbst stand auch nichts?«

»Ach so, das meinen Sie ... Ja, auf dem Etikett stand etwas, mit Filzstift geschrieben.«

»Was stand darauf?«

»Gespenster.«

»Nur dieses eine Wort?«

»Und sein Name.«

»Craigs Name?«

»Ja. ›Gespenster‹ und dann ›Gregory Craig‹.«

»Dann gab es also damals doch einen Titel.«

»Na ja, wenn Sie das Titel nennen ... Aber da stand nicht: ›Von Gregory Craig'. Es war einfach eine Kennzeichnung für die Kassette, mehr nicht.«

»Vielen Dank, Mrs. Jenkins, Sie haben uns sehr geholfen«, sagte er.

»Gern geschehen«, sagte sie und legte auf.

In ihrer Trance am Samstag hatte Hillary immer wieder das Wort »Band« erwähnt, verbunden mit dem Wort »ertrinken«. Sofort hatte er das Bild eines ertrinkenden Opfers vor sich gesehen, dessen Hände oder Füße mit einem Band gefesselt waren. Wahrscheinlich hatte er sich dabei auch dadurch beeinflussen lassen, daß Gregory Craigs Mörder ihm die Hände mit einem Drahtbügel auf den Rücken gefesselt hatte. In einem von Carellas Büchern über Gerichtsmedizin und Toxikologie war er auf einen Satz gestoßen, bei dem er laut hatte auflachen müssen: »Wenn die Leiche eines Ertrunkenen aus dem Wasser geborgen wird und auf eine Weise gefesselt ist, bei der die Beteiligung einer zweiten Person notwendig war, ist es angebracht, von Mord auszugehen.« Stephanie Craigs Leiche war, als sie gefunden wurde, weder durch Ketten noch durch Seile, Drähte oder Bänder gefesselt gewesen. Wie sich jetzt herausstellte, war eine ganz andere Art von Band im Spiel. Aber Carella konnte einfach nicht vergessen, daß Hillary in Verbindung mit ihren

Worten vom Ertrinken auch von einem Band gesprochen hatte.

Sie betrat jetzt sein Zimmer, ohne zu klopfen. Ihr Gesicht war gerötet, ihre Augen funkelten.

»Ich habe gerade mit einer gewissen Elise Blair telefoniert«, sagte sie. »Ihr gehört das Maklerbüro, dessen Adresse auf dem Schild im Fenster des Hauses stand, das Greg gemietet hatte.«

»Was ist mit dieser Elise Blair?« fragte Carella.

»Ich habe ihr das Haus beschrieben, das in Gregs Buch vorkommt. Sie kennt es. Vor drei Sommern war es an einen Mann aus Boston vermietet. Sie selbst hat das Geschäft nicht abgeschlossen, aber sie wird sich bei einer Kollegin erkundigen und sich Name und Adresse des Mannes geben lassen, falls es Sie interessiert.«

»Warum sollte es mich interessieren?« fragte Carella.

»Weil es das Haus aus den *Tödlichen Schatten* ist, verstehen Sie denn nicht?«

»Nein, verstehe ich nicht.«

»Es war das Haus, über das Greg geschrieben hat.«

»Und?«

»Aber nicht *er* hat in diesem Haus gelebt, sondern eine ganz andere Person«, sagte Hillary. »Ich will dieses Haus sehen. Ich muß mich davon überzeugen, ob in diesem Haus tatsächlich Gespenster wohnen.«

10. Kapitel

Das Maklerbüro, das vor drei Jahren das bewußte Haus an jenen Unbekannten aus Boston vermittelt hatte, entpuppte sich als Hinterzimmer eines Privathauses auf der Main Street. Sie trotteten um Viertel nach sechs durch den Schnee, vorbei an dem Weihnachtsbaum vor dem Rathaus, und zogen die Köpfe ein, um sich gegen den Schnee und heftigen Wind zu schützen. Die Frau, die das Büro betrieb, hieß Sally Barton und schien großen Spaß daran zu haben, ihre detektivischen Fähigkeiten unter Beweis stellen zu können. Sie habe sofort gewußt, erklärte sie, daß es sich bei dem Haus in Craigs Buch um das alte Loomis-Haus draußen auf der Halbinsel gehandelt habe. Er hatte nie nähere Angaben zur Lage gemacht, hatte auch die Stadt Hampstead nicht erwähnt – worüber sie wohl ganz froh sein konnten –, aber sie wußte, daß es das Loomis-Haus war. »Frank Loomis mochte das Meer so gern«, sagte sie. »Es ist kein typisches Strandhaus, paßt aber ganz genau auf die Halbinsel. Er hat sich darin verliebt, als er noch in Salem wohnte. Er hat es bis zum letzten Nagel dort abtragen und hier auf dem Stück Land, das ihm am Strand gehörte, wieder aufbauen lassen.«

»Meinen Sie das Salem hier in Massachusetts?« fragte Carella.

»Ja«, bestätigte Mrs. Barton. »Eben das Salem, in dem 1692 die Hexen aufgehängt worden sind.«

Sie gab ihnen den Hausschlüssel. Im letzten Sommer, erzählte sie, habe sie das Haus nicht vermieten können, das habe aber nichts mit Gregorys Gespenstern zu tun gehabt. Außerhalb von Hampstead wußte kaum jemand, daß es sich um das Haus handelte, das er in seinem Buch berühmt gemacht hatte.

»Wie er das überhaupt hingekriegt hat, ist mir ein Rätsel«, sagte sie. »Erst behauptet er, es ist eine wahre Geschichte, dann verrät er niemandem, wo das Haus tatsächlich steht. Angeblich wollte er die Beteiligten schützen. Aber was heißt hier Beteiligte? Frank Loomis ist seit fünfzig Jahren tot, seine beiden Söhne wohnen in Kalifornien; ob es im Haus Gespenster gibt, ist denen völlig schnuppe. Hauptsache, es wird den Sommer über vermietet. Na ja, vielleicht hatte er Angst vor rechtlichen Komplikationen.

Aber darüber wissen Sie bestimmt mehr als ich«, sagte sie und lächelte Carella an.

»Nun ja, ich bin kein Anwalt, Ma'am«, sagte Carella und erwiderte das Lächeln; ihm war klar, daß sie ihm nur hatte schmeicheln wollen. »Können Sie mir sagen, wer das Haus im Sommer vor drei Jahren gemietet hatte?«

»Ja, ich habe gleich nachgesehen. Der Mann hieß Jack Rawles.«

»Wie sah er aus?«

»Eigentlich recht sympathisch.«

»Jung, alt?«

»Ende zwanzig, würde ich sagen.«

»Welche Haarfarbe?«

»Schwarz.«

»Augen?«

»Braun.«

»Und seine Adresse?«

Sie hatte die im Mietvertrag angegebene Anschrift auf einen Zettel geschrieben. Commonwealth Avenue, Boston, las Carella. »Das Haus läßt sich nicht so leicht vermieten«, fuhr sie fort. »Frank hat es nie modernisieren lassen. Sicher, Strom ist da, aber geheizt werden kann es nur über die drei Kamine. Einer ist im Wohnzimmer, einer in der Küche, und einer heizt oben die Schlafzimmer. Im Sommer geht's ja noch, aber im Winter ist es der reinste Eisschrank. Wollen Sie es sich wirklich ansehen?«

»Ja, unbedingt«, sagte Hillary.

»Ich würde Sie ja begleiten, aber ich habe gerade das Abendessen aufgesetzt.«

»Wir bringen Ihnen den Schlüssel sofort zurück, nachdem wir uns das Haus angesehen haben«, sagte Carella.

»Angeblich geistert da eine tote Frau herum, die ihren Mann sucht«, sagte Mrs. Barton.

An einer Tankstelle kaufte Carella Schneeketten und ließ sie gleich montieren, während er und Hillary in einer Imbißstube ein paar Häuser weiter etwas aßen. Es schneite noch, als sie um sieben Uhr die Stadt verließen. Die Hauptstraßen waren geräumt, aber er war froh über die Ketten, als sie auf die Seitenstraße einbogen, die zum Strand der Halbinsel führte, die in den Atlantik vordrang. Ein schneebedecktes Schild klärte sie darüber auf, daß es sich um Albright's Spit handelte, also um die Albright-Halbinsel, und ein Schild darunter warnte sie, daß die Straße eine Sackgasse war. Der Wagen quälte sich durch den hohen Schnee und schlitterte und schleuderte über den Straßenbelag, von dem Carella vermutete, daß es sich lediglich um festgefahrenen Sand handelte. Zweimal wären sie beinahe steckengeblieben, und als er das alte Haus sah, das sich direkt am Meer erhob, atmete er erleichtert auf. Er stellte den Wagen auf einem relativ ebenen Stück Straße vor der steilen Auffahrt ab. Dem Strahl der Taschenlampe folgend, kämpften sie sich gemeinsam zur Haustür vor.

»Ja, das ist es«, sagte Hillary. »Das ist das Haus.«

Von der Haustür kam man in eine kleine Diele, von der aus die Treppe ins Obergeschoß führte. Carella betätigte mehrmals den Lichtschalter rechts neben der Tür, aber nichts geschah.

»Wahrscheinlich hat der Wind die Stromleitungen

unterbrochen«, sagte Carella und leuchtete die Stufen nach oben und die kleine Diele ab. Rechts führte eine Tür in eine Küche mit schweren alten Deckenbalken, links war das Wohnzimmer, eine richtige gute Stube aus alter Zeit. Ein einzelner Balken verlief quer durch den Raum, der zwei Fenster aufwies. Eins bot einen Blick aufs Meer, das andere befand sich in der gegenüberliegenden Wand. Der Kamin befand sich nicht in der Mitte der Wand, die er vereinnahmte; das war der Treppe zum Obergeschoß vorbehalten. Statt dessen war er daneben in die Wand eingelassen, ein großer, begehbarer Kamin mit einem schwarzen Eisenkessel, der an einem Scharnier hing. Anmachholz und Scheite waren daneben aufgestapelt, und große schwarze Feuerböcke waren von der Hitze unzähliger Feuer aus der Form gebracht worden. Auf dem Kaminsims standen zwei Kerzen in Zinnleuchtern. Da er nicht rauchte, bat er Hillary um ein Streichholz und zündete die Kerzen an.

Er sah jetzt, daß das Zimmer mit schönen alten Möbeln eingerichtet war. So etwas bekam man heute überhaupt nicht mehr oder nur zu horrenden Preisen im Antiquitätenhandel. Mehrere Petroleumlampen waren im Raum verteilt, die er ebenfalls anzündete. Das schöne alte Holz der Täfelung und der Möbel erwachte zu warmem, leuchtendem Leben. Wenn es in diesem Haus Gespenster gab, mußten sie sich hier recht behaglich fühlen. In einem Messingbehälter am Kamin fand er mehrere verblaßte, bis zu zwei Jahre alte Exemplare der *Hampstead News*. Er riß sie in kleine Stücke und machte Feuer im Kamin. Die Kälte wich und damit auch die leise Angst, es könnten plötzlich Poltergeister aus der Täfelung springen. Draußen pfiff der Wind vom Meer hinüber, die Fensterläden klapperten, aber das Feuer knisterte jetzt beruhigend, Lampen und Kerzen verbreiteten ein mildes Licht, und was dort auf dem Rost tanzte, waren höchstens ein paar Feuergeister.

Carella ging in die Küche, entzündete Kerzen und Lampen und machte auch dort Feuer im Kamin. Weder er noch Hillary waren bislang ins Obergeschoß des Hauses hinaufgegangen.

In einem der Küchenschränke fand er eine fast volle Flasche Scotch. Die Eiswürfelbehälter im Kühlschrank waren leer, und das Wasser war abgestellt. Er wandte sich mit der Flasche und zwei Gläsern zum Gehen, als er sah, daß die Küchentür nur angelehnt war. Er stellte Gläser und Flaschen ab, ging zur Tür und machte sie ganz auf. Die äußere Tür war geschlossen, aber der primitive Riegel nicht vorgeschoben. Er holte das nach, dann sah er sich das Schloß an der Küchentür genauer an. Es war ein ganz einfaches Schnappschloß, das jeder Amateureinbrecher in Sekunden mit einem Zelluloidstreifen, einer Messerklinge oder einer Kreditkarte aufbekommen hätte. Trotzdem schloß Carella jetzt ab, drehte noch einmal den Türknauf, dann ging er mit der Flasche Scotch und den beiden Gläsern ins Wohnzimmer. Hillary stand vor dem Kamin. Sie hatte den Waschbärpelz und auch die grüne Strickjacke ausgezogen und hielt die Hände über die Flammen.

»Möchten Sie einen Schluck?« fragte er.

»Ja, bitte.«

»Das ist der einzige Geist in diesem Haus«, wollte er einen Witz machen und stellte überrascht fest, daß sie darüber nicht einmal lächelte. »Wir müssen ihn pur trinken«, sagte er.

Dann goß er zwei großzügige Portionen ein, stellte die Flasche auf den Kaminsims, hob sein Glas, sagte »Prost!« und nahm einen Schluck. Der Alkohol rann ihm wie Feuer bis zu den Zehenspitzen.

»Haben Sie schon das erste Gespenst gesehen?« fragte er.

»Noch nicht.«

»Würden Sie es denn als Gespenst erkennen?«

»Bestimmt.«

»Sind Sie schon mal Gespenstern begegnet?«

»Nein, aber ich weiß, was es mit diesem Phänomen auf sich hat.«

»Könnten Sie es mir erklären?«

»Das wäre nur Zeitverschwendung«, sagte sie. »Sie glauben mir ja doch nicht.«

»Versuchen Sie es mal.«

»Nein. Lieber nicht.«

»Na schön«, sagte er und zuckte mit den Schultern. »Dann erzählen Sie mir wenigstens etwas über Craigs Arbeitsgewohnheiten.«

»Wie bitte?«

»Wie hat er gearbeitet? An dem Tag, als er ermordet wurde, war ein Blatt Papier in seine Maschine eingespannt. Hat er seine Texte immer getippt?«

»Ja.«

»Immer? Oder hat er auch mal etwas mit der Hand geschrieben?«

»Nein, nie.«

»Hat er manchmal *diktiert*?«

»Einer Sekretärin, meinen Sie? Nein.«

»Oder hat er auch mal auf Band gesprochen?«

»Ein Tonband?«

»Ja. Hat er je etwas auf *Band* gesprochen?«

Das Wort schien von den Wänden widerzuhallen. Er hatte ihr noch nicht erzählt, daß Maude Jenkins im Sommer vor drei Jahren einen Teil von Craigs Buch nach einer besprochenen Zweistundenkassette geschrieben hatte. Hillary antwortete nicht sofort. Ein Kaminscheit rutschte zur Seite, Funken stoben, das Feuer prasselte.

»Nun?« fragte Carella.

»Nicht daß ich wüßte.«

»Wie war seine Stimme?«

»Gregs Stimme?«

»Ja. Er war ein starker Raucher. War seine Stimme heiser oder ...« Er suchte nach einem anderen Wort, griff schließlich zu dem Ausdruck, den Maude Jenkins gebraucht hatte, als sie die Stimme auf dem Band geschrieben hatte. »Würden Sie sagen, daß er eine kratzige Stimme hatte?«

»Nein.«

»Zumindest einen Teil der *Tödlichen Schatten* hat er auf Band gesprochen«, sagte er. »Etwa hundert Seiten. Gab es ...«

»Woher wissen Sie das?«

»Ich habe mit der Frau gesprochen, die den Text getippt hat. Gab es noch weitere Bänder? Das gedruckte Buch hatte etwa dreihundert Seiten, nicht wahr?«

»Fast vierhundert.«

»Wo sind die Bänder? Wenn der erste Teil auf Band war ...«

»Ich habe nie irgendwelche Bänder gesehen«, erklärte Hillary.

»Wer hat die Reinschrift getippt?«

»Das weiß ich nicht. Als Greg die *Tödlichen Schatten* schrieb, kannten wir uns ja noch nicht.«

»Wer tippt normalerweise seine Texte? In der Stadt, meine ich?«

»Er hat in letzter Zeit nichts schreiben lassen. Die Arbeit an dem neuen Buch war noch nicht abgeschlossen, es wäre sinnlos gewesen, jetzt schon eine Reinschrift anzufertigen.«

»Könnte Daniel Corbett etwas von den Bändern gewußt haben?«

»Keine Ahnung«, erklärte Hillary. Und dann erloschen die Kerzen auf dem Kaminsims.

Carella spürte einen plötzlichen Zug im Raum und wandte sich rasch zur Haustür, weil er dachte, der Sturm hätte sie aufgedrückt. Er konnte durch die Zimmertür in die kleine Diele sehen. Die Haustür war geschlossen. Trotzdem ging er hin und überprüfte das Schloß – ein ähnliches wie in der Küchentür –, das aber fest eingeschnappt war. Er ging in die Küche. Die Petroleumlampen auf dem Kaminsims und auf dem Ablaufbrett brannten noch, aber die Kerzen waren auch hier ausgegangen. Und die Küchentür stand offen.

Er starrte die Tür an. Er war allein im Raum. Von den Kerzen stiegen noch dünne Rauchfäden zur Balkendecke hoch. Er stellte sein Glas auf den Küchentisch, ging zur Tür, besah sich das Schloß. Der Flügelbolzen war gedreht worden, der Schnapper steckte im Schließmechanismus. Wie zuvor war die äußere Tür geschlossen – aber der Riegel war wieder zurückgeschoben. Er hörte einen Laut hinter sich, fuhr herum. Hillary stand in der Küchentür.

»Sie sind da«, flüsterte sie.

Er antwortete ihr nicht. Er sperrte beide Türen wieder zu und wollte gerade die Kerzen erneut anzünden, als die Petroleumlampe auf dem Ablaufbrett sich plötzlich in die Luft erhob und zu Boden fiel. Der Deckel zerbrach, und das herauslaufende Petroleum entzündete sich. Carella trat die Flammen aus. Dann spürte er wieder einen Luftzug und wußte, daß etwas dicht an ihm vorbeigegangen war.

Er erzählte niemandem etwas von dem, was dann geschah. Den Kollegen nicht, weil er wußte, daß sie sich bei einer Schießerei auf einen Spinner wie ihn nie wieder verlassen würden. Teddy nicht, weil er wußte, daß auch sie ihm nie wieder voll vertrauen würde. Er wandte sich Hillary zu, die noch an der Tür stand – und sah die Gestalt hinter ihr. Es war eine Frau in langem Kleid mit einer

Schürze darüber und einem altmodischen Hut auf dem Kopf. Ihre Augen waren tieftraurig, die Hände hatte sie über der Brust gefaltet. Ihr plötzliches Erscheinen war erschreckend genug; schlimmer war, daß Carella durch sie hindurch in die Diele sehen konnte. Im gleichen Augenblick sah auch Hillary sich um. Entweder spürte sie die Gestalt hinter sich, oder sie hatte Carella angesehen, daß jemand hinter ihr stand. Die Frau verschwand sofort, oder vielmehr wurde sie von einem jähen Windstoß ergriffen, der sie in die Diele hinaus- und die Treppe hinauftrug. Sie schleifte ein leises Stöhnen hinter sich her wie eine Schleppe. »John«, flüsterte es im Treppenhaus, verhallte in der kalten, dumpfen Luft.

»Gehen wir ihr nach«, sagte Hillary.

»Hören Sie«, sagte Carella, »ich glaube, wir sollten ...«

»Kommen Sie«, sagte Hillary und ging die Treppe hinauf.

Carella stand der Sinn nicht sehr nach einer Konfrontation mit einer ruhelosen Seele, die nach ihrem John suchte. Was machte man, wenn man einem Gespenst gegenüberstand? Ein Kruzifix hatte er seit Jahren nicht mehr in der Hand gehabt, und einen Kranz von Knoblauchzehen hatte er zum letztenmal als Kind um den Haus getragen, als er mit einer Lungenentzündung im Bett gelegen hatte und seine Großmutter den bösen Blick hatte abwenden wollen. Außerdem war es noch sehr die Frage, ob man Gespenster ebenso behandeln durfte wie Vampire, denen man ja angeblich einen Pfahl ins Herz stoßen mußte, damit sie ins Totenreich zurückkehrten. Hatten Gespenster Herzen? Oder überhaupt Eingeweide? Was, zum Teufel, war ein Gespenst? Und außerdem – wer glaubte heutzutage noch an Gespenster?

Carella glaubte in diesem Augenblick an sie.

Seit dem Tag, an dem er einen mit einer Axt bewaffneten Wahnsinnigen gestellt hatte, der sich sabbernd, mit weit aufgerissenen Augen, eine blutige abgehackte Hand in der Linken, auf den wie erstarrt dastehenden Carella stürzte, hatte er sich nicht mehr so gefürchtet. Er hatte dem Mann sechsmal in die Brust geschossen, bis er dann zusammengebrochen war. Einen Augenblick später, und die geschwungene Axt hätte Carella die Nase und einen Teil seines Gesichts abgetrennt. Aber Gespenster konnte man wohl nicht so ohne weiteres erschießen. Carella hatte keine große Neigung, ins Obergeschoß hinaufzugehen. Aber Hillary war schon halb oben, und einen Waschlappen mochte er sich auch nicht nennen lassen. Warum eigentlich nicht, dachte er. Soll sie mich doch für einen Waschlappen halten, was kratzt das mich? Ich habe Angst vor Gespenstern. Dieses Haus ist Balken für Balken aus Salem hierhergebracht worden, aus Salem, wo sie die Hexen aufgeknüpft haben, und eben habe ich eine Person gesehen, die wie eine dieser Frauen angezogen war, Rebecca Nurse oder Sarah Osborne oder Goody Proctor oder wie sie alle hießen, und die nach einem John gerufen hat, dabei sind nur wir hier. Wir Waschlappen. *Adios*, dachte er und sah Hillary um eine Biegung im Treppenhaus verschwinden, und dann hörte er sie schreien. Er zog seine Waffe und war mit ein paar Sätzen oben.

Hillary, die couragierte Gespensterjägerin, lag ohnmächtig auf dem Boden. Ein unheimliches blaues Licht waberte auf dem Flur. Es war eiskalt. Carella sträubten sich die Haare, noch ehe er die Frauen sah. Es waren vier. Sie trugen Gewänder aus dem späten 17. Jahrhundert. Durch die Frauengestalten hindurch sah er bis zum Fenster am Ende des kleinen Flurs, gegen das der Schnee schlug. Langsam kamen sie auf ihn zu. Sie grinsten. Eine hatte Blut an den Händen. Und dann hörte er plötzlich einen seltsamen Laut. Er kam von weiter oben, wo seiner

Schätzung nach der Dachboden sein mußte. Zunächst konnte er sich diesen Laut nicht erklären. Es war ein gleichmäßiges Pochen, wie ein gedämpfter Herzschlag. Die Frauen blieben stehen, als sie das Geräusch hörten. Dann hoben sie wie auf Befehl die Köpfe zur Balkendecke. Das Geräusch wurde lauter, aber noch immer konnte er nicht erkennen, was es war. Die Frauen drängten sich enger zusammen, es schien, als ob sie miteinander verschmolzen. Und dann verschwanden sie ganz, wurden von eben jenem Windstoß weggefegt, der auch die Erscheinung unten gebannt hatte.

Carella kniff die Augen zusammen, so heftig war der Windzug. Er erstarb genauso schnell, wie er angefangen hatte. Carella stand zitternd in dem Flur, Hillary hinter ihm auf dem Boden, vom Schnee verstärktes Licht fiel durch das Fenster am anderen Ende, und über ihm erklang das gleichmäßige Pochen. Wenn man genau hinhörte, war das Geräusch eher wie ein dumpfer Aufprall, langsam und gleichmäßig, als ob …

Und jetzt wußte er, was es war.

Jemand ließ einen Ball auf dem Boden aufschlagen.

Er blieb vor der Tür zur Bodentreppe stehen und zögerte. Sollte er hinaufgehen? Vielleicht war da ein Mensch, der mit Lichtern und Windmaschinen Tricks produzierte, der Gespenster erscheinen ließ, ein Theater des Übernatürlichen inszenierte, um einem Medium das Bewußtsein zu rauben und einen erfahrenen Kriminalbeamten das Fürchten zu lehren. Es gibt keine Gespenster, sagte er sich – und hatte doch schon fünf gesehen. Er sagte sich, es gäbe nichts zu befürchten, doch er hatte fürchterliche Angst. Er hielt seine Waffe schußbereit und stieg die Treppe zum Boden hinauf. Die Stufen knarrten unter seinem vorsichtigen Schritt. Irgendwo über ihm schlug unentwegt der Ball auf.

Sie stand ganz nah an der Treppe und war nicht älter als seine Tochter April. Sie trug ein langes graues Kleid und einen ausgeblichenen Sonnenhut. Sie lächelte ihn an, während sie ihren Ball aufschlagen ließ, und leierte im Rhythmus des Ballspiels immer wieder etwas vor sich hin. Die Worte hallten im Treppenhaus wider. Es dauerte einen Augenblick, bis Carella verstanden hatte, daß sie unentwegt die Worte »Hängt sie!« wiederholte. Der Ball schlug auf, und das Mädchen lächelte, und die Worte »Hängt sie, hängt sie« wehten zu ihm nach unten, während die Pistole in seiner Hand zitterte. Die Luft um das Kind herum schimmerte, der Ball begann zu irisieren. Sie trat einen Schritt näher an die Treppe heran. Den Ball hatte sie jetzt in der Hand. Carella wich zurück, verlor unvermittelt den Halt und stürzte rücklings die Stufen hinunter. Er hörte ihr Lachen über sich, und dann plötzlich wieder das monotone Aufschlagen des Balles.

Mühsam kam er hoch, zielte die Treppe hinauf, aber das Kind war verschwunden. Im Dachboden hing ein schwacher bläulicher Schimmer. Beim Fallen hatte er sich den Ellbogen gestoßen, es tat gemein weh. Er zerrte Hillary hoch, hob sie mühsam auf und trug sie die Treppe zum Erdgeschoß hinunter. Oben hörte er noch immer den Ball aufschlagen. Er schleppte Hillary zum Wagen. Schneeflocken legten sich auf ihre reglose Gestalt, bis sie aussah wie eine in Leintuch gehüllte Tote. Er setzte sie auf den Beifahrersitz und ging zurück ins Haus, aber nur, um die Mäntel zu holen. Noch immer schlug auf dem Dachboden der Ball auf.

Er hatte das Geräusch im Ohr, als er das Haus verließ und durch den tiefen Schnee zum Wagen stapfte. Er hörte es über dem Winselns des Anlassers und dem plötzlichen Tosen des Motors. Weder das Heulen des Windes noch der Aufprall der Brandung vermochten es zu übertönen. Und er wußte: Wann immer in Zukunft ihn etwas erschrecken, wann immer eine unbekannte, schwarze Angst nach ihm greifen würde, würde er das Geräusch des Balles hören, den das kleine Mädchen in dem grauen Kleid auf dem Dachboden aufspringen ließ. Poch, poch, poch.

Es war kurz vor zehn, als sie ins Hotel zurückkamen. Der Nachtportier hatte eine Nachricht für Carella. *Calvin Horse hat angerufen*, las er. *Bitte zurückrufen.* Er bedankte sich bei dem Portier, ließ sich die Schlüssel zu beiden Zimmern geben und führte Hillary zum Aufzug. Sie hatte, seit sie im Wagen wieder zu sich gekommen war, noch kein Wort gesagt. Auch jetzt, als sie in den zweiten Stock fuhren, sagte sie kein Wort. Als er ihr Zimmer aufschloß, machte sie endlich wieder den Mund auf. »Gehen Sie sofort schlafen?« fragte sie.

»Noch nicht gleich.«

»Möchten Sie noch was trinken?«

»Ich muß erst telefonieren.«

»Ich sage dem Zimmerservice Bescheid. Was möchten Sie?«

»Einen Irish Coffee.«

»Gute Idee. Ich trinke auch einen. Kommen Sie herüber, wenn Sie soweit sind.« Sie öffnete die Tür und verschwand in ihrem Zimmer. Er schloß sein Zimmer auf, zog den Mantel aus, setzte sich auf die Bettkante und rief Hawes an, der inzwischen zu Hause war. Er überlegte, ob er ihn mit Mr. Horse ansprechen sollte, war aber nicht in der Stimmung für Witze, wie sie sie auf dem Revier immer rissen. Hawes hob nach dem dritten Klingeln ab.

»Hawes«, sagte er.

»Cotton, hier ist Steve. Was gibt's Neues?«

»Guten Abend, Steve. Moment, ich will nur die Stereoanlage leiser stellen.« Carella wartete. Dann war Hawes wieder am Apparat. »Wo warst du denn? Ich habe schon dreimal angerufen«, sagte er.

»Wir haben uns ein bißchen umgesehen«, sagte Carella. Er erwähnte die Gespenster nicht, die er gesehen hatte; er würde sie *niemals* erwähnen. Schon wenn er an sie dachte, mußte er unwillkürlich frösteln. »Was hast du?«

»Zuerst mal hat die Spurensicherung in dem Leihhaus jede Menge Fingerabdrücke gefunden. Einige sollen sehr gut sein, sie sind schon drüben beim Erkennungsdienst. Bis morgen früh wissen wir mehr. *Hoffe* ich.«

»Gut. Was noch?«

»Unser Mann hat es wieder versucht. Diesmal wollte er die goldenen Ohrringe mit den Perlen loswerden, in einem Leihhaus Ecke Culver und Eighth. Sie sind nach Hillary Scotts Liste so um die sechshundert Dollar wert.«

»Wie hat er das gemacht?«

»Diesmal war er vorbereitet und hat gleich gesagt, er habe keinen Führerschein. Der Pfandleiher hätte auch seine Versicherungskarte akzeptiert, aber die, behauptete unser Mann, habe er zu Hause gelassen. Statt dessen zog er einen an ihn gerichteten gestempelten Brief hervor. Adresse: McGrew Street 1620. Der Name auf dem Umschlag lautete James Rader. Der Pfandleiher schöpfte Verdacht, weil es ganz so aussah, als ob Name und Adresse ausradiert und übertippt worden waren. Er hätte den Umschlag sowieso nicht als Legitimation akzeptiert, aber nun war er natürlich erst recht mißtrauisch und ging ins Hinterzimmer, um mal eben einen Blick in unser Rundschreiben zu werfen. Als er wieder herauskam, war der Kerl samt den Ohrringen weg.«

»Habt ihr etwas über James Rader in Erfahrung gebracht?«

»Im Telefonbuch steht er nicht, ich lasse den Namen gerade durch den Computer laufen. Wahrscheinlich ist er aber frei erfunden. Ich habe auch den Umschlag ins Labor geschickt. Vielleicht sind Abdrücke darauf, die sie mit den anderen vergleichen können.«

»Und die Adresse?«

»Die gibt es überhaupt nicht. Die McGrew verläuft über sechs Häuserblocks von Osten nach Westen, parallel zum Stem. Die höchste Hausnummer ist 1411. Er hat sie sich aus den Fingern gesogen, Steve.«

»Schau mal nach, was über einen gewissen Jack Rawles vorliegt«, bat Carella. »Das J. und das R. stimmen, vielleicht ist er unser Mann. Falls ihr ihn bei uns nicht auftreiben könnt, schaut mal im Bostoner Telefonbuch nach, ob ihr einen Jack Rawles findet, der in der Commonwealth Avenue wohnt. Und wenn auch das nichts bringt, könnt ihr immer noch die Bostoner Kollegen anrufen und sie um Amtshilfe bitten.«

»Wie buchstabierst du Rawles?« fragte Hawes.

»R-A-W-L-E-S.«

»Woher hast du den Namen?«

»Er hat das Haus gemietet, das Craig in seinem Buch beschreibt.«

»Und was hat das zu bedeuten?«

»Vielleicht gar nichts. Aber seht mal zu, was sich tun läßt. Ich bin noch eine Weile auf. Wenn du was findest, ruf bitte zurück.«

»Was hältst du übrigens davon, daß er überall versucht, die Sachen loszuschlagen?« fragte Hawes.

»Deutet auf einen krassen Amateur hin«, meinte Carella. »Er braucht Geld und kennt keine Hehler. Was hatte er für eine Stimme?«

»Wer?«

»Der Typ, der versucht hat, den Schmuck zu versetzen«, gab Carella ungeduldig zurück. »Dieser James Rader, oder wie auch immer der Scheißkerl sich genannt hat.«

»Sag mal, Steve, stimmt bei euch was nicht?« fragte Hawes.

»Was soll denn nicht stimmen? Alles in Ordnung. Kannst du die Pfandleiher erreichen?«

»Die Läden sind inzwischen geschlossen, es ist ja auch schon nach ...«

»Versuch's bei ihnen zu Hause. Frag sie, ob der Kerl eine kratzige Stimme hatte.«

»Eine *kratzige* Stimme?«

»Jawohl, eine kratzige, heisere Stimme. Ich erwarte deinen Rückruf, Cotton.«

Carella legte abrupt auf, erhob sich, ging einen Augenblick unruhig im Zimmer auf und ab, dann setzte er sich wieder und wählte die Bostoner Auskunft. Nebenan hörte er, wie Hillary beim Zimmerservice die Bestellung aufgab. Carella nannte der Telefonistin in Boston beide Namen – Jack Rawles und James Rader – und bat sie, nachzusehen, ob bei einem von ihnen als Adresse die Commonwealth Avenue angegeben war. Nein, sagte sie, ein Jack Rawles sei eingetragen, aber nicht in der Commonwealth Avenue. Er schrieb sich die Nummern trotzdem auf. Dann bat er um die Adresse. Adressen dürfe sie nicht herausgeben, sagte sie. Er sei Kriminalbeamter und ermittle in einem Mordfall, erklärte er ziemlich scharf. Sie bat ihn zu warten und verband ihn mit ihrer Vorgesetzten, die ihm überaus liebenswürdig klarmachte, daß die Telefongesellschaft grundsätzlich die Adressen ihrer Kunden nicht an Außenstehende weitergab. Carella stellte sich als Kriminalbeamter in Isola vor, erklärte ihr ebenso freundlich und geduldig, daß er Detective in Isola sei, in einem Mordfall ermittelte, und gab ihr die Nummer seines Bezirks, Namen und Adresse seines Vorgesetzten und seine, Carellas, Dienstnummer. Die Telefondame hörte sich das alles ungerührt an, dann sagte sie schlicht und bei weitem nicht mehr so liebenswürdig: »Bedaure, Sir«, und legte auf.

Verärgert wählte Carella die Nummer von Jack Rawles. Draußen hörte er, wie jemand an Hillarys Tür klopfte. Er wollte schon auflegen, als sich eine Frauenstimme meldete.

»Hallo?« sagte sie.

»Mr. Rawles, bitte«, verlangte Carella.

»Bedaure, der ist nicht da.«

»Wissen Sie vielleicht, wo er ist?«

»Wer spricht dort, bitte?«

»Ein alter Freund von ihm«, sagte er. »Steve Carella.«

»Tut mir leid, Steve, er ist verreist«, sagte die Frau.

»Wer spricht denn dort?«

»Marcia.«

»Marcia, wissen Sie, wann er zurückkommen wird?«

»Nein, ich bin auch eben erst zurückgekommen, ich bin Stewardeß und habe in London festgesessen. Er hat meinem Freund einen Zettel hingelegt, daß er in die Stadt mußte und erst in ein paar Tagen wiederkommen würde.«

»In welche Stadt?«

»In *die* Stadt«, sagte die Stewardeß ungeduldig. »Auf der Welt gibt's nur die eine, und Boston ist es ganz bestimmt nicht.«

»Mit Ihrem Freund ... wen meinen Sie da?«

»Andy. Jack wohnt bei ihm. Seit dem Brand.«

»Was für ein Brand?« fragte Carella.

»Jacks Wohnung auf der Commonwealth Avenue ist ausgebrannt. Er hat alles verloren.«

»Was macht er denn sonst so?« fragte Carella.

»Wann haben Sie ihn denn zuletzt gesehen?«

»Vor drei Jahren im Sommer, hier in Hampstead.«

»Ach so. Na ja, er macht immer noch dasselbe. Damals war er am Hampstead Playhouse, nicht?«

»Ist er immer noch Schauspieler?« fragte Carella auf gut Glück und in der Hoffnung, daß Jack Rawles nicht etwa Regisseur oder Elektriker oder Bühnenmaler gewesen war.

»Ja, er ist immer noch Schauspieler«, sagte Marcia. »Das heißt, wenn er eine Rolle kriegt. Im Sommer geht's ja noch, aber im Winter ist es damit meist Essig. Jack ist immer pleite und klappert ständig die Theater ab. Geld hatte er eigentlich nur vor dem Sommer in Hampstead, und das hat er alles in die Miete für dieses Haus gesteckt, das er sich da genommen hatte. Zweitausend Mäuse hat er damals bekommen, für eine Fernsehwerbung, glaube ich. Ich habe ihm immer gesagt, er soll es in der Stadt versuchen. Was hat ein Schauspieler in Boston schon für Chancen?«

»Ich kann mich gar nicht erinnern, daß er von dem Feuer was erzählt hat«, meinte Carella.

»Wann, sagen Sie, haben Sie sich zuletzt gesprochen? Vor drei Jahren? Warten Sie mal, das Feuer war ja erst ...«

Carella wartete.

»Ja, vor zwei Jahren muß das gewesen sein, ungefähr um diese Zeit.«

»Ach so«, sagte Carella. »Wissen Sie, wann er Boston verlassen hat?«

»Das steht nicht auf dem Zettel. Muß aber nach dem zwanzigsten gewesen sein.«

»Wieso?«

»Weil *ich* am zwanzigsten nach London geflogen bin, und am gleichen Tag mußte Andy nach Kalifornien, und Jack war noch da. Elementar, mein lieber Watson.«

»Und wo steckt Andy jetzt?«

»Keinen Schimmer. Ich bin ja erst vor ein paar Minuten gekommen. Wenn Sie wissen wollen, wie's in einem Irrenhaus zugeht, brauchen Sie bloß mal während der Feiertage nach Heathrow zu kommen.«

»Sie wissen nicht zufällig, ob Jack noch in der Stadt ist, oder?«

»Tja, wenn er wieder zurück wäre, wüßte ich es«, sagte Marcia. »Er ist furchtbar schlampig. Wenn man die Zuckerdose aufmacht, findet man bestimmt seine schmutzigen Unterhosen darin.«

Carella kicherte. »Hat Jack immer noch diese typische kratzige Stimme?« fragte er dann.

»Und ob.«

»Der gute alte Reibeisen-Rawles?«

»Wie ein Reibeisen«, bestätigte die Stewardeß.

»Wo er in der Stadt wohnt, wissen Sie wohl nicht?«

»Nein, da bin ich überfragt«, sagte sie. »Die Stadt ist groß, Steve.«

»Ja«, sagte Carella. »Nicht so schlimm. Richten Sie ihm doch bitte aus, daß ich angerufen habe, ja? War nicht weiter wichtig. Ich wollte ihm nur ein gutes neues Jahr wünschen.«

»Wird gemacht«, sagte Marcia und legte auf.

Carella tat es ihr gleich. Er überlegte, ob er Hawes noch einmal anrufen und ihm von dem Gespräch berichten sollte, entschied sich dann aber dagegen. Wie er Hawes kannte, versuchte er es bereits bei der Polizei von Boston, auch nachdem er Rawles' Telefonnummer bekommen hatte. Außerdem lockte der Irish Coffee. Er klopfte an die Verbindungstür.

»Herein«, sagte Hillary.

Sie saß trübselig in einem Sessel; die beiden Gläser standen auf einem Beistelltisch vor ihr. Sei trug noch immer den Waschbärmantel.

»Alles in Ordnung?« fragte er.

»Ja, soweit ...«

Er nahm einen Schluck und leckte sich Schlagsahne von den Lippen. »Trinken Sie doch, es wird sonst kalt«, sagte er.

Sie griff nach dem zweiten Glas, trank aber nicht.
»Was ist denn?«
»Nichts.«
»Trinken Sie jetzt endlich.«
Sie nahm mit gesenkten Augen einen kleinen Schluck.
»Wollen Sie mir nicht sagen, was los ist?«
»Nein.«
»Dann eben nicht«, sagte er.
»Es ist nur ... ich schäme mich so.«
»Warum?«
»Weil ich umgekippt bin.«
»Es war schon ziemlich unheimlich«, meinte Carella und setzte sich auf die Bettkante.
»Ich habe *noch immer* Angst«, gestand Hillary.
»Ich auch.«
»Das glaube ich nicht.«
»Glauben Sie es ruhig.«
»Meine erste echte Erscheinung«, sagte sie, »und ich ...« Sie schüttelte den Kopf.
»Als ich zum erstenmal einem Mann gegenüberstand, der eine Waffe in der Hand hielt, bin ich blind geworden«, sagte Carella.
»Blind?«
»Vor Angst. Ich sah die Waffe in seiner Hand, und dann sah ich nichts mehr. Alles wurde ganz weiß.«
»Was ist passiert?« fragte Hillary.
»Er hat auf mich geschossen, und ich bin gestorben.«
Sie lächelte und nippte an ihrem Kaffee.«
»Nein, zum Glück bin ich nach drei Sekunden wieder zu mir gekommen. Sonst wäre es zu spät gewesen.«
»Haben Sie geschossen?«
»Ja.«
»Haben Sie ihn getötet?«
»Nein.«

»Haben Sie schon mal einen Menschen getötet?«

»Ja.«

»Und hat man auch schon auf Sie geschossen?«

»Ja.«

»Warum machen Sie das dann noch?«

»Was?«

»Die Arbeit bei der Polizei.«

»Ich arbeite gern bei der Polizei«, sagte er einfach und zuckte mit den Achseln.

»Ich weiß nicht, ob ich ...« Sie schüttelte erneut den Kopf und setzte die Tasse wieder ab.

»Was?«

»Das, was ich jetzt mache, nach diesem Abend noch weiter machen kann. Vielleicht sollte ich mich lieber nach einem Job als Verkäuferin umsehen.«

»Wahrscheinlich wären Sie keine besonders gute Verkäuferin.«

»Aber ich bin offenbar auch kein gutes Medium.«

»Unsinn. Sie machen Ihre Sache *sehr* gut«, sagte er.

»Klar, ich bin einfach ohnmächtig geworden.«

»Ich wäre Ihnen fast nicht die Treppe hinauf gefolgt.«

»Sicher doch.«

»Nein, es ist die Wahrheit. Ich wäre um ein Haar getürmt«, sagte Carella.

»Aber Sie sind bereit, sich mit Leuten auseinanderzusetzen, die eine Waffe in der Hand haben.«

»Eine Waffe ist eine Waffe. Aber ein Gespenst ...« Er hob die Schultern.

»Eigentlich bin ich doch froh, daß ich sie gesehen habe«, meinte Hillary.

»Ich auch.«

»Ich habe mir vor Angst in die Hosen gemacht, wissen Sie das?«

»Nein, das wußte ich nicht.«

»Wirklich.«

»Mir wäre es beinah ebenso gegangen.«

»Wir sind schon ein tolles Paar«, sagte sie und lächelte.

Es wurde sehr still im Raum.

»Sehe ich wirklich aus wie Ihre Frau?« fragte sie.

»Ja. Das wissen Sie doch.«

»Ich weiß überhaupt nichts mehr.«

Erneut Schweigen.

»Tja …« sagte Carella und stand auf.

»Nein, gehen Sie noch nicht«, sagte Hillary.

Er sah sie an.

»Bitte«, sagte sie.

»Na schön, noch ein paar Minuten.« Er setzte sich wieder auf die Bettkante.

»Ist Ihre Frau ein bißchen wie ich?« fragte Hillary. »Oder ist die Ähnlichkeit nur äußerlich?«

»Nur äußerlich.«

»Ist sie hübscher als ich?«

»Tja, wissen Sie … Sie sehen sich wirklich sehr ähnlich.«

»Ich fand immer, daß meine Schwester hübscher ist als ich«, meinte Hillary achselzuckend.

»Das findet sie auch.«

»Hat sie Ihnen das erzählt?«

»Ja.«

»Biest«, sagte Hillary, aber sie lächelte dabei. »Noch eine Runde?«

»Nein, ich glaube nicht. Wir haben morgen eine lange Fahrt vor uns und sollten sehen, daß wir noch ein bißchen Schlaf bekommen.«

»Ja, das sollten wir«, sagte Hillary.

»Also«, sagte er und stand wieder auf. »Ich lasse uns von der Rezeption wecken.«

»Gehen Sie noch nicht«, sagte sie. »Ich habe noch immer Angst.«

»Aber es wird spät«, sagte er. »Wir ...«

»Immer, wenn ich an die Gespenster denke, wird mir ganz kalt.«

»Hier haben Sie nichts zu befürchten«, sagte er. »Die Damen sind weit weg.«

»Bleiben Sie bei mir«, sagte sie.

Ihre Blicke trafen sich. Er sah ihr ins Gesicht.

»Schlafen Sie hier«, sagte sie. »Mit mir.«

»Hillary«, sagte er, »vielen Dank, aber ...«

»Halten Sie mich einfach nur fest«, sagte sie. »Die ganze Nacht lang.«

»Sie einfach nur festhalten?« sagte er und lächelte.

»Ach, was auch immer«, sagte sie und erwiderte das Lächeln. »Okay?«

»Nein«, sagte er. »Nicht okay.«

»Ich glaube, Sie würden gern bleiben«, sagte sie. Sie lächelte noch immer.

Er zögerte. »Ja, ich würde gern bleiben«, sagte er.

»Also, was ...?«

»Aber ich werde es nicht tun.«

»Wir sind hier gestrandet ...«

»Ja ...«

»Niemand braucht es je zu erfahren.«

»*Ich* würde es wissen.«

»Sie würden sich verzeihen«, sagte sie, und ihr Lächeln wurde breiter.

»Hillary, kommen Sie, hören wir auf damit, okay?«

»Nein«, sagte sie. »Nicht okay.«

»Schaun Sie, ich ... jetzt hören Sie aber wirklich auf.«

»Wissen Sie, wie meine Schwester so etwas machen würde?« fragte sie. »In dem Augenblick, in dem Sie hier hereinkommen, hätte sie Ihnen erzählt, daß sie ihr Höschen ausgewaschen hat und daß es jetzt über der Stange vom Duschvorhang im Badezimmer hängt. Sie würde ihnen sagen, daß sie kein Höschen unter dem Rock trägt. Würde Sie *das* interessieren?«

»Nur wenn ich Vertreter für Damenwäsche wäre«, sagte Carella, und zu seiner Überraschung und großen Erleichterung fing Hillary an zu lachen.

»Sie meinen es wirklich ernst, nicht wahr?« sagte sie.

»Ja, was kann man machen?« sagte Carella und zuckte mit den Achseln.

»Na schön, dann nicht.« Hillary stand auf, ließ den Mantel fallen, lachte noch ein bißchen. »Vertreter für Damenwäsche«, wiederholte sie und schüttelte den Kopf. »Dann also bis morgen früh.«

»Gute Nacht, Hillary.«

»Gute Nacht, Steve.« Mit einem kleinen Seufzer verschwand sie im Badezimmer.

Er sah einen Augenblick die geschlossene Badezimmertür an, dann ging er in sein Zimmer und schloß hinter sich ab.

Er träumte, daß die Verbindungstür zwischen den beiden Zimmern sich so geheimnisvoll öffnete, wie es die Türen im Loomis-Haus getan hatten. Er träumte, daß Hillary nackt in der Tür stand, daß sich die Rundungen ihres jungen Körpers einen Augenblick dunkel vor dem Licht in ihrem Zimmer abhoben. Daß sie die Tür schloß, einen Augenblick wartete, bis sich ihre Augen an die Dunkelheit gewöhnt hatten, lautlos an sein Bett trat und zu ihm unter die Decke schlüpfte. Ihre Hand fand ihn. »Es ist mir gleich, was du von mir denkst«, flüsterte sie in der Dunkelheit und suchte seinen Mund.

Als er morgens aufwachte, hatte es aufgehört zu schneien.

Er ging zu der Verbindungstür und drehte den Knauf. Die Tür war abgeschlossen.

Aber im Badezimmer hing ihr Parfüm, und ein langes

schwarzes Haar lag gekrümmt wie ein Fragezeichen in dem weißen Waschbecken.

Auch von diesem Erlebnis würde er Teddy nichts erzählen. Sieben Gespenster in einer Nacht – das war entschieden zu viel.

11. Kapitel

Die Aktion Leihhaus lief am 27. Dezember an. Vorangegangen war eine gemeinsame Beratung, die am Morgen dieses Tages im Büro von Lieutenant Byrnes stattfand. Der Lieutenant saß in einer blauen Strickjacke – ein Weihnachtsgeschenk seiner Frau Harriet – über weißem Oberhemd mit blauer Krawatte hinter seinem Schreibtisch, auf dem sich Aktenberge häuften. Er hatte Carella und Hawes eine Viertelstunde genehmigt. Als Carella anfing, sah er auf die Uhr.

»Sieht aus, als ob dieser Jack Rawles unser Mann ist«, sagte Carella. »Er ist an dem Tag vor den Morden von Boston gekommen, und als ich gestern anrief, war er noch nicht wieder zurück.«

»Warum hast du angerufen?« wollte Byrnes wissen.

»Weil er vor drei Jahren im Sommer das Haus gemietet hatte, über das Craig geschrieben hat.«

»Na und?«

»Es sollen Gespenster in dem Haus sein«, sagte Carella und traute sich nicht hinzuzusetzen, daß er diese Gespenster mit eigenen Augen *gesehen* hatte.

»Und was hat das nun mit dem Fischpreis zu tun?« fragte Byrnes. Es war sein Lieblingsspruch, wenn er fand, daß seine Mitarbeiter Unsinn redeten.

»Meiner Meinung nach besteht da ein Zusammenhang«, sagte Carella.

»Was für einer?« fragte Byrnes.

»Es gibt da in Hampstead eine Frau, die sagt, daß sie einen Teil von Craigs Buch nach einem Band getippt hat, und dieses Band ist möglicherweise von Rawles besprochen worden.«

»Wie kommst du darauf?«

»Beweisen kann ich es nicht. Aber die Freundin des Jungen, bei dem er jetzt wohnt, hat bestätigt, daß Jack Rawles eine kratzige Stimme hat. Die Stimme auf dem Band soll ebenfalls kratzig gewesen sein.«

»Weiter«, sagte Byrnes mit einem zweiten Blick auf die Uhr.

»Na schön. Ein Mann, der so aussieht, wie Rawles geschildert wird, hat zweimal versucht, Schmuckstücke, die am Tag des Mordes aus der Craigschen Wohnung gestohlen wurden, zu versetzen.«

»Zuerst in einer Pfandleihe Ecke Ainsley und Third«, sagte Hawes, »und dann Culver Ecke Eighth. Wir tippen darauf, daß er sich irgendwo in unserem Bezirk eingenistet hat und versuchen wird, die Sore in einem Leihhaus in der Nähe loszuwerden.«

»Wie viele Pfandleiher gibt es im Revier?« fragte Byrnes.

»Siebzehn, die uns regelmäßig Meldung machen.«

»Ausgeschlossen«, sagte Byrnes sofort.

»Wir wollen ja nicht alle überwachen lassen.«

»Wie viele also?«

»Acht.«

»Welche?«

»Ein Rechteck von zehn Häuserblocks, rechts und links von der Grover und der First.«

»Acht Läden. Mit anderen Worten: Sechzehn Leute.«

»Ja, sechzehn«, sagte Carella.

»Habt ihr die Hotels und Motels nach einem Jack Rawles durchkämmt?«

»Ja. Alle im Revier. Da ist er nicht.«

»Und was ist mit denen außerhalb des Bezirks?«

»Genero hat sich schon drangesetzt. Es ist eine lange Liste, Pete. Außerdem glauben wir, daß er hier steckt. Sonst hätte er sich inzwischen schon an andere Pfandleiher gewandt.«

»Und wo wohnt er inzwischen? Zur Untermiete?«

»Möglich. Oder bei einem Freund.«

»Sechzehn Mann«, wiederholte Byrnes kopfschüttelnd. »Von den Detectives kann ich keinen entbehren. Ich müßte Frick bitten, mir mit Streifenpolizisten auszuhelfen.«

»Würdest du das tun?«

»Vierzehn würde ich brauchen«, überlegte Byrnes.

»Sechzehn«, verbesserte Carella.

»Vierzehn, wenn man dich und Hawes dazurechnet.«

»Ach so, klar.«

»Lieber wär's mir, wenn ich nur zehn zu verlangen brauchte. Er ist sehr komisch, wenn er seine Leute für Sondereinsätze einteilen soll.«

»Wenn's sein muß, schaffen wir es auch mit zehn«, sagte Carella.

»Ich werde ihn um ein rundes Dutzend bitten«, sagte Byrnes. »Dann bietet er mir acht, und wir können uns auf zehn einigen.«

»Gut«, sagte Carella. »Wir machen eine Liste der Leihhäuser, die in Frage kommen.«

»Bei den beiden, in denen er schon einmal war, wird er's nicht noch einmal versuchen«, vermutete Byrnes. »Ich rufe den Captain an, tippt ihr inzwischen eure Liste. Wann soll es losgehen?«

»Sofort.«

»Na schön, ich spreche mit ihm.«

Die Aktion begann am gleichen Vormittag um zehn, kurz nach dem Einsetzen des Regens. Das Winterwetter lief in dieser Stadt stets nach einem bestimmten Muster ab. Zuerst schneite es. Dann kam der Regen. Dann wurde es bitter kalt, so daß sich Straßen und Gehsteige in Eisbahnen verwandelten. Dann schneite es wieder. Und danach fing es meist wieder an zu regnen. Und zu frieren. Es hatte was mit dem Frontensystem zu tun und war äußerst lästig. In der warmen Hinterstube von Silversteins Pfandleihe Ecke Stem und North Fifth ließen sich Carella und Hawes ausgiebig über das Wetter aus und tranken Kaffee aus durchweichten Pappbechern. An ähnlichen Orten in anderen Ecken des Bezirks warteten Uniformierte auf das Erscheinen eines Mannes, auf den die Beschreibung von Jack Rawles zutraf und der große Stücke aus der Craigschen Beute loszuschlagen versuchte.

»Du, Steve, ich muß dir was sagen«, fing Hawes plötzlich an.

»Nämlich?«

»Ich war gestern abend mit Denise Scott zum Essen.«

»Na und?«

»Tja ... sie war nämlich in meiner Wohnung, als ich mit dir telefoniert habe.«

»Ach?« sagte Carella.

»Eigentlich lag sie sogar in meinem Bett.«

»Oh«, sagte Carella.

»Ich erzähl dir das nur, weil sie, wenn wir den Kerl erwischen, eine wichtige Zeugin ist. Hoffentlich macht das die Sache nicht ...«

»*Falls* wir ihn erwischen.«

»Den erwischen wir schon.«

»Und *falls* er tatsächlich unser Mann ist.«

»Der ist unser Mann«, erklärte Hawes. »Es sieht doch ganz danach aus, meinst du nicht?«

»Das hoffe ich zumindest«, sagte Carella.

»Weshalb hat er es wohl getan?« fragte Hawes.

»Ich bin mir nicht sicher. Aber ich glaube …« Carella zögerte. Dann sagte er: »Weil Craig ihm seine Gespenster gestohlen hat.«

»Bitte?« fragte Hawes.

Adolf Hitler muß sich als einen Held gesehen haben, Richard Nixon sah sich vermutlich noch Jahre nach seiner Abdankung als Held. Jeder Mensch auf dieser schönen Erde ist der Held eines persönlichen Lebensdramas. Es war daher verständlich, daß Carella sich als Held in jenem Stück betrachtete, das am 21. Dezember mit dem Mord an Gregory Craig begonnen hatte. Nicht eine Sekunde lang wäre er auf den Gedanken gekommen, daß Hawes diese Rolle für *sich* in Anspruch nehmen könnte. Hawes war sein Partner. Helden haben manchmal Partner, aber die sind nur dazu da, »Kemo sabe« zu sagen. Aber aus der Sicht von Hawes war er, Hawes, der Held, und Carella der Partner. Beide ahnten nicht, daß die Verhaftung, die zur Lösung des Falles führen sollte, wieder ein anderer Held vornehmen würde.

Takashi Fujiwara war Streifenpolizist im Siebenundachtzigsten Revier und dreiundzwanzig Jahre alt. Seine Kollegen nannten ihn »Tack«. Wie jedermann hielt er sich für einen Helden, um so mehr an diesem Abend des 29. Dezember, als die Überwachung schon zwei Tage lief und der Schnee wieder zu Regen geworden war. Fujiwara war der festen Überzeugung, daß kein vernünftiger Mensch bei Regen Streife gehen dürfte. Er neigte sogar zu der Ansicht, daß es – Regen oder nicht – besser wäre, das Streifegehen vollständig abzuschaffen. Weshalb machte man das nicht generell mit Funkwagen? Fußstreifen dienen der Abschreckung, so hieß es so schön. Abschreckung? Hat sich was … Fujiwara ging jetzt seit zwei Jahren Streife und konnte nicht feststellen, daß die Kriminalität in dieser Zeit merklich abgenommen hatte. Er wußte nicht, daß er an diesem naßkalten Regenfreitag zwei Minuten nach fünf nicht nur aus eigener Sicht, sondern auch in den Augen seiner Vorgesetzten zum Helden und Detective geworden sein. Er wußte nicht, daß er, noch bevor das neue Jahr eine Woche alt war, zum Detective Third Grade befördert worden sein und damit zu den Kollegen gehören würde, denen die zweifelhafte Ehre zuteil wurde, ihre Arbeit im oberen Stockwerk der Polizeistation versehen zu dürfen. Er wußte nur, daß er naß bis auf die Haut war.

Fujiwaras Eltern waren in den USA geboren. Er war der jüngste von vier Söhnen und der einzige, der zur Polizei gegangen war. Sein ältester Bruder war Anwalt in San Francisco, die anderen beiden betrieben ein japanisches Restaurant in der Larimore Street. Fujiwara verabscheute japanisches Essen und drückte sich daher nach Möglichkeit um Besuche bei seinen Brüdern. Seine Mutter, die es an der Zeit fand, daß er seine Ader für die japanische Nationalküche entdeckte, brachte unbeirrt *sashimi* auf den Tisch, während er sie ebenso unbeirrt – mit einem Kuß auf die Wange –, um ein schönes Steak bat.

Es war das Pech seiner Mutter, daß sie eine Einladung ihrer Großmutter in Tokio akzeptierte, als sie noch nicht mal im Traum an Fujiware und seine drei Brüder dachte, weil sie gerade erst sechzehn Jahre alt war. Reiko Komagome – so lautete ihr Mädchenname – ging zu dieser Zeit auf eine Privatschule im San Fernando Valley; ihre Eltern waren ziemlich wohlhabende Einwanderer aus Japan, denen ein sehr gut gehendes Seidengeschäft mit Stammsitz in Tokio und amerikanischer Hauptvertretung in Los Angeles gehörte. Reikos Schulferien fingen in diesem Jahr am 21. November an und dauerten bis zum 1. Dezember. Doch da ihr Geburtstag auf den 10. November fiel, einen Montag, und eine Reise nach Japan ja schließlich einen gewissen erzieherischen Wert hatte und eine kulturelle Erfahrung sein konnte, gelang es ihrer Mutter, die Schulleitung davon zu überzeugen, sie schon eine Woche vor Ferienbeginn vom Unterricht zu befreien – vorausgesetzt, sie würde fleißig die ihr aufgetragenen Hausaufgaben machen, solange sie im fernen Osten weilte. Reiko brach am 9. November nach Japan auf. Doch gegen Ende ihres dortigen Aufenthaltes zog sie sich eine schwere fiebrige Erkältung zu, und ihre Großmutter wollte sie noch nicht auf die lange Rückreise in die USA schicken. Sie rief in Los Angeles an, und Reikos Mutter erlaubte ihr, sie wenigstens so lange in Tokio zu behalten, bis das Fieber sich gelegt hatte.

Es war das Jahr 1941.

Als Reikos Temperatur am 7. Dezember wieder normal war und sie ihre Taschen gepackt hatte, bombardierten die Japaner Pearl Harbor. Sie kehrte erst im Sommer 1946 nach Los Angeles zurück, als sie einundzwanzig Jahre alt war. Im darauffolgenden Jahr heiratete sie einen Mann, der sie in die Geheimnisse des Jadehandels und des Sex einführte (Reiko stellte erfreut fest, daß die japanischen Drucke in dieser Hinsicht nicht logen) und sie nacheinander mit vier stattlichen Söhnen schwängerte, von denen der jüngste Tack Fujiwara war.

Daß Fujiwara zum Helden und bald darauf zum Detective Third Grade wurde, war purer Zufall. Um Viertel vor fünf hatte er seinen Kollegen abgelöst und ging etwa drei Blocks vom Revier entfernt durch ein besonders trostloses Stück der Culver Street, die hier mit düsteren Wohnblocks, ein paar Imbißstuben, einem Billardsalon, einem Kreditbüro und einer Pfandleihe, einer Kneipe und einem Laden mit zweifelhafter Reizwäsche bestückt war. Da die meisten Geschäfte bis sechs oder sieben geöffnet waren, brauchte er vorerst noch nicht an den Türen zu rütteln. Eine der Imbißstuben hatte bis elf auf, die anderen beiden schlossen um Mitternacht. Der Billardsalon machte meist erst zwischen zwei und drei Uhr morgens dicht, das hing von der Zahl der Kunden ab. Fujiwara hatte kurz mit dem Sergeant gesprochen, der den Funkwagen Adam Sechs fuhr und der ihn bat, ihm Bescheid zu sagen, falls er eine neue blaue Mercury-Limousine sichtete, die am Nachmittag als gestohlen gemeldet worden war. Er sollte nur nicht absaufen da draußen im Regen, hatte der Sergeant ihm noch mit auf den Weg gegeben.

Um zehn Minuten vor fünf betrat er kurz den Billardsalon, um nachzusehen, ob sich die Kunden auch nicht die Schädel mit Billardqueues einschlugen. Vier Minuten vor fünf ging er ein Haus weiter, in die benachbarte Imbißstube, lehnte die angebotene Tasse Kaffee ab und sagte, er würde im Lauf des Abends noch einmal vorbeischauen. Zwei Minuten nach fünf ging er an Martin Levys Pfandleihe vorbei und bekam seine Chance, den Helden zu spielen. Die Ladentür war schon abgeschlossen, aber in den Geschäftsräumen brannte noch Licht, was nicht ungewöhnlich war, denn Mr. Levy hatte meist noch eine halbe Stunde im Geschäft zu tun, ehe er ging. Fujiwara warf nicht einmal einen Blick in den Laden; er drehte erst den Kopf, als er die Ladenglocke bimmeln hörte und ein barhäuptiger Mann mit dunklen Haaren und mit einem Schmuckstück in der Hand, bei dem es sich um eine Diamanthalskette zu handeln schien, auf die Straße stürzte.

Daß es sich dabei um Hillary Scotts Halskette aus achtzehnkarätigem Gold mit Diamanten – Wert 16.500 Dollar – handelte, war Fujiwara in diesem Augenblick ebensowenig bekannt wie die Tatsache, daß Levy nicht in Carellas

Liste aufgenommen worden war, weil man mit nur zwölf Mann acht Pfandleihen nicht ausreichend besetzen kann. Fujiwara wußte nicht einmal, daß eine solche Aktion in verschiedenen Pfandleihen des Bezirks angelaufen war; solche Informationen wurden nur selten an die Streifenpolizisten weitergegeben, damit sie sich nicht auffällig benahmen und die ganze Operation platzen ließen. Fujiwara war nichts weiter als ein armer nasser Polizist auf Streife, der etwas beobachtete, was sehr nach einem Einbruch roch. In diesem Augenblick steckte sich der Mann hastig die Halskette in die Manteltasche, und damit bestand an dem Sachverhalt für Fujiwara kein Zweifel mehr. Er zog seine Pistole und rief: »Polizei! Halt, oder ich schieße!« Der Mann warf ihn zu Boden, trampelte über ihn hinweg wie eine ganze Büffelherde und steuerte die nächste Kreuzung an.

Fujiwara rollte sich auf den Bauch, hielt die Waffe mit beiden Händen fest, stützte sich auf den Ellbogen ab, wie man es ihm auf der Polizeischule beigebracht hatte, zielte auf die Beine des Flüchtenden und drückte zweimal ab. Die Schüsse gingen fehl. Fujiwara fluchte leise vor sich hin, als er den Mann um die Ecke biegen sah, dann sprang er auf und machte sich, die Waffe in der Rechten, an die Verfolgung. Mit seinem flatternden schwarzen Umhang sah er aus wie eine große Fledermaus, die durch den Regen streicht. Er bog um die Ecke – und stand dem Flüchtigen Auge in Auge gegenüber. In der rechten Hand hielt der Mann einen Gegenstand, der wie ein Brotmesser aussah.

Fujiwara, der ja nicht wußte, daß der Mann unter dreifachem Mordverdacht stand, sondern der Meinung war, er habe lediglich ein Schmuckstück aus Mr. Levys Pfandleihe mitgehen lassen, riß überrascht und ungläubig die Augen auf. Bei einem Verbrecher, den man auf frischer Tat ertappt, ist man auf eine Attacke gefaßt. Aber der Bursche da hatte es doch schon beinahe geschafft; wozu wollte der sich jetzt noch mit einem Polizisten anlegen? *Du Vollidiot, ich bin* Polizist*!* dachte Fujiwara und trat instinktiv zur Seite, um dem Messer auszuweichen. Die Messerspitze drang in den Umhang ein, verfehlte den Körper um zwei Zentimeter und verfing sich in dem gummibeschichteten Gewebe. Diesmal machte sich Fujiwara nicht die Mühe, auf die Beine zu zielen. Er drückte ab und traf ihn. Zwar nicht in die Brust, aber in die Schulter, doch das reichte allemal. Der Mann taumelte zurück, das Messer fiel ihm aus der Hand und landete scheppernd auf dem nassen Gehsteig. Wieder wandte er sich zur Flucht. Da sagte Fujiwara so leise, daß es fast klang wie das Rauschen des Regens: »Sie sind schon tot, Mister.« Der Mann blieb stehen und nickte, und dann fing er zu Fujiwaras großem Erstaunen plötzlich an zu weinen.

Das offizielle Verhör von Jack Rawles fand am Silvesterabend um 20 Uhr 20 in dessen Krankenhauszimmer statt. Anwesend waren Lieutenant Peter Byrnes, Detective Stephen Louis Carella, Detective Cotton Hawes und ein Angehöriger der Staatsanwaltschaft namens David Saperstein. Ein Polizeistenograph führte Protokoll. Saperstein stellte die Fragen, Rawles lieferte die Antworten.

F: Mr. Rawles, können Sie uns sagen, wann und wie Sie in den Besitz der Halskette gekommen sind, die Sie am 29. Dezember zu versetzen versuchten?

A: Ich habe sie genommen, weil sie mir zustand.

F: Wann war das, Mr. Rawles?

A: Das habe ich den Polizisten schon gesagt.

F: Ja, aber hier handelt es sich um ein offizielles Protokoll, und ich wäre Ihnen dankbar, wenn Sie Ihre Aussage noch einmal wiederholen würden.

A: Am 21. Dezember.

F: Wie kam die Halskette an diesem Tag in Ihren Besitz?
A: Ich habe sie aus Gregory Craigs Wohnung mitgenommen.
F: Haben Sie noch andere Sachen gestohlen, die …
A: Ich habe sie nicht *gestohlen.* Ich habe sie mitgenommen, weil Craig mir Geld schuldete.
F: Wieviel Geld schuldete er Ihnen?
A: Die Hälfte der Einnahmen aus den *Tödlichen Schatten.*
F: Tödliche Schatten, sagen Sie?
A: Ja.
F: Tödliche Schatten? Entschuldigen Sie, aber was …
A: Wollen Sie mich auf den Arm nehmen?
F: Nein. Was meinen Sie mit tödlichen Schatten?
A: Es ist ein Buch. Gregory Craig war Schriftsteller.
F: Ich verstehe. Und Sie haben die Halskette aus seiner Wohnung mitgenommen, weil er Ihnen Ihrer Meinung nach fünfzig Prozent …
A: Die waren mir vertraglich zugesichert.
F: Sie hatten einen Vertrag mit Mr. Craig?
A: Jawohl. Fünfzig Prozent der Einnahmen aus dem Buch. Schwarz auf weiß, und von uns beiden unterschrieben.
F: Ich verstehe. Und wo ist dieser Vertrag jetzt?
A: Das weiß ich nicht. Deshalb war ich ja bei ihm. Weil ich eine Kopie haben wollte.
F: Wir sprechen jetzt vom 21. Dezember, nicht wahr?
A: Jawohl.
F: An diesem Tag besuchten Sie Mr. Craig, um sich eine Kopie des Vertrages geben zu lassen.
A: Ja. Meine Kopie ist verbrannt. Ich habe in Boston in der Commonwealth Avenue gewohnt, und die Wohnung ist abgebrannt, mit allem, was darin war.
F: Wenn ich das recht verstehe, gab es also nach dem Feuer in Ihrer Wohnung nur noch Mr. Craigs Exemplar des bewußten Vertrages?

A: Ja. Deshalb war ich bei ihm. Ich wollte versuchen, den Vertrag zu bekommen.
F: Um welche Zeit trafen Sie dort ein, Mr. Rawles?
A: So gegen fünf.
F: Wir sprechen jetzt von der Jackson Avenue 781, nicht wahr?
A: Ja, Craigs Wohnung.
F: In der Sie am einundzwanzigsten Dezember gegen siebzehn Uhr eintrafen?
A: Ja.
F: Was haben Sie gemacht, als Sie dort eintrafen?
A: Ich habe dem Wachmann gesagt, ich sei Daniel Corbett. Ich wußte, daß Corbett das Buch lektoriert hatte. Ich hatte einen Artikel darüber in *People* gelesen.
F: Warum haben Sie einen falschen Namen benutzt?
A: Weil ich wußte, daß Craig mich sonst nicht zu sich lassen würde. Ich hatte ihm Briefe geschrieben, ich hatte versucht, ihn anzurufen. Die Briefe hat er nicht beantwortet, und wenn ich anrief, hat er einfach wieder aufgelegt. Und dann hat er seine Telefonnummer ändern lassen. Deshalb bin ich hergekommen. Weil ich persönlich mit ihm sprechen wollte. Um meinen Anteil zu fordern.
F: Was geschah, als Sie zu ihm hinaufkamen?
A: Ich klingelte, und Craig sah durch das Guckloch. Ich habe ihm gesagt, daß ich ihm keinen Ärger machen, nur mit ihm reden will.
F: Hat er aufgemacht?
A: Ja, aber nur, weil ich gesagt habe, daß ich sonst zum Staatsanwalt gehe.
F: Wir sprechen jetzt von der Wohnung 304, nicht wahr?
A: Ja, ich glaub schon. Ich weiß nicht mehr, welche Wohnung es war. Der Wachmann hat es mir gesagt, und ich

fuhr rauf, aber an die Nummer erinnere ich mich nicht mehr.

F: Was geschah, nachdem Sie die Wohnung betreten hatten?

A: Wir haben uns hingesetzt und miteinander geredet.

F: Worüber?

A: Über das Geld, das er mir schuldete; er wußte, daß es bei mir gebrannt hatte. Dumm, wie ich war, hatte ich ihm hinterher geschrieben und um eine Kopie des Vertrages gebeten.

F: Sie sprachen über das Geld.

A: Ja. Nach meinen Berechnungen schuldete er mir so etwa achthunderttausend Dollar. Ich sollte ja von allem die Hälfte bekommen. Allein die Tantiemen für die Hardcover-Ausgabe beliefen sich auf etwa vierhunderttausend Dollar. Die Taschenbuchrechte sind für eineinhalb Millionen vergeben worden, und davon hat der Autor 750 000 Dollar bekommen. Zehn Prozent der Filmeinnahmen hat der Verlag eingesackt, aber Craig blieben davon immer noch 450 000. Wenn man das alles zusammenrechnet, kommt man auf eins Komma sechs Millionen, und die Hälfte davon ist 800 000, aber ich habe von ihm nicht einen einzigen Cent zu sehen gekriegt.

F: Haben Sie das Geld von ihm verlangt?

A: Wann?

F: Als Sie am 21. Dezember bei ihm waren.

A: Klar habe ich das Geld von ihm verlangt. Deshalb war ich ja da. Um ihm zu sagen, daß ich zur Staatsanwaltschaft gehen würde, wenn er nicht alles bis auf den letzten Cent rausrückt.

F: Und wie hat er reagiert?

A: Er hat gesagt, ich sollte mich setzen, und wir würden die Sache ganz locker bereden. Dann hat er mich gefragt, ob ich was trinken will.

F: Haben Sie sich einen Drink geben lassen?

A: Ja.

F: Hat *er* auch etwas getrunken?

A: Ja, zwei oder drei Gläser.

F: Und Sie?

A: Auch so viel. Zwei oder drei.

F: Und wie ging es dann weiter?

A: Er hat gesagt, ich könnte ruhig zur Staatsanwaltschaft gehen, aber nützen würde mir das nichts. Meine Vertragskopie sei verbrannt, seine hätte er vernichtet, es gäbe also jetzt keine Unterlagen mehr über unsere Abmachung. Ich könnte auch zu seinem Verlag gehen, meinte er, aber die würden mich nur auslachen.

F: Warum sind Sie nicht schon vorher zu seinem Verlag gegangen?

A: Weil ich wußte, wie recht er hatte. Der Vertrag war weg, die Bänder hatte ich auch nicht mehr ... Die hätten mir nie geglaubt.

F: Was waren das für Bänder?

A: Ich habe alles auf Band gesprochen, was ich in dem Haus in Hampstead erlebt habe. Wir sind zufällig darauf gekommen, als wir miteinander an der Bar saßen. Er hat sich sofort dafür interessiert und hat gesagt, daß er Schriftsteller ist, und dann hat er mich gefragt, ob ich das alles für ihn auf Band sprechen will. Wir haben die Aufnahmen in dem Haus gemacht, das er für den Sommer gemietet hatte. Fifty-fifty, hat er gesagt, er würde einen Verlag für das Buch suchen und mir die Hälfte von den Einnahmen abgeben. Aber ich wollte meinen Namen auf dem Buch sehen. Ich habe mir ausgerechnet, daß das günstig für mich wäre. Ich bin Schauspieler. Wenn die Leute meinen Namen auf dem Buchdeckel lesen, habe ich mir gesagt, geben sie mir vielleicht auch mal eine Rolle.

F: War er damit einverstanden, daß auch Ihr Name auf dem Buch erschien?

A: Nein. Er sagte, als Gemeinschaftswerk würde er es nie unterbringen können. Also habe ich mich breitschlagen lassen und mich mit den fünfzig Prozent abgefunden.

F: Und das stand auch in dem Vertrag?

A: Ja, schwarz auf weiß. Er hat den Vertrag selbst getippt, wir haben beide unterschrieben. Eine einfache Vereinbarung, aber rechtskräftig.

F: Haben Sie den Vertrag von einem Anwalt überprüfen lassen?

A: Nein, einen Anwalt konnte ich mir nicht leisten. Ich bin Schauspieler.

F: Na schön, Mr. Rawles. Am Abend des 21. Dezember sagte Mr. Craig Ihnen also, während Sie miteinander getrunken haben …

A: Ja.

F: Sagte er Ihnen, es würde Ihnen nichts nützen, zum Staatsanwalt zu gehen.

A: Ja, so war es.

F: Was geschah dann?

A: Ich habe ein Messer herausgeholt.

F: Was für ein Messer?

A: Na, ein Messer.

F: Ja, aber *was* für eins?

A: Ich hatte es in der Aktentasche, ich hatte es aus Boston mitgebracht.

F: Warum?

A: Für alle Fälle.

F: Was meinen Sie damit?

A: Ich hab' gedacht, es könnte vielleicht nicht schaden, ihm ein bißchen Angst einzujagen. Er hatte meine Briefe nicht beantwortet und legte auf, wenn ich anrief. Ich dachte mir, ich jage ihm solche Angst ein, daß er mir meinen Anteil vom Geld gibt.

F: Und deshalb haben Sie das Messer aus der Aktentasche geholt? Um ihm Angst zu machen?

A: Ja.

F: Und was geschah dann?

A: Ich drängte ihn ins Schlafzimmer.

F: Und dann?

A: Er hat versucht, mir das Messer abzunehmen.

F: Weiter.

A: Und da habe ich zugestochen.

F: Sie haben ihn umgebracht, weil er versuchte …

A: Nein, er war nicht tot. Ich habe ihn herumgerollt und ihm mit einem Drahtbügel die Hände auf dem Rücken gefesselt. Dann habe ich die Wohnung durchsucht. Daß er seine Vertragskopie vernichtet hatte, das hab' ich ihm ja abgenommen, aber ich habe gedacht, daß er vielleicht die Bänder noch irgendwo in der Wohnung versteckt hat. Die Bänder mit meiner Stimme, auf der ich die Geschichten erzähle. Das wäre ein Beweis gewesen. Also habe ich nach den Bändern gesucht.

F: Haben Sie sie gefunden?

A: Nein.

F: Was haben Sie dann gemacht?

A: Ich habe auf ihn eingestochen.

F: Warum?

A: Weil ich wütend war. Er hatte mir meine Geschichte gestohlen und hatte mir nichts dafür gezahlt.

F: War er tot, als Sie die Wohnung verließen?

A: Das weiß ich nicht. In der Zeitung stand später, daß er tot war.

F: Nach dem Untersuchungsbericht der Gerichtsmedizin hatte er neunzehn Stichwunden.

A: Ich weiß nicht, wie oft ich zugestochen habe. Ich war wütend.

F: Aber Sie wußten nicht, ob er tot war. Sie haben neunzehn Mal auf ihn eingestochen …

A: Ich habe Ihnen doch gesagt, ich weiß nicht, wie oft.

F: … und wußten trotzdem nicht, ob er tot war?

A: Genau, das wußte ich nicht.

F: Was taten Sie dann?

A: Ich habe alles mitgenommen, was ich finden konnte. Als Teilzahlung sozusagen. Dann habe ich die Gläser abgespült, aus denen wir getrunken hatten, und bin gegangen.

F: Warum haben Sie die Gläser abgewaschen?

A: Wegen der Fingerabdrücke natürlich. Die muß man wegmachen. Das weiß doch jeder.

F: Was geschah, als Sie die Wohnung verließen?

A: Eine Frau sah mich. Durch die Halle war ich ohne Schwierigkeiten gekommen, aber auf der Straße hat mich eine Frau gesehen. Ich hatte Blut an meinen Sachen, und ich lief aus dem Haus, und sie hat mich so komisch angesehen. Ich hatte das Messer unter dem Mantel. Ich … ich hab es einfach herausgenommen und zugestochen.

F: War das Marian Esposito?

A: Damals hab' ich nicht gewußt, wer sie war.

F: Wann haben Sie das erfahren?

A: Es stand in der Zeitung. Da habe ich mir gedacht, daß sie es sein mußte.

F: Mr. Rawles, haben Sie Daniel Corbett umgebracht?

A: Ja.

F: Warum?

A: Weil ich danach … als ich so darüber nachdachte … Ja, also, ich wußte, daß Corbett sein Lektor war, und ich hatte dem Wachmann seinen Namen genannt, und da habe ich mir eben gedacht, vielleicht hat dieser Corbett irgendwann mal die Bänder gehört, vielleicht weiß er, daß es eigentlich meine Geschichte ist. Und wenn das so ist, erzählte er vielleicht der Polizei, daß es da einen gewissen Jack Rawles gibt, der etwas gegen Craig hat, und dann fahnden sie nach mir, und da bin ich zu ihm hingegangen.

F: Mit der Absicht, ihn umzubringen?

A: Ja, also … ich wollte nur sichergehen.

F: Sichergehen?

A: Daß er niemandem was von der Verbindung zwischen Craig und mir erzählt. Erst habe ich ihn gar nicht gefunden. Er steht nicht im Telefonbuch, und ich wußte nicht, wo er wohnt. Und dann bin ich zum Verlag gegangen und habe gewartet, bis er abends kam.

F: Woher wußten Sie, wie er aussieht?

A: In People war ein Foto von ihm und Craig. Ich bin ihm nachgegangen, und dann … dann hab' ich ihn wohl umgebracht.

F: Und Sie haben auch versucht, Denise Scott zu töten?

A: Ich kenne keine Denise Scott.

F: Hillary Scott?

A: Ja, die kenne ich.

F: Sie haben versucht, sie zu töten?

A: Ja.

F: Warum?

A: Aus dem gleichen Grund. Ich habe gedacht, daß Craig vielleicht mit ihr über mich gesprochen hat. Ich wußte, daß sie zusammenlebten, manchmal war sie am Telefon, wenn ich anrief. An dem Tag, nachdem ich Craig umgebracht hatte, bin ich ihr nachgegangen. Sie war mit diesen beiden Polizisten da, ich sah, wie sie zusammen aus der Wohnung kamen. Sie hatte noch eine Wohnung in Stewart City, der Name Scott stand auf dem

Briefkasten. Ich habe gedacht, daß sie mir vielleicht gefährlich werden könnte. Ich wollte nicht, daß jemand was über mich weiß. Da war noch jemand, der …

F: Ja?

A: Nein, nichts.

F: Was wollten Sie sagen?

A: Nur, daß noch jemand Bescheid wußte.

F: Wer?

A: Stephanie Craig, seine geschiedene Frau.

F: Worüber wußte sie Bescheid?

A: Über die Bänder. Sie hat mal die Bänder gehört. Wir haben in seinem Wohnzimmer gesessen und sie abgespielt, und da ist sie dazugekommen. Das Tonband lief, sie hat die Bänder gehört.

F: Warum kam sie?

A: Sie ist immer mal wieder vorbeigekommen, sie hing wohl noch sehr an ihm.

F: Und sie hörte die Bänder?

A: Ja. Aber um sie brauchte ich mir keine Sorgen zu machen, sie ist nämlich noch in dem Sommer vor drei Jahren ertrunken.

Auf dem Weg vom Buena Vista Hospital zum Mercy General, in dem Meyer Meyer sich langsam von seinen Schußverletzungen erholte, ging Carella Jack Rawles' Aussage nicht aus dem Kopf. Immer wieder staunte er über die Vielfalt der Mordmotive. Einmal abgesehen von dem Mord an Marian Esposito – bei dem es sich um einen Begleitfall handelte, wie er es von Anfang an vermutet hatte – waren die Motive für die Morde an Gregory Craig und Daniel Corbett kompliziert und widersprüchlich. Rawles war zu Craig gegangen, weil er durch eine Geldzahlung für seinen Beitrag zu einem phänomenalen Bestseller anerkannt werden wollte. Er hatte Craig getötet, weil der ihm diese Anerkennung versagt hatte. Und dann hatte er Corbett umgebracht und Hillary umzubringen versucht, weil er Angst hatte, von ihnen erkannt zu werden. Der Wunsch nach Anerkennung und die Angst vor dem Erkanntwerden – beides war untrennbar miteinander verbunden und führte zum dreifachen Mord. In der Aussage waren ein paar Unstimmigkeiten, aber die gab es in jeder Aussage. Sie würden Rawles nicht vor der Verurteilung retten. Die Fakten standen dank Sapersteins geschicktem Verhör fest. Der Staatsanwalt würde kaum Schwierigkeiten haben, die Geschworenen davon zu überzeugen, daß Jack Rawles während der Feiertage in der Tat drei Menschen ermordet und einen weiteren Mordversuch auf dem Gewissen hatte. Aber während er den Wagen auf dem Parkplatz vor dem Mercy General abstellte und mit dem Aufzug zu Meyers Zimmer im sechsten Stock hinauffuhr, dachte Carella an jene seltsame Zusammenarbeit vor drei Jahren und überlegte, wie Craig wohl Rawles dazu gebracht hatte, auf die einzige wahre Anerkennung zu verzichten, die Nennung seines Namens auf dem Buchrücken. In mancher Hinsicht war Rawles wirklich ein Gespenst, wie Hillary behauptet hatte: Ghostwriter, Geisterschreiber, so nannte man so etwas in der Welt der Literatur. An dem Tag, an dem er seine Erlebnisse auf Band gesprochen hatte, war das Buch praktisch schon fix und fertig. Und das eine, was ihn aus seiner körperlosen Existenz hätte befreien können, die namentliche Anerkennung seines Anteils an dem Werk, war ihm versagt geblieben.

Carella mußt auch an Stephanie Craigs Badeunfall denken. Sie hatte Rawles' Stimme auf den Bändern gehört, sie wußte, daß Craig ein Buch schrieb, und wenn man einer gewissen, mit übersinnlichen Kräften begabten Dame glauben durfte, hatte sie gedroht zu enthüllen, daß es sich um gestohlenes Material handelte, daß es nicht Craigs Buch, sondern das eines anderen war. Aber hatte sie Craig *wirklich* gedroht, oder bestand diese Drohung nur in Hillarys Phantasie? Denn wenn sie ihn tatsächlich bedroht hatte und Craig die Schuld an ihrem Tod trug, hatte er den Diebstahl bereits geplant, als das Buch entstand, dann hatte er nie die Absicht gehabt, sich an den Vertrag mit Rawles zu halten.

Seufzend betrat Carella Meyers Zimmer. Meyer saß im Bett und hatte ein Buch vor der Nase. Er legte es beiseite, gab Carella die Hand und hörte aufmerksam zu, als der ihm von den Heldentaten eines Streifenpolizisten namens Tack Fujiwara, von dem Verhör und den offengebliebenen Fragen erzählte.

»Es stört mich, daß ich nicht alle Antworten habe«, sagte Carella.

»Alle Antworten kennt nur der liebe Gott«, sagte Meyer.

Carella lächelte. Meyer lächelte. Sie schüttelten sich die Hand und wünschten sich ein gutes neues Jahr. Dann fuhr Carella heim nach Riverhead. Fanny war über Neujahr bei ihrer Schwester in Calm's Point. Die Zwillinge durften bis Mitternacht aufbleiben und zur Begrüßung des neuen Jahres auch mal am Sekt nippen. Später, nachdem sie die Kinder ins Bett gebracht hatten, schliefen Steve und Teddy miteinander. Das war seit ihrem ersten Ehejahr eine Tradition am Neujahrstag, weil nach Teddys Ansicht ein neues Jahr mit einem richtigen Bums anfangen mußte.

Carella erwachte mitten in der Nacht. Er richtete sich auf und sah in die Dunkelheit. Jetzt würde er nie erfahren, ob Gregory Craig seine geschiedene Frau ermordet hatte oder nicht. Doch dann legte er sich wieder hin. Er war ja wirklich nicht der liebe Gott, und in der Weltordnung gab es wahrscheinlich Antworten, auf die er nie gekommen wäre.

ENDE

Ed McBain-Magazin
9. Folge

Bernhard Kempen
(Unter Mitarbeit von Uwe Anton)
Ed McBains 87th Precinct on TV

2. Teil: Die Serie im amerikanischen Fernsehen
87th Precinct – Die amerikanischen Folgen

Angegeben sind der Originaltitel, das Datum der Erstausstrahlung und gegebenenfalls der Titel des zugrundeliegenden Romans. Weiterhin sind die neben den regulären Darstellern auftretenden Schauspieler genannt und die Regisseure der Folgen, sofern sie sich ermitteln ließen.

1: The Floater (25.9.61)

G: Robert Culp, Natalie Norwick.

– nach dem 1957 erschienenen Roman *The Con Man*, der unter dem deutschen Titel: *Späte Mädchen sterben früher* veröffentlicht wurde –

Robert Culp wurde am 16. August 1930 in Berkeley geboren. Bereits vor diesem Gastauftritt hatte er mit großem Erfolg den Texas Ranger Hoby Gilman in der Westernserie *Trackdown* (1957–59) gespielt. Neben vielen Gastauftritten in weiteren Fernsehserien startete Culp zu Anfang der sechziger Jahre eine erfolgreiche Kinokarriere mit dem Western *Die rauhen Reiter von Texas* (*The Raiders*, 1963) und dem Film *Sunday in New York* (1964). Ein weiterer großer Erfolg kam dann mit der Rolle des Kelly Robinson in der Krimiserie *Tennis, Schläger und Kanonen* (*I Spy*, 1965–68). Anschließend kehrte er wieder auf die Leinwand zurück, und zwar mit Filmen wie *Bob and Carol and Ted and*

Alice (1969) und *In einem Sattel mit dem Tod* (*Hannie Caulder*, 1971). In *Hickey and Boggs* (1972) spielte er nicht nur die Hauptrolle des Privatdetektivs, sondern übernahm auch die Regie. In den achtziger Jahren feierte er sein TV-Comeback als FBI-Agent Bill Maxwell in *The Greatest American Hero* (1981–83).

2: Lady in Waiting (2.10.61)

G: Constance Ford, Margarita Cordova.

Die vielseitige Schauspielerin Constance Ford wurde 1929 (nach anderen Quellen bereits 1923 oder 1924) geboren und war vor allem in den fünfziger und sechziger Jahren immer wieder auf der Kinoleinwand präsent, während sie gleichzeitig in vielen Broadway-Stücken zu sehen war. Zu ihren Filmen gehören *Die letzte Jagd / Satan im Sattel* (*The Last Hunt*, 1956), *Die Sommerinsel* (*A Summer Place*, 1959), *The Cabinet of Caligari* (1962) und *Frauen, die nicht lieben dürfen* (*The Caretakers*, 1963). Constance Ford starb am 26. Februar 1993.

3: Lady Killer (9.10.61)

– nach dem 1958 erschienenen gleichnamigen Roman, der unter dem deutschen Titel: *Der anonyme Brief / Nackt ist die beste Maske* veröffentlicht wurde –

G: Peter Leeds, Marion Collier, Patricia Donahue.

4: The Modus Man (16.10.61)

G: John Anderson, Jena Engstrom.

John Anderson wurde am 20. Oktober 1920 in Clayton/Illinois geboren und wurde vor allem durch seine Rolle als Wyatt Earps Bruder Virgil in *Wyatt Earp greift ein* (*The Life and Legend of Wyatt Earp*, 1959–61) bekannt. Gleichzeitig trat er regelmäßig in *Westlich von Santa Fé* (*The Rifleman*, 1959–61) auf. Neben einer Rolle in *Reich und Arm*

(*Rich Man, Poor Man – Book II*, 1976–77) hatte er Gastauftritte in zahllosen Krimiserien zu verzeichnen.

5: Line of Duty (23.10.61)

G: Richard Le Pore (Carlo Harrod), Anita Sands, Vivi Janiss, Walter Burke.

6: Occupation: Citizen (30.10.61)

G: Ross Martin (Joe Czepreghi), Caren Lenay, John Dennis. R: Herschel Daugherty.

Ross Martin wurde am 22. März 1920 als Martin Rosenblatt in Grodek/Polen geboren. Seit den fünfziger Jahren verfolgte er seine Kinokarriere zunächst mit B-Filmen wie *Die Eroberung des Weltalls* (*Conquest of Space*, 1955) und *Der Koloß von New York* (*The Colossus of New York*, 1958). Anschließend trat er vor allem in Filmen von Blake Edwards auf, so in *Der letzte Zug* (*Experiment in Terror*, 1962) und *Das große Rennen rund um die Welt* (*The Great Race*, 1965). Parallel dazu arbeitete er immer wieder für das Fernsehen. Neben Gastauftritten in zahllosen Serien trat er regelmäßig in *Mr. Lucky* (1959–60), *Stump the Stars* (1962–64) und vor allem als Artemus Gordon in *Verrückter Wilder Westen* (*The Wild Wild West*, 1965–69) an der Seite von Robert Conrad auf.

Der Regisseur Herschel Daugherty kann auf eine lange Fernsehkarriere zurückblicken, so führte er auch bei einigen Folgen von *Raumschiff Enterprise* (*Star Trek*, 1966–69) Regie. Ins Kino kam er lediglich mit den Western *Das Herz eines Indianers* (*The Light in the Forest*, 1958) und *Die rauhen Reiter von Texas* (*The Raiders*, 1963) mit Robert Culp.

7: Killer's Payoff (6.11.61)

– nach dem gleichnamigen Roman von 1958, deutscher Titel: *Ich, der Erpresser/Killers Lohn* –

G: Beverly Garland, Jeanne Cooper, Paul Richards, Jack Albertson, William Fawcett.

Beverly Garland wurde am 17. Oktober 1926 als Beverly Fessenden in Santa Cruz geboren. Sie begann ihre Karriere im Kino als kesses junges Mädchen mit B-Filmen wie *The Glass Web* (1953), *It Conquered the World* (1956) und *Gesandter des Grauens* (*Not of This Earth*, 1956) und war später noch einmal in *Airport 75* (1974) zu sehen. Weitaus größeren Erfolg hatte sie jedoch im Fernsehen, zunächst in *Decoy* (1957), dann als Frau von Bing Cosby in *The Bing Crosby Show* (1964–65), als Braut von Fred McMurray in *Meine drei Söhne* (*My Three Sons*, 1969–72). In den achtziger Jahren spielte sie die Mutter von Laura Holt in *Remington Steele* (*Remington Steele*, 1982–83) und von Amanda Jackson in *Agentin mit Herz* (*Scarecrow an Mrs. King*, 1983–87). Daneben trat sie immer wieder als Gaststar in Serien wie *Tausend Meilen Staub* (*Rawhide*), *Rauchende Colts* (*Gunsmoke*), *Cannon* (*Cannon*), *Mannix* (*Mannix*) oder *Magnum* (*Magnum P. I.)* auf.

Der vielseitige Schauspieler Paul Richards (1924–1974) spielte in den Filmen *The Black Whip* (1955), *Tall Man Riding* (1956) und *Die Schlacht und den Planet der Affen* (*Battle for the Planet of the Apes*, 1971) und war außerdem in der Fernsehserie *Breaking Point* (1963) zu sehen.

Jack Albertson wurde 1907 geboren und begann als Stichwortgeber für Komiker. Er war in vielen Filmen zu sehen, so in *Miracle on 34th Street* (1947), *Schmutziger Lorbeer* (*The Harder They Fall* (1956) oder *How to Murder Your Wife* (1965). Für seine Darstellung in *The Subject Was Roses* (1968) erhielt er einen Oscar. Im Fernsehen trat er auch noch in den Serien *Dr. Simon Locke* (1971) und *Die Zwei von der Tankstelle* (*Chico and the Man* (1974–76) auf, dort als »The Man« Ed Brown an der Seite von Chico Rodriguez (Freddie Prinze).

8: The Guilt (13.11.61)

G: Mike Kellin, Norma Crane.

Der Schauspieler Mike Kellin mit dem Armesündergesicht wurde am 26. April 1922 in Hartford/Connecticut geboren und starb im Jahr 1983. Er zählte zur ständigen Besetzung in den Serien *Bonino* (1953), *Honestly Celeste* (1954), *The Wackiest Ship in the Army* (1965–66) und *Fitz and Bones* (1981). Nebenbei absolvierte er noch viele Gastauftritte in weiteren Serien und war auch gelegentlich auf der Leinwand in kleineren Rollen zu sehen, beispielsweise in *Ein charmanter Hochstapler* (*The Great Imposter*, 1961).

9: Empty Hours (20.11.61)

– wurde 1962 von McBain als Novelle in der gleichnamigen Anthologie veröffentlicht; entstand vermutlich nach der Fernsehfolge; deutscher Titel: »Zwischen Tag und Tod«/»Die leeren Stunden« –

G: Patricia Crowley (Josie Thompson), Tom Fadden, William Schallert.

Patricia Crowley wurde am 17. September 1933 (nach einigen Quellen bereits 1929) in Olyphant/Philadelphia geboren. Neben zahllosen Gastauftritten hatte sie längerfristige Verpflichtungen in *A Date with Judy* (1951), als Joan Nash in *Unser trautes Heim* (*Please Don't Eat the Daisies*, 1965–67), in *Joe Forrester* (1975–76), in *Der Denver-Clan* (*Dynasty*, 1986) und in *Generations* (1989). Außerdem kann sie auf eine beständige Kinokarriere zurückblicken, nachdem sie in Filmen wie *Die pikanten Jahre einer Frau* (*Forever Female*, 1953), *Alles um Anita* (*Hollywood or Bust*, 1956) oder *Die Wölfe von Los Angeles* (*Key Witness*, 1960) auftrat.

William Schallert wurde am 6. Juli 1922 in Los Angeles geboren und war ebenfalls immer wieder in Gastrollen auf dem Fernsehschirm zu sehen. Ständige Rollen erhielt er in den Serien *Commando Cody* (1955), *The Many Loves of Dobie*

Gillis (1959–63), *Philip Marlowe* (1959–60) und als Patty Dukes Vater in *The Patty Duke Show* (1963–66). Nachdem er sich etwa zehn Jahre lang auf dem Bildschirm rar gemacht hatte, trat er wieder in *The Nancy Walker Show* (1976) auf. Darauf folgte ein Engagement für *The Nancy Drew Mysteries* (1977–78), in der Pamela Sue Martin in der Titelrolle eine jugendliche Detektivin spielte. In der ähnlich angelegen Serie *The Hardy Boys Mysteries* (1977–78) war Schallert in der Rolle des Vaters der jugendlichen Detektive Frank und Joe Hardy (Shaun Cassidy und Parker Stevenson) zu sehen. Zuletzt trat er in *Little Women* (1979) nach Louisa May Alcotts Roman und in *The New Gidget* (1986–88) auf.

10: My Friend, My Enemy (27.11.61)

G: Dennis Hopper, Carol Rossen, Jocelyn Brando, Ann Whitfield, Gary Clarke.

Der Schauspieler Dennis Hopper dürfte kaum jemandem ein Unbekannter sein. Geboren wurde er am 17. Mai 1936 in Dodge City/Kansas. Seine Kino-Karriere begann mit *Rebel Without a Cause* (1955), berühmt wurde er durch seine Rolle im Kult-Road-Movie *Easy Rider* (1969), bei dem er auch selbst Regie führte. Im Fernsehen war er ebenfalls schon seit 1955 in vielen Gastrollen zu sehen, unter anderem als rachsüchtiger Cowboy Dev in der *Bonanza*-Folge »Eine verlorene Seele« (»The Dark Past«, 1964), aber nie in einer eigenen Serie.

Jocelyn Brando ist die ältere Schwester von Marlon Brando, und wurde 1919 geboren. Die Charakterdarstellerin trat jedoch nur in wenigen Filmen auf in kleinen Nebenrollen auf, so in *Heißes Eisen* (*The Big Heat*, 1953), *Wenn die Nacht anbricht* (*Nightfall*, 1956), und an der Seite ihres Bruders in *Ein Mann wird gejagt* (*The Chase*, 1966).

11: The Very Hard Sell (4.12.61)

G: Leonard Nimoy, Peter Helm, Alice Frost.

R: Paul Stewart.

Leonard Nimoy muß den meisten Fernseh-Enthusiasten kaum vorgestellt werden, wurde er doch durch seine Rolle des spitzohrigen Mister Spock aus *Raumschiff Enterprise* (*Star Trek*, 1966–69) und den *Star-Trek*-Kinofilmen weltberühmt. Geboren wurde der Schauspieler am 26. März 1931 in Boston/Massachusetts. Seine Eltern waren jüdische Einwanderer aus Rußland. Nach frühen Theatererfahrungen – seine allererste Rolle als Hänsel in »Hänsel und Gretel« spielte er mit acht Jahren – war er ab 1952 immer wieder in kleinen Fernsehnebenrollen zu sehen. Gleichzeitig arbeitete Nimoy an seiner Kinokarriere, durch Auftritte in Billigfilmen wie *Zombies of the Stratosphäre/Satan's Satellite* (USA 1958), wo er schon einmal einen Außerirdischen spielte, und *Der Balkon* (*The Balcony*, 1963) nach dem Stück von Jean Genet. Nach seinem Erfolg als Mister Spock hatte er es schwer, sich ohne Spitzohren auf Leinwand und Mattscheibe zu verkaufen. Trotzdem war er regelmäßig in späteren Folgen der Fernsehserie *Kobra, übernehmen Sie!* (*Mission: Impossible*, 1969–71) und *In Search of ...* (1976–82) zu sehen. Im Kino trat er in Filmen wie *Die Körperfresser kommen* (*Invasion of the Body Snatchers*, 1978) auf, und seit dem dritten *Star-Trek*-Kinofilm (1984) hat er sich außerdem als Regisseur etablieren können, so mit *Der Preis der Gefühle* (*The Good Mother*, 1988) oder *Noch drei Männer, noch ein Baby* (*Three Men and a Baby*).

12: 'Til Death (11.12.61)

G: Darryl Hickman, Judi Meredith, Johnny Seven.

– nach dem gleichnamigen Roman von 1959, der auf deutsch als *Bis daß der Tod euch scheidet/Schwarze Hochzeit* erschien –

Darryl Hickman wurde am 28. Juli 1931 in Los Angeles als jüngerer Bruder des Schauspielers und Produzenten Dwayne Hickman geboren. Nachdem er bereits in den vierziger Jahren in Kinderrollen zu sehen war, so in *Früchte des Zorns* (*The Grapes of Wrath*, 1940), wandte er sich im Laufe der fünfziger vermehrt dem Fernsehen zu. Neben tragenden Rollen in *The Many Loves of Dobie Gillis* (1959 bis 60), *Walt Disney Presents: Texas John Slaughter* (1959–60) und *The Americans* (1961) trat er während der sechziger Jahre immer wieder als Gast in vielen TV-Serien auf.

13: The Heckler (18.12.61)

– nach dem gleichnahmigen Roman von 1960, der auf deutsch als *April! April!* herauskam –

G: Robert Vaughn, Mary La Roche, Joe Perry.

Robert Vaughn wurde vor allem durch seine Rolle als Napoleon Solo in *Solo für O.N.C.E.L* (*The Man from UNCLE*, 1964–68) bekannt. Geboren wurde der Schauspieler am 22. November 1932 in New York City und debütierte im Roger-Corman-Film *Teenage Caveman* (1958). Nach weiteren Nebenrollen in Film und Fernsehen wurde er durch seine Rolle im Spielfilm *Die glorreichen Sieben* (*The Magnificent Seven*, 1960) berühmt. Kurz nach seinem Auftritt in *87th Precinct* bekam er seine erste TV-Hauptrolle in *The Lieutenant* (1963–64). Nach seinem berühmten »Solo« trat er noch regelmäßig in *The Protectors* (1972–73), *Emerald Point NAS* (1983–84), und in den letzten Folgen der Serie *Das A-Team* (*The A-Team*, 1986–87) auf, während er weiterhin auch auf der Kinoleinwand präsent blieb, etwa in *Bullit* (*Bullit*, 1968).

14: Run, Rabbit, Run (25.12.61)

G: Alfred Ryder (Mr. Morgan), Barbara Stuart (Yvonne, seine Sekretärin), Paul Keast.

R: Donn Mulally.

Barbara Stuart stammt aus Paris/Illinois. Bekannt wurde sie hauptsächlich in der Rolle der Bunny, der Freundin des von Frank Sutton gespielten Sergeant Carter in *Gomer Pyle, USMC* (1964–70). Neben vielen Gastrollen hatte sie Hauptrollen in folgenden Serien zu verzeichnen: *The George Burns Show* (1958–59) mit dem Komiker George Burns, *Peter and Gladys* (1960–61), *The Queen and I* (1969), *The McLean Stevenson Show* (1976–77) [einem Schauspieler aus *M.A.S.H.*], *Our Family Honor* (1985–86).

15: Main Event (1.1.62)

G: Myron McCormick, Robert Carricart, Arch Johnson, Maggie Pierce.

Das Markenzeichen des 1908 geborenen Schauspielers Myron McCormick war sein ironischer Gesichtsausdruck. Er wurde vor allem durch Spielfilme wie *Winterset* (1937), *Jigsaw* (1949) und vor allem *Haie der Großstadt* (*The Hustler*, 1961) bekannt. Im Fernsehen war er nur selten zu sehen, und sein Auftritt in *87th Precinct* gehört zu seinen letzten Verpflichtungen, da er nur wenige Zeit nach der Ausstrahlung dieser Folge im Jahr 1962 starb.

Arch Johnson schaffte niemals den großen Durchbruch als Schauspieler, auch wenn er unter anderem den Captain Gus Honochek in der weiter oben erwähnten Krimiserie *The Asphalt Jungle* (1961) spielte.

16: Man in a Jam (8.1.62)

G: Lin McCarthy, Joey Walsh.

17: The Missing Person (15.1.62)

G: Michael Forest, Roxanne Arlen, Barry Atwater, Asa Maynor.

Roxanne Arlen ist der Künstlername von Dolores Rosedale, die 1935 in Detroit/Michigan geboren wurde. Berühmt wurde sie als Assistentin Roxanne in der Show *Beat the Clock* (1950–61). Ihre weiteren Fernsehauftritte beschränken sich auf den Zeitraum von 1954 bis 1962, bevor sie sich aus dem TV-Geschäft zurückzog. Ihre Rolle in *87th Precinct* stellt somit einen ihrer letzten Fernsehauftritte dar.

18: Out of Order (22.1.62)

G: Charles Robinson (Jerry Curtis), Paul E. Burns (Herman Keller), Dawn Wells (Kathy). R: Dick Moder.

Die hübsche Schauspielerin Dawn Wells wurde wohl in den vierziger Jahren in Reno/Nevada geboren. Ihre Paraderolle hatte sie als die naive Mary Ann Summers in *Gilligans Insel* (*Gilligan's Island*, 1964–67). Weitere Erfolge blieben ihr jedoch versagt. In den sechzigen Jahren war sie des öfteren in kleinen Rollen auf dem Bildschirm zu sehen, danach wurden ihre Auftritte immer seltener, bis sie später noch einmal in diversen Specials zu *Gilligan's Island* (1978–81) auftrat.

19: The Pigeon (29.1.62)

G: Peter Falk, Roxane Berard, Arthur Batanides, Morgan Woodward.

Peter Falk ist Krimi-Liebhabern in erster Linie durch seine Rolle als Inspector Columbo in *Columbo* (1971–78 u. 1989–90) bekannt. Der Mann mit dem Glasauge wurde am 16. September 1927 in New York geboren und war in den Jahren 1957–71 in vielen Fernsehserien, vor allem in Krimis, aufgetreten. Gleichzeitig war er seit seinem Debüt in *Sumpf unter den Füßen* (*Wind Across the Everglades*, 1958) immer wieder in kleinen Rollen im Kino zu sehen, bis er in *Das große Rennen rund um die Welt* (*The Great Race*, 1965) erstmals eine wichtigere Rolle spielen durfte. Nach Columbo trat er nur noch gelegentlich im Kino auf. Bei der Columbo-Folge »Undercover« (1994, erstmals in Deutschland am 17. Januar 1995 auf RTL ausgestrahlt; Regie: Vincent McEveety) seltsam bekannt vorkam, handelt es sich übrigens um eine Adaption von McBains Polizeirevier-Roman JIGSAW (1970, dt. SCHNAPP-SCHUSS), in der der Inspektor einfach Steve Carellas Part übernahm.

20: Bullet for Katie (12.2.62)

G: Ed Nelson (Bill Miller), Roger Mobley (Lane Connors), Della Sherman (Katie Miller).

Ed Nelson wurde 1928 geboren und trat in den fünfziger Jahren in unzähligen B-Filmen vor allem als Gangster auf. Nach weiteren Nebenrollen im Fernsehen erhielt er ein festes Engagement als Dr. Rossi in der Serie *Peyton Place* (*Peyton Place*, 1964–68). Anschließend trat er noch in den Serien *The Silent Force* (1970) und *Midway* (1976) auf.

21: King's Ransom (19.2.62)

– nach dem gleichnamigen Roman von 1959, der unter dem deutschen Titel *Kings Lösegeld* veröffentlich wurde –

G: Charles McGraw, Charles Aidman, Dan Tobin, Nancy Davis.

Charles McGraw wurde im Jahr 1938 geboren und stellte im Kino immer wieder den harten Burschen dar, vor allem in Filmen wie *Rächer der Unterwelt* (*The Killer*, 1946), *Um Haaresbreite* (*The Narrow Margin*, 1952), *Spartakus* (*Spartacus*, 1960) oder *Das Ultimatum* (*Twilight's Last Gleaming*, 1977). Im Fernsehen trat er nur selten auf.

Charles Aidman wurde am 31. Januar 1925 in Frankfort/IN geboren. Der Schauspieler mit der ruhigen Stimme wurde in den USA vor allem als Sprecher der neuen Folgen von *Twilight Zone* (1985–87) bekannt, nachdem er in der alten Serie bereits in einer Folge aus dem Jahr 1959 (»And When the Sky Was Opened«) zu sehen war. Von 1957 bis 1982 hatte er viele Gastauftritte in Western-

und Krimiserien zu verzeichnen und war ab Mitte der sechziger Jahre auch gelegentlich im Kino zu sehen, wo er sich 1977 in *Das Ultimatum* mit Charles McGraw, seinem Partner aus dieser Folge von *87th Precinct*, wiedertraf.

Der leicht und schwächlich gebaute Schauspieler Dan Tobin wurde 1909 geboren und trat seit den vierziger Jahren immer wieder mit Nebenrollen im Kino in Erscheinung. Im Fersehen hatte er vor allem mehrere Auftritte in der Krimiserie *Perry Mason* (*Perry Mason*, 1957–65).

Nancy Davis wurde 1924 geboren und trat in einigen Filmen der fünziger Jahre auf, zum Beispiel in *Donovan's Brain* (1953) oder *Hellcats of the Navy* (1957), bis sie ab 1981 ihre größte Rolle spielen durfte – die First Lady der USA an der Seite ihres Schauspielerkollegen und Ehemannes Ronald Reagan.

22: Feel of the Trigger (26.2.62)

G: Neil Nephew, Bernie Hamilton, Ted De Corsia, Ellen Corby.

Ted De Corsia (1904–1973) begann seine Karriere im Varieté und trat seit den vierziger Jahren in zahllosen Spielfilmen auf, wo er immer wieder den gemeinen Schurken spielte – so in *Die nackte Stadt* (*Naked City*, 1948) *Zwei rechnen ab* (*Gunfight at the O. K. Corral*, 1957) oder *Nevada Smith* (*Nevada Smith*, 1966). Im Fernsehen war er nur selten zu sehen.

Ellen Corby wurde am 3. Juni 1913 als Ellen Hansen in Racine/Wisconsin geboren. Sie spielte zunächst regelmäßig die neugierige Nachbarin und die alte Jungfer – im Kino seit Mitte der vierziger, im Fernsehen seit Mitte der fünziger Jahre. Regelmäßig trat sie in den TV-Serien *Trackdown* (1958–59) und später in *Unser trautes Heim* (*Please Don't Eat the Daisies*, 1965–67) auf, bis sie ihre größte Berühmtheit mit der Rolle der Großmutter Esther Walton in *The Waltons* (1972–79) erlangte.

23: Killer's Choice (5.3.62)

– nach dem gleichnamigen Roman von 1957, der unter dem deutschen Titel *Die zehn Gesichter der Annie Boone* erschien. –

G: Gloria Talbott, R. G. Armstrong, Rosemary DeCamp, Katherine Warren. R: Don Weis.

R. G. Armstrong heißt mit vollem Namen Robert Golden Armstrong und wurde am 7. April 1917 in Birmingham/Alabama geboren. Der schwergewichtige Schauspieler mit dem verbissenen Gesichtsausdruck begann seine Karriere im Kino, wo er nach seinem Gastauftritt in *87th Precinct* vor allem durch die Rolle des fanatischen Joshua Knudsen im Western *Sacramento* (*Ride the High Country*, 1962) bekannt wurde. Im Fernsehen trat er regelmäßig in der Serie *T.H.E. Cat* (*T.H.E. Cat*, 1966–67) auf und absolvierte nebenbei zahllose weitere Gastauftritte in allen möglichen Serien.

Rosemary DeCamp wurde am 14. November 1914 in Prescott/Arizona geboren. Sie spielte Jackie Gleasons Frau in *The Life of Riley* (1949–50), Bob Cummings Schwester in *The Bob Cummings Show* (1955–59), Marlo Thomas' Mutter in *Süß, aber ein bißchen verrückt* (*That Girl*, 1966–70)und Shirley Jones' Mutter in *Die Partridge Familie* (*The Partridge Family*, 1970–73). Außerdem war sie in *Detektiv Rockford: Anruf genügt* (*The Rockford Files*, 1975) die Freundin von Joseph »Rocky« Rockford (Noah Beery jr.), dem Vater des Detektivs Jim Rockford. Weitere reguläre Auftritte hatte sie in *Schiff ahoi* (*The Baileys of Balboa*, 1964) und *Petticoat Junction* (1968). Auch im Kino spielte sie zahlreiche ähnliche Rollen, zum Beispiel in *The Merry Monahans* (1944), *Rhapsodie in blau* (*Rhapsody in Blue*, 1945) oder *On Moonlight Bay* (1951).

Der 1922 geborene Regisseur Don Weis startete seine Hollywood-Karriere direkt im Anschluß an sein College-Studium und inszenierte in den fünfziger und sechziger zahllose Filme, bis er fast ganz dem Fernsehen zuwandte.

24: Square Cop (12.3.62)

G: Lee Tracy, Jack Hogan.

Lee Tracy wurde am 14. April 1898 als William Lee Tracy in Atlanta/Georgia geboren. Sein Markenzeichen war die näselnde Stimme. 1919 begann er seine Schauspielkarriere auf dem Theater und trat ab 1929 im Kino auf, zum Beispiel in *Dr. X* (*Doctor X*, 1932) mit Fay Wray oder *Sexbombe* (*Bombshell*, 1933) mit Jean Harlow. Seit etwa 1950 arbeitete er vorwiegend für das Fernsehen. Dort wurde er vor allem als Titelheld der Serie *Martin Kane, Private Eye* (1952–53) bekannt. Einen späten Erfolg konnte er noch einmal im Spielfilm *Der Kandidat* (*The Best Man*, 1964) verbuchen. Er starb im Jahr 1968.

25: Step Forward (26.3.62)

G: Ruth Storey, Philip Bourneuf.

Der 1912 geborene Bühnenschauspieler Philip Bourneuf konnte in Kino und Fernsehen nur schwer Fuß fassen. Zu seinen seltenen Auftritten zählen die Spielfilme *Winged Victory* (1944), *Johanna von Orleans* (*Joan of Arc*, 1948) und *Das Arrangement* (*The Arrangement*, 1969).

26: Idol in the Dust (2.4.62)

G: Michael Dante, Jeanette Nolan.

Michael Dante wurde 1935 als Ralph Vitti in Stamford/Connecticut geboren. Bereits im Kino trat er in Schurkenrollen auf, so in den Filmen *Im Höllentempo nach Fort Dobbs* (*Fort Dobbs*, 1958) oder *Kid Galahad – Harte Fäuste, Heiße Liebe* (*Kid Galahad*, 1962). Im Fernsehen war er regelmäßig nur in der Serie *Custer* (1967) zu sehen und von 1957 bis 1966 in einigen wenigen Nebenrollen.

Jeanette Nolan wurde am 30. Dezember 1911 in Los Angeles geboren und ist mit John McIntire verheiratet, der durch die Rolle des Clay Grainger in *Die Leute von der Shi-*

loh-Ranch (*The Virginian*) bekannt wurde, wo seine Frau von 1967–68 ebenfalls mitspielte. Neben einer tragenden Rolle in *Dirty Sally* (1974) war sie noch in vielen anderen Serien Gaststar und trat auch gelegentlich im Kino auf.

27: Ramon (9.4.62)

G: Danny Bravo, Edward Colmans.

28: New Man in the Precinct (16.4.62)

G: Ray Montgomery, Robert Colbert, Fred Beir (Cotton Hawes), Elizabeth Perry (Linda).

R: Herschel Daugherty.

Robert Colbert wurde an einem nicht bekannten Tag in Long Beach geboren. Regelmäßige Fernsehrollen hatte er in *Maverick* (*Maverick*, 1961), *Time Tunnel* (*The Time Tunnel*, 1966–67) und als Stuart Brooks in *The Young and the Restless* (1973–83). Außerdem trat er als Gast in vielen Krimiserien auf.

Über den Regisseur Herschel Daugherty siehe Angaben zu Folge 6. Der »neue Mann im Revier« ist übrigens Detective Cotton Hawes, der in dieser Folge seinen ersten Auftritt erlebte und dann sozusagen in die Romanserie übernommen wurde.

29: Dawns an Evil Day (23.4.62)

G: Victor Jory, Paul George.

Victor Jory wurde am 28. November 1902 in Dawson City im kanadischen Yukon Territory geboren. Sein düsterer Charakter und das kantige Gesicht prädestinierte ihn für Gaunerrollen. Seit 1932 spielte er in vielen Filmen mit, unter anderem als Injun Joe in *Toms Abenteuer* (*The Adventures of Tom Sawyer*, 1938). Im Fernsehen trat er regelmäßig in *Warner Bros. Presents Kings Row* (1955–56) und *Gesucht wird …* (*Manhunt*, 1959–61) auf und daneben in kleineren

Rollen in sehr vielen anderen Serien. Im Kino war er auch noch in den Filmen *Licht im Dunkel* (*The Miracle Worker*, 1963) und *Papillon* (*Papillon*, 1973) zu sehen. Victor Jory starb im Jahr 1982.

30: The Lover (30.4.62)

G: Janis Paige, Russell Collins.

Janis Paige wurde als Donna Mae Jaden am 16. September 1922 in Tacoma/Washington geboren. Nach einer Ausbildung als Tänzerin trat sie zunächst in Spielfilmen wie *Hollywood-Kantine* (*Hollywood Canteen*, 1944) und *Wyoming-Expreß* (*Cheyenne*, 1946) auf, bis sie ihren Wirkungsbereich fast ganz auf den Bildschirm verlagerte. Am bekanntesten war ihre Rolle als Krankenhausverwalterin Catherine Hackett in *Trapper John, M.D.* (*Trapper John, M.D.*, 1985–86). Neben vielen Gastauftritten war sie regelmäßig außerdem in Serien wie *It's Always Jan* (1955–56), *Lanigan's Rabbi* (1977), *Baby Makes Five* (1983) und *Gun Shy* (1983) zu sehen.

Russell Collins wurde am 8. Oktober 1897 in Indianapolis geboren und begann seine Kinokarriere erst in den fünfziger Jahren. Im Fernsehen wurde er vor allem durch seine Rollen in *Ichabod and Me* (1961–62) und *Many Happy Returns* (1964–65) bekannt. Dort war er seit 1955 bereits in vielen anderen Serien als Gaststar aufgetreten, so in *Kein Fall für FBI* (*The Detectives*, 1959–61). Russell Collins arbeitete bis zu seinem Tod im Jahr 1965.

Das nächste Ed McBain-Magazin liefert Informationen über alle in Deutschland ausgestrahlten Folgen der Serie. Es erscheint im April 1997 in der Neuausgabe von Ed McBains HITZE (Bastei-Lübbe 13853), dem 35. Roman um das 87. Polizeirevier.

mit den Leuten vertraut zu machen, die hier Verbrechen begingen. Die Detectives verbrachten mit diesen Präsentationen genausoviel Zeit wie vor Gericht. Doch während das Erscheinen vor Gericht nötig war, um jemanden zu verurteilen, kam jemand aus den höheren Etagen zum Schluß, daß diese täglichen Präsentationen zu viel Arbeitszeit kosteten und nur zu einer minimalen Steigerung zukünftiger Verhaftungen führten, da die Leute auf der Bühne sowieso in den Knast wanderten, einige von ihnen sogar lebenslänglich. Gegenüberstellungen wurden heutzutage nur noch in den einzelnen Revieren vorgenommen, und nur noch zu Zwecken der Identifizierung.

Über der schmalen Bühne des Raums hing ein Mikrophon, an der Wand waren Höhenmarkierungen angebracht. Ein Einwegspiegel trennte die Bühne vom Boden bis zur Decke von den drei Zuschauerreihen. Diesen Einwegspiegel nannten die Cops manchmal Zweiwegspiegel, aber Cops sind sich selten über etwas einig, abgesehen davon, wer gerade seinen freien Tag hatte. Ob nun Einweg- oder Zweiwegspiegel, wer auf der Bühne stand, sah darin nur sein eigenes Bild, während die Zuschauer auf der anderen Seite die Männer oder Frauen, die sich dort aufgestellt hatten, ungehindert beobachten konnten wie durch normales Fensterglas.

Bei der Gegenüberstellung an diesem Dienstag, dem 26. Dezember, sollte Jerry Mandel veranlaßt werden, Daniel Corbett zweifelsfrei zu identifizieren. Carella hatte Mandel angerufen, befriedigt zur Kenntnis genommen, daß der Skichampion sich bei seinen Schußfahrten keine Knochen gebrochen hatte, und eine Zeit für die Gegenüberstellung mit ihm ausgemacht. Dann hatte er Corbett angerufen und ihn gefragt, ob er bereit sei, in dieser Angelegenheit mit der Polizei zusammenzuarbeiten. Er habe nichts zu verbergen, hatte Corbett gesagt, er sei nicht der Mann gewesen, der sich in der Nacht, als Craig ermordet worden war, unter diesem Namen im Harborview angemeldet hatte.

Aus den Haftzellen nebenan hatten die Detectives ein halbes Dutzend Männer geholt, die Corbett mehr oder weniger ähnlich sahen. Zumindest hatten sie alle schwarzes Haar und braune Augen. Dazu kamen noch die Detectives Richard Genero und Jarry Barker, ebenfalls schwarzhaarig und braunäugig. Die Häftlinge präsentierten sich in den Sachen, in denen sie festgenommen worden waren, in Pullis, Anoraks, Windjacken, ein Taschendieb trug einen schicken Nadelstreifenanzug, und Genero und Barker trugen Sportsakkos. Daniel Corbett, der direkt aus dem Verlag kam, hatte einen dunkelblauen Anzug mit hellblauem Hemd an und trug dazu eine gold-blaue seidene Krawatte. Als Ehrengast durfte er sich seinen Platz aussuchen und stellte sich als vierter von links auf. Als alle neun Männer schweigend ihre Plätze vor dem Spiegel eingenommen hatten, wurden die Scheinwerfer eingeschaltet. Der Zuschauerraum blieb dunkel. Carella und Hawes saßen rechts und links von Mandel in der Mitte der zweiten Reihe.

»Erkennen Sie jemanden?« fragte Carella.

»Nein, noch nicht.« Mandel sah gar nicht aus wie ein großes Skias. Er war ein untersetzter Mann, der Mitte Fünfzig sein mochte. Vor Beginn der Gegenüberstellung hatte er Carella erzählt, daß er früher Profiringer gewesen war. Carella konnte sich beim besten Willen nicht vorstellen, daß er seinen Gegner mit einem Hammergriff bezwingen konnte. Mandel betrachtete die Männer hinter der Scheibe aufmerksam.

»Kann ich die ausscheiden, die es bestimmt *nicht* waren?« fragte er.

»Ja, nur zu.«

»Also die rechts und links und der in der Mitte, die waren es ganz bestimmt nicht.«

»Bring Nummer eins, fünf und neun weg, Frank«, sagte Carella in das Mikrophon vor ihm. Genero hatte ganz außen gestanden. Als er von der Bühne ging, wirkte er richtig enttäuscht, daß die Wahl nicht auf ihn gefallen war. Die anderen beiden waren Männer aus den Haftzellen. Mandel schied noch zwei Gefangene und Detective Barker aus. Jetzt standen nur noch die beiden letzten Gefangenen und Daniel Corbett auf der Bühne.

»Vielleicht könnten die drei was sagen?« flüsterte Mandel.

»Aber sicher.« Carella griff wieder zum Mikrophon. »Meine Herren, würden Sie bitte mit ganz normaler Stimme sagen: ›Ich bin Daniel Corbett und möchte zu Mr. Craig.‹ Bitte fangen Sie an, Nummer vier.«

Nummer vier war Daniel Corbett. Er räusperte sich. »Ich bin Daniel Corbett und möchte zu Mr. Craig.«

»Nummer sechs bitte«, sagte Carella.

»Ich bin Daniel Corbett und möchte zu Mr. Craig«, sagte Nummer sechs.

»Und noch Nummer acht.«

Das Sprüchlein wurde brav von Nummer acht wiederholt.

»Na, wie steht's?« fragte Carella.

»Tja, ich bin mir nicht ganz sicher …«, sagte Mandel und zögerte. »Aber ich glaube, es ist der ganz rechts. Nummer acht.«

Nummer acht war ein gewisser Anthony Ruggiero, der am gleichen Morgen verhaftet worden war, weil er versucht hatte, in der Grover Avenue, drei Häuserblocks vom Revier entfernt, eine Wohnungstür aufzubrechen. Er war betrunken und behauptete, es handle sich um seine eigene Wohnung, und die Frau, die ihm immer wieder sagte, er solle sich zum Teufel scheren, sei seine eigene Frau. Carella warf Hawes einen kurzen, grämlichen Blick zu und bedankte sich bei Mandel. Dann ging er hinter die Bühne und entschuldigte sich bei Corbett für die Unannehmlichkeiten, die er ihm bereitet hatte.

»Wer war es dann?« fragte Carella, als er mit Hawes allein war.

»Sicher ist nur, daß Craig ihn gekannt hat.«

»Ja, sonst hätte er ihn nicht in die Wohnung gelassen. Aber wieso hat er mit ihm getrunken?«

»Richtig, der Obduktionsbefund ...«

»Genau. Er war nicht nur leicht, sondern erheblich angesäuselt. Aber die Spurensicherung hat keine Alkoholspuren in den Gläsern gefunden.«

»Was darauf schließen läßt, daß sie hinterher gespült worden sind.«

»Wenn Craig allein getrunken hätte, wäre das nicht weiter von Belang. Aber nach Hillarys Aussage hat er bei der Arbeit nie getrunken. *Nie.* Und daß er an diesem Nachmittag gearbeitet hat, wissen wir, denn auf dem Blatt in der Maschine stand ein Text, der mitten im Satz abbrach. Er ist also – vermutlich durch das Klingeln des Mörders – unterbrochen worden. Aber er hat ihn *hereingelassen*, Cotton. Er wußte, daß es nicht Corbett war, aber eingelassen hat er ihn trotzdem. Und wenn er bei der Arbeit nie trank, muß er mit dem Trinken danach angefangen haben. Mit anderen Worten: Er hat sich hingesetzt und mit seinem Mörder einen zur Brust genommen.«

Die beiden Kriminalbeamten sahen sich an.

»Was hältst du von der Sache?« fragte Hawes.

»Ich weiß überhaupt nicht mehr, was ich davon halten soll. Vielleicht hielt Craig den Mann für einen harmlosen Besucher, bat ihn, sich zu setzen, schenkte ihm einen